Freya Gräfin von Korff
Jenseits der Zauberweiden

Freya Gräfin von Korff, 1986 in Hamburg geboren, beschloß im Alter von zwölf Jahren, ihre eigenen Romane zu schreiben. Mit dreizehn hatte sie eine zündende Idee, mit vierzehn veröffentlichte sie das erste Buch und zahlte die Druckkosten von ihrem Taschengeld. Sie läßt sich gern von Filmmusiken inspirieren, und ihr größter Wunsch ist ein Bestseller, der in Hollywood verfilmt wird. Freya Gräfin von Korff lebt mit ihren Eltern, zwei Brüdern und zwei Rauhhaarteckeln am Stadtrand von Kiel und hat in den USA gerade ihren Highschool-Abschluß gemacht. Dort beendete sie auch einen neuen Roman.

Freya Gräfin von Korff

Jenseits der Zauberweiden

Roman

Piper
München Zürich

Redaktion: Constanze Krings

ISBN 3-492-70037-3

Umschlaggestaltung: Nele Schütz Design, München
Umschlagillustration: Monika Aichele, Berlin
Karte: Erhard Ringer 2004
Gesetzt aus der Stempel Schneidler
Satz: Uwe Steffen, München
Druck und Bindung: Pustet, Regensburg
Printed in Germany

www.piper.de

Inhalt

Reale Welt
Ma
Wald
Zauber-
weidenport
Internatsschloss
Bibliothek
Ostturm
Lic
Speisesaal
Geheimgang
Eingangshalle
Selinas Zimmer
Wald

Festung des Schreckens
elt
Leiter
Steinerne Ebene
Wald
Fluss
Fels
Wasserfall
Geflügelter Hengst

In einer stürmischen, blitzdurchzuckten Nacht, als der Wind an den Bäumen riß und die Erde unter dem Donner erzitterte, stand ein junges Mädchen am Fenster des alten Schlosses und starrte gebannt in die undurchdringlich finstere Nacht hinaus.

Irgend etwas war anders in dieser Nacht, irgend etwas schien die Dunkelheit noch tiefer und unergründlicher zu färben als sonst.

Plötzlich hielt das Mädchen inne und starrte mit weit aufgerissenen Augen auf den Platz vor den Schloßtoren. Durch den Regen und die Dunkelheit hindurch glaubte sie, ein kleines Bündel zu erkennen, das vorher noch nicht dort gelegen hatte.

Ohne Zögern drehte sich das Mädchen um, rannte durch die Flure des alten Schlosses und hastete eine lange Treppe bis in die große Halle hinunter. Mit aller Kraft stemmte sie sich gegen das riesige Tor, um es aufzudrücken.

Regen und Wind peitschten ihr ins Gesicht, und der Donner krachte so laut, daß sie vor Schreck zusammenzuckte. Die rotbraunen Haare flogen ihr um den Kopf, und sie mußte sie mit beiden Händen aus dem sommersprossigen Gesicht streichen, um in die düstere Nacht schauen zu können.

Kaum war der Donner verklungen, nahm sie ein anderes, nicht weniger beunruhigendes Geräusch wahr.

Wie gelähmt starrte das Mädchen auf den kleinen braunen Korb, in dem in weiße Tücher gewickelt ein Säugling lag und aus Leibeskräften schrie. Gerade wollte die Kleine das Baby in den Arm nehmen, als sie etwas aufblitzen sah. Vorsichtig zog sie an einer dünnen Goldkette, die um den Hals des Säuglings lag, bis schließlich ein goldener Anhänger in der Form eines Wasserspeiers zum Vorschein kam. Beim Anblick des Anhängers hörte das Kind auf zu schreien und starrte ihn und das Mädchen aus großen grauen Augen an.

Das Mädchen wußte nicht, was es tun sollte. Hilfesuchend schaute sie sich um und versuchte, in der undurchdringlichen Dunkelheit irgend etwas zu erkennen.

»Hallo? Ist da jemand?« schrie sie in die dunkle Nacht hinaus, während über dem dichten Wald weiterhin helle Blitze zuckten und in der Ferne der Donner grollte.

Doch es kam keine Antwort.

Nach einer Weile stand das Mädchen schließlich auf und kehrte mit dem Kind auf dem Arm vorsichtig zum Schloßtor zurück. Sie bemerkte nicht, wie ihr der Blick eines dunklen Wesens hoch oben auf dem Ostturm des alten Schlosses folgte.

»Was sollen wir jetzt tun?« fragte eine andere dunkle Gestalt hinter der ersten. Das Wesen mit den zwei großen Flügeln auf dem Rücken drehte sich um, und seine strahlendblauen Augen schienen in der Dunkelheit zu leuchten. Es sah die Gruppe der acht Gestalten kurz an, die im Halbschatten verborgen waren, ehe es sich wieder ab wandte und zuschaute, wie das Mädchen mit dem Kind hinter den sicheren Schloßmauern verschwand. Ein letztes Mal hatte sich die Kleine umgeschaut und in der stürmischen Nacht nach jemandem gesucht, der das Bündel vor dem Schloß abgelegt haben mochte, dann aber aufgegeben und das schwere Tor hinter sich zufallen lassen.

»Wir werden warten!« antwortete das dunkle Wesen mit ruhiger Stimme.

Eine weitere Gestalt trat an die Brüstung. »Die Sonne geht bald auf, und mit ihr beginnt unser langer Schlaf!« sagte eine höhere, weibliche Stimme.

»Doch dieser Schlaf wird nicht für immer sein!« entgegnete die erste Gestalt. »Denn es wird die Zeit kommen, da dieses Kind zurückkehrt und uns aus unserem tiefen Schlaf befreit. Der Tag wird kommen, da wir Seite an Seite wie heute nacht kämpfen werden. Und siegen!«

Als einige Zeit später der Regen aufhörte, verzogen sich die Wolken, und die ersten Sonnenstrahlen leuchteten über den Wipfeln des Waldes auf.

An diesem Morgen schien die Sonne so hell wie nie zuvor über dem Ostturm des Schlosses, auf dessen Brüstung zehn Gargylen saßen und mit steinernem Blick in die Ferne blickten.

Sie warteten auf den, der ihren Schlaf beenden und sie erneut in den Kampf um das Schicksal der Welt führen würde. Sie warteten auf den neuen Virkan …

Sommerferien!

Sie rannte.

Dreizehn Jahre später rannte Selina Albion durch die Gänge des alten Schlosses, als ginge es um ihr Leben. Verfolgt von drei kräftigen Jungen, lief sie über die dicken Teppiche auf dem Steinfußboden und blickte immer wieder über die Schulter zurück.

»Stehenbleiben!« schrie einer der Jungen.

Aber Selina dachte gar nicht daran, sondern bog erst um eine Ecke, bevor sie stehenblieb und sich hastig umsah. Sie mußte sich verstecken, um ihre Verfolger abzuschütteln. Zu spät!

Selina wurde blaß, als sie Eric, einen der Jungen, auf sich zukommen sah. Er war groß, kräftig und starrte sie wütend an, während er sich auf sie stürzte. Selina entkam gerade noch rechtzeitig Erics Griff, der ihr aber sogleich nachsetzte. Sie rannte weiter den Flur entlang und stieß dabei immer wieder gegen Schüler, die langsam durch den Gang schlenderten und die wilde Verfolgungsjagd erstaunt beobachteten.

Selina drängelte sich geschickt durch die Menge, während Eric die Schüler wegen seiner Größe grob beiseite schubsen mußte und sein Abstand zu Selina immer größer wurde. Sie lächelte, als sie sah, daß Eric von einer Gruppe Jungen aufgehalten wurde, die mindestens genauso groß und stark wie er waren.

»Warte!« schrie er, aber Selina winkte ihm nur frech zu.

»Bis bald!« rief sie und lief weiter den Flur entlang.

Der breite Gang war voller Schüler, die in ihren Büchern lasen oder sich auf die Abschlußprüfungen vorbereiteten. Selina ging auf ein langhaariges blondes Mädchen zu, das ungeduldig auf sie wartete.

»Du legst es wirklich auf Ärger und Schwierigkeiten an, was?« begrüßte diese sie vorwurfsvoll.

»Was denn für Schwierigkeiten? Ich hab ihm den Traubensaft doch nur aus Versehen übers Hemd geschüttet, ehrlich!« verteidigte sich Selina.

Ihre beste Freundin Emily schaute sie eher zweifelnd an.

»Wirklich, das war ein dummer Zufall mit seinem frischen weißen Hemd, und nur weil ihn die ganze Klasse ausgelacht hat – muß er mich deshalb gleich durch die halbe Schule hetzen?«

Emily setzte zu einer Antwort an, als plötzlich eine andere Stimme ertönte: »Ja, das muß er.«

Ehe sich Selina versah, packte sie jemand von hinten am Kragen. Eric blitzte sie wütend an.

»Du kleines Biest, was fällt dir ein? Das Hemd ist völlig versaut! Dir werd ich's zeigen. Bezahlen können es mir deine Eltern ja nicht, wenn sie sich nicht einmal um dich kümmern. Die wußten schon, warum sie dich ganz schnell loswerden wollten und spurlos verschwunden sind, du Miststück!«

Er drückte sie fester gegen die Wand, und Selina begann zu zittern.

»Laß sie in Ruhe, Eric!« sagte Emily mit fester Stimme und versuchte, den Jungen von Selina wegzuziehen.

Selina sah, wie sie ihm energisch in die Augen blickte.

Eric grinste nur spöttisch. »Oh, hat das kleine Miststück jetzt schon eine Leibwächterin? Oder spielst du Stiefmutter?« fragte er und lachte hämisch.

»Laß sie los!« verlangte Emily und drängte sich zwischen den Jungen und ihre Freundin.

»Geh mir aus dem Weg!« schrie Eric wütend und ließ Selina einen Moment lang los, um auszuholen.

Selinas Augen weiteten sich, als sie sah, wie er Emilys Kopf traf. Die Freundin taumelte und fiel zu Boden.

»Emily!« rief Selina erschrocken. Dann starrte sie den grinsenden Jungen an, und eine nie gekannte Wut packte sie. Sie fühlte, wie sie innerlich kochte und nicht mehr an sich halten konnte. Ohne zu wissen, wie ihr geschah, sprang sie auf Eric zu, den Blick fest auf ihn gerichtet. Sie spürte eine seltsame Energie in den Armen. Als sie Eric berührte, wurde der kräftige Junge auf einmal wie von einer unsichtbaren Hand gepackt und durch die Luft geschleudert.

Selina zitterte am ganzen Körper. Auf einmal war es totenstill auf dem Flur, und sie spürte, wie sich die Augen aller auf sie richteten. Niemand wagte es, ein Wort zu sagen oder sich zu bewegen. Selina fühlte, wie ihr alle Farbe aus dem Gesicht wich. Erschrocken starrte sie ihre Hand und Eric an.

Sie hatte ihn noch nicht einmal berührt, und schon war er im hohen Bogen durch die Luft geflogen! Wie war das möglich?

Inzwischen hatte sich Eric mühsam aufgerappelt. »Du Biest!« schrie er. »Was auch immer du bist oder wo du herkommst, scher dich dorthin zurück, du … du … Mißgeburt!« Er drehte sich um und lief weg.

Selinas Augen füllten sich mit Tränen. Sie konnte nicht fassen, was sie gerade gehört hatte. Noch nie hatte jemand sie Mißgeburt genannt. In den Augen ihrer Mitschüler las Selina Zustimmung und Furcht.

Das Getuschel wurde immer lauter. »Die ist nicht normal … Immer hier im Internat … Wer weiß, wo die herkommt …«

Blind von Tränen, bahnte sich Selina einen Weg durch die Menge und lief durch die Gänge des alten Schlosses davon.

Am Abend fand Emily ihre Freundin Selina schweigsam vor einem der hohen Fenster des inzwischen leeren Speisesaals. Traurig schaute sie auf den Wald vor dem Schloß, hinter dem gerade die Sonne unterging.

»Selina?« fragte Emily vorsichtig. »Du darfst dir das nicht so zu Herzen nehmen.«

Sie blickte ihre Freundin an, doch deren Miene war wie versteinert.

»Selina ...«, fing sie wieder an, doch Selina unterbrach sie.

»Aber sie haben recht.« Selinas Stimme war nur ein Flüstern. »Sie haben recht – oder, Emily?«

Ihre Freundin starrte Selina mit großen Augen an und stockte ein wenig, bevor sie antwortete. »Nein. Was heute geschehen ist, mag seltsam sein oder außergewöhnlich. Aber das rechtfertigt noch lange nicht, was Eric über dich gesagt hat. Das war einfach gemein. Außerdem hast du das doch nicht mit Absicht getan. Irgend etwas ist mit dir passiert.«

Selina seufzte und blickte immer noch starr zum Fenster hinaus. »Aber ich bin nicht normal«, sagte sie leise mehr zu sich selbst als zu Emily, die ihre Worte dennoch verstand. »Manchmal habe ich das Gefühl, daß ich nicht hierher gehöre. Aber ich weiß gar nicht, wohin ich überhaupt gehöre«, sagte sie traurig.

Emily starrte ihre Freundin verwundert an, die immer noch wie gebannt aus dem Fenster schaute, den Blick auf die hohen, dunklen Bäume gerichtet.

»Manchmal glaube ich, daß irgendwo etwas auf

mich wartet und nach mir ruft, daß irgendwo da draußen jemand ist, der...«

Emily wich erschrocken einen kleinen Schritt zurück. »Was meinst du damit?« fragte sie.

Unwillkürlich griffen Selinas Finger nach der Kette um ihren Hals und begannen mit dem goldenen Anhänger daran zu spielen.

Wer bin ich? dachte Selina benommen. Sie war sich selbst und anderen ein Rätsel, und das nicht erst seit dem Vorfall am Vormittag. Sie kam nicht wie die anderen Schüler des Internats aus einer reichen Familie, die sich eine teure Privatschule für ihr Kind leisten konnte. Selina war als Säugling vor den Schloßtoren gefunden worden. Wieso hatte die Direktorin sie aus dem Waisenhaus in das Internat geholt, sobald Selina alt genug gewesen war? Wußte sie vielleicht etwas über ihre Herkunft? Angeblich hatte weder ein Brief noch eine Nachricht oder sonst ein Hinweis in dem Korb gelegen. Lediglich eine Kette mit einem seltsamen Anhänger hatte Selina um den Hals getragen: einen goldenen Wasserspeier, der die Hände um einen runden Gegenstand zu legen schien. Die Rückseite des Anhängers zeigte eine Gravur: Selina Albion. Diese Kette trug Selina Tag und Nacht, sie war alles, was ihr von dem Menschen geblieben war, der sie damals vor den Schloßmauern ausgesetzt hatte.

Inzwischen war das Internat ihr Zuhause geworden, und Emily wunderte sich manchmal, weshalb die Direktorin darauf bestand, daß Selina auch die Ferien dort verbrachte. Wie oft hatte ihre eigene Mutter angeboten, Selina wenigstens zu Weihnachten und in den Sommerferien zu sich nach Hause zu holen, aber die alte Direktorin war unerbittlich: Selina hatte im Schloß ihr Zuhause und mußte bleiben. Emily wußte, daß Selina das Geheimnis ihrer Herkunft belastete, auch wenn sie selten darüber sprach. Sie schien mindestens genauso große Angst vor einer Antwort zu haben wie davor, das Rätsel nie lösen zu können.

»Ich weiß auch nicht, was mit mir los ist«, seufzte Selina schließlich, nachdem sie und Emily eine Weile geschwiegen hatten. Gedankenverloren schüttelte sie den Kopf und wandte sich vom Fenster ab.

Emily schaute in Selinas graue Augen, versuchte, etwas darin zu lesen, und zwang sich dann zu einem Lächeln. »Vergiß es einfach, Selina. Komm mit, wir spielen eine Runde Tennis.«

Selina nickte, und auch über ihr Gesicht huschte die Andeutung eines Lächelns. Gemeinsam gingen die Freundinnen auf die Tür des Speisesaals zu, als Selina sich ein letztes Mal umdrehte und hinaussah. Ihr Blick glitt von dem dunklen Wald zu dem mächtigen Turm an der Ostseite des Schlosses und blieb daran hängen. Sie sah die Schatten der Statuen auf der Turmbrüstung: Wasserspeier, Gargylen, deren dunkler Umriß in der Dämmerung bedrohlich wirkte.

Unwillkürlich griff Selina nach dem kleinen goldenen Anhänger an der Kette um ihren Hals. Und während sie gemeinsam mit Emily durch die

Flure des Schlosses hinaus auf den Sportplatz ging, glaubte sie, eine innere Stimme zu hören, die ihr sagte, daß es bald soweit sei. Bald erhielte sie Antwort auf alle ihre Fragen.

»Ferien!« Emily machte einen kleinen Luftsprung, als sie und Selina gemeinsam mit den anderen Schülern den Klassenraum verließen. Zwei Wochen waren seit dem Vorfall mit Eric vergangen, und die Sommerferien standen vor der Tür. Fast alle waren ausgelassen und voller Vorfreude und redeten wild durcheinander: wohin man in Urlaub fuhr, ob man sich schreiben oder sogar treffen konnte. Die Ferien schienen unendlich lang. Nur ein Mädchen schwieg.

»Selina, du sagst ja gar nichts!« rief Beth, eine ihrer Klassenkameradinnen.

Selina schrak aus ihren Gedanken hoch, strich sich die braunen Haare aus dem Gesicht und starrte Beth ratlos an. »Ich ... äh ... ich finde es nur dumm, hierbleiben zu müssen«, antwortete sie.

»Ist das denn wirklich so schlimm?« fragte Emily einfühlsam, auch wenn sie die Antwort auf diese Frage längst kannte.

Selina seufzte. »Ach, es geht eigentlich«, winkte sie ab, als sie sah, wie die anderen Mädchen im Schlafsaal sie neugierig anschauten.

Und tatsächlich waren ihre Mitschülerinnen bald bei anderen Themen und packten aufgeregt und voller Vorfreude weiter. Nur Emily warf Selina einen schiefen Blick zu, da sie genau wußte, wie sich die Freundin wirklich fühlte: Selina haßte die Sommerferien. Jedes Jahr mußte sie zusehen, wie ihre Freundinnen das alte Schloß verließen, ihre Ferien in der Familie genießen konnten und vielleicht in ferne Länder reisten. Selina hingegen mußte das Internat mit den Sommerschülern teilen, den Unglücklichen von anderen Schulen, die hier im Sommer ihre Leistungen für das nächste Schuljahr aufzubessern versuchten. Die hatten meistens schlechte Laune, interessierten sich nicht für sie oder ärgerten Selina, wo sie konnten.

»Komm schon, Selina; wenn du nichts zu tun hast, kannst du ja versuchen, das große Geheimnis zu lösen«, schlug Beth auf einmal vor, während sie mit aller Kraft versuchte, einen Stapel Blusen in den ohnehin schon überfüllten Koffer zu stopfen.

Emily hob den Kopf. »Welches große Geheimnis denn?« fragte sie.

Auch Selina schaute sie verwundert an.

»Na, das des legendären Ostturms«, sagte Beth jetzt wesentlich leiser, damit die anderen Mädchen sie nicht hörten.

»Ich soll das Geheimnis des Ostturms lüften?« lachte Selina spöttisch und so laut, daß alle neugierig die Köpfe wandten.

Beth blickte Selina finster an und legte den Finger auf die Lippen. »Ja, was hältst du von meiner Idee?«

Selina schaute Beth einen Moment lang sprachlos an. Sie wußte nicht, was sie antworten sollte. »Aber Beth, im Ostturm ist doch schon seit Jahrhunderten niemand mehr gewesen. Es gibt keinen Eingang, keinen Durchgang und keine Tür dorthin.«

»Das ist doch das Rätsel! Überleg mal, wozu hat ein Schloß einen so großen Turm wie den Ostturm ohne Zugang? Und wieso gibt es diese seltsamen Wasserspeier nur auf dem Ostturm und nicht auf den anderen Türmen? Denk nach, Selina. Irgend etwas muß in diesem Turm sein, vielleicht ein Schatz?«

Selina warf Beth einen skeptischen Blick zu, als sich die Tür des Schlafsaals plötzlich öffnete und die Direktorin hereintrat.

»Seid bitte in zehn Minuten fertig und geht nach unten. Die Busse warten bereits auf euch«, sagte Frau Dr. Johnson mit strengem Blick auf die pakkenden Mädchen, bevor sie weiter zum nächsten Schlafsaal eilte.

Während die anderen immer aufgeregter die letzten Kleider und Bücher in die Koffer stopften, beugte Beth sich zu Selina vor, um ihr noch etwas zuzuflüstern. »Ich hab in der Bibliothek in einem der alten Schmöker über das Schloß eine Stelle über den Turm entdeckt, hatte aber keine Zeit, es genauer zu lesen. Wie's scheint, hütet der Ostturm wirklich ein großes Geheimnis. Schau's dir einfach mal an, ich hab dir das Buch in dein Zimmer gelegt!«

Selina starrte Beth fassungslos an, aber bevor sie etwas erwidern konnte, schnappte endlich das Schloß von deren Koffer zu, und Beth verließ eilig den Schlafsaal. Selina konnte ihr nur nachdenklich nachsehen. Dann war es Zeit, Emily zum Bus zu begleiten.

Mit hängenden Schultern stand Selina Albion vor den großen Eingangstoren ihrer Schule und sah zu, wie die Koffer in die Busse verstaut wurden. Nachdem auch Emilys und Beths Koffer gut untergebracht waren, kamen die beiden auf ihre Freundin zu.

»Selina, nun müssen wir uns wohl verabschieden«, sagte Emily und lächelte gezwungen.

Selina lächelte zurück, obwohl ihr ganz und gar nicht danach zumute war.

»Also, ich schreib dir auf alle Fälle, kannst dich drauf verlassen«, versprach Beth. »Aber dafür erwarte ich nach den Ferien einen umfangreichen Bericht über den Ostturm.«

Dann drehte sie sich um und lief zu ihrem Bus, der bereits den Motor angelassen hatte. Fast alle Schüler waren mittlerweile eingestiegen, nur Emily und Selina standen noch schweigend auf dem leeren Schloßplatz.

»Ich finde das nicht richtig!« brach es aus Emily heraus.

Selina blickte sie überrascht an. »Was ist nicht richtig?« fragte sie.

Emily seufzte tief. »Warum kannst du nicht mitkommen? Meine Eltern würden sich freuen, wenn du die Ferien bei uns verbrächtest. Jedes Jahr sagen sie das.«

Selina lächelte. »Du weißt doch, daß das nicht geht. Wir haben schon so oft versucht, Johnson und die anderen zu überzeugen, aber aus irgendeinem Grund wollen sie, daß ich hierbleibe.«

Emily nickte betrübt.

»Mach dir um mich keine Sorgen«, sagte Selina jetzt fröhlich, um ihrer Freundin ein wenig das schlechte Gewissen zu nehmen. »Ich werde einfach über Beths Vorschlag nachdenken, Zeit hab ich ja genug. Genieß deine Ferien!«

Die Freundinnen umarmten sich zum Abschied. Dann sah Selina Emily lächelnd nach, als sie in den großen Bus stieg und sich neben Beth ans Fenster setzte. Beide winkten Selina noch einmal zu, während der Fahrer Gas gab.

Selina winkte noch lange hinter dem Bus her, der über die kleine Steinbrücke im dichten Wald verschwand. Dann wich das fröhliche Lächeln ganz plötzlich einer enttäuschten und traurigen Miene. Selina ließ den Blick über die bunte Schülermenge schweifen, die in einiger Entfernung zu ihr stand. Die Mädchen und Jungen waren mit denselben Bussen gekommen, mit denen ihre Mitschüler soeben abgefahren waren. Ein paar der Neuankömmlinge warfen Selina neugierige Blicke zu, beachteten sie sonst aber nicht weiter.

Auf einmal beschlich Selina ein seltsames Gefühl. Sie kam sich fremd vor, so als ob sie gar nicht hierher gehörte. Als ob das nicht ihre Welt sei …

»Selina?« rief auf einmal eine Stimme hinter ihr.

Selina schreckte aus ihren Gedanken auf und sah sich um, bis sie schließlich eine junge Frau mit rotbraunen Locken und Sommersprossen entdeckte, die freundlich lächelnd auf sie zukam.

»Frau Dr. Faster?« fragte Selina.

Die junge Frau blieb vor Selina stehen.

»Ich wußte gar nicht, daß Sie diesen Sommer auch wieder hier sind«, sagte Selina, deren Traurigkeit auf einmal wie weggeblasen war.

Selina hatte Angela Faster in den letzten Sommerferien kennengelernt. Die noch sehr junge Lehrerin hatte damals Mathematik und Sport in der Sommerschule des Internats unterrichtet. Sie und Selina hatten sich von Anfang an gut verstanden.

»Ich habe mich dieses Mal freiwillig für den Sommer hier gemeldet«, sagte sie. »Ich wollte mir doch die Gelegenheit nicht entgehen lassen, in meine alte Schule zurückzukehren.«

Selina schaute sie überrascht an. Das war ihr neu. »Sie sind selbst hier zur Schule gegangen?« fragte sie.

Angela Faster nickte und schaute sie versonnen an.

Dann geschah auf einmal etwas Seltsames. Statt zu antworten, hörte die junge Lehrerin auf zu lächeln, blickte Selina starr an und griff in die Tasche ihrer dunkelblauen Jacke.

Selina spürte, wie ihr Herz zu hämmern begann. Um das peinliche Schweigen zu brechen, fragte sie leise: »Ist irgend etwas, Frau Dr. Faster?«

Die junge Frau holte kurz Luft. Sie schien etwas sagen zu wollen, brachte es aber nicht über die Lippen. Schließlich lächelte sie wieder und schüttelte nur leicht den Kopf. Ihre Hand glitt aus der Jackentasche. »Ach, nichts«, sagte sie.

Selina sah sie mißtrauisch an. Die Lehrerin verheimlichte ihr doch etwas! Was hatte sie ihr nicht sagen wollen? Und wieso?

Angela Faster wich Selinas Blick aus und fragte hastig: »Und? Was hast du in deinen Ferien geplant, während wir anderen Unterricht haben?«

Selina schwirrten tausend Fragen durch den Kopf, und überrascht stammelte sie: »Na ja ... ich wollte eigentlich ...« Dann fiel ihr auf einmal ein, worüber sie und Beth sich unterhalten hatten.

Fast unwillkürlich glitt ihr Blick zu dem hohen runden Turm, der auf der Ostseite des riesigen Schlosses lag. Das Sonnenlicht fiel auf einen kleinen dunklen Punkt, der sich bei näherem Hinsehen als eine steinerne Statue mit zwei weiten Flügeln entpuppte: ein Gargyl.

»Ich habe meine Pläne«, sagte Selina geheimnisvoll, während ihre Finger mit dem goldenen Anhänger um ihren Hals spielten.

Ein rätselhafter Traum

Draußen zuckten die Blitze, der Donner grollte, und der Regen schlug gegen die Fenster des großen Speisesaals. An den langen Tischen aßen die Schüler der Sommerschule zu Abend und unterhielten sich. Selina saß gedankenverloren etwas abseits von den anderen. Der Tag war recht langweilig gewesen, denn ganz allein gab es nicht viel zu tun – auf dem Sportplatz ein wenig Ball spielen oder in der Bibliothek lesen. Die Sommerschüler nahmen kaum Notiz von ihr, und auch die Lehrer waren zu beschäftigt, um sich um sie zu kümmern.

Nur Frau Dr. Faster besuchte sie in der Bibliothek oder sprach sie im Speisesaal an. Als sie genauer darüber nachdachte, erinnerte sie sich, daß ihr das Interesse der jungen Lehrerin schon im vergangenen Jahr aufgefallen war. Damals hatte sie sich nichts dabei gedacht und sich einfach darüber gefreut. Aber jetzt fiel ihr deren merkwürdiges Verhalten am Vormittag wieder ein. Warum hatte sie

sie so seltsam angesehen? Hatte Frau Dr. Faster ihr tatsächlich etwas sagen wollen, oder hatte sie sich das nur eingebildet? Und wenn ja, was? Wußte sie etwas über Selina?

Sie schüttelte den Kopf und verwarf den Gedanken. Statt dessen schaute sie aus dem Fenster, wo ein Gewitter mit Gewalt über dem Wald tobte. Eigentlich war es ein ganz gewöhnliches Sommergewitter, das die Luft nach dem schwülheißen Tag reinigte und abkühlte. Aber wenn der Blitz durch die Abenddämmerung zuckte, sah man, wie der Wind an den Ästen zerrte und die Bäume seltsame Figuren bildeten und Schatten warfen. Der Anblick war Selina unheimlich, zugleich aber merkwürdig vertraut, als wecke er eine Erinnerung in ihr.

In einer solchen Nacht hatte man sie vor dreizehn Jahren gefunden. Die Direktorin hatte Selina erzählt, wie eine damalige Schülerin sie vor den Toren des Schlosses entdeckt hatte. »Eine Nacht wie keine andere«, waren damals Dr. Johnsons Worte gewesen. Als Selina auf das Internat gekommen war, hatte sie zunächst keine Ahnung gehabt, wieso ausgerechnet sie das Waisenhaus verlassen und nicht wie alle anderen auf eine gewöhnliche Schule gehen sollte. Gleich nach ihrer Ankunft hatte die Direktorin sie in ihr geräumiges Büro gerufen und ihr die Geschichte erzählt.

Seitdem hatte sich Selina verändert. Immer wieder lag sie nachts wach, weil sie Fragen quälten. Sie wollte wissen, wer sie war und woher sie kam. Weshalb hatte man sie zurück in das Schloß geholt? Und vor allem: Wer hatte sie damals vor den Toren des Schlosses ausgesetzt? War dieser Jemand vielleicht noch dort draußen und wartete auf sie? Und wer hatte ihr die seltsame goldene Kette um den Hals gelegt?

Ein heller Blitz schlug direkt vor dem Fenster ein und riß Selina aus ihren Gedanken. Geblendet von dem Licht, zwinkerte sie ein paarmal und rieb sich die Augen. Sie schüttelte noch einmal kurz den Kopf und wandte sich vom Fenster ab. Dieses unheimliche Gewitter brachte sie auf die unsinnigsten Gedanken.

Mit einem Blick auf die Schüler und Frau Dr. Faster, die ihr freundlich zulächelte, verließ sie den Speisesaal und schlenderte durch den verlassenen hohen Flur. Im Halbdunkel machten ihr die Ritterrüstungen in den Nischen, manche Gemälde und Wandteppiche fast angst. Selina ärgerte sich über sich selbst. Wie alle anderen Internatsschüler war sie eigentlich stolz darauf, daß Touristen das alte Schloß besuchten, das auch ein Museum hätte sein können, und seine Einrichtung bewunderten. Sie lief schnell die große Steintreppe hinauf bis zum Flur vor den Mädchenschlafsälen und dann weiter bis zu einer schmalen Holztür. Erleichtert trat sie in ihr Reich, ein kleines, aber wunderschönes Turmzimmer. Da Selina das ganze Jahr über in der Schule bleiben mußte, hatte man ihr ein eigenes Zimmer zugestanden.

Es war ein kleiner runder Raum mit Bücherregalen, Schreibtisch, Schrank und Bett. Noch ganz in Gedanken versunken, ließ sich Selina auf ihr Bett fallen, sprang aber sofort wieder mit einem Schmerzensschrei auf. Als sie sich umdrehte, sah sie das dicke Buch, auf dessen Kante sie sich geworfen hatte. Mit schmerzverzerrtem Gesicht rieb sie sich den Rücken und nahm das Buch in die Hand. »Danke, Beth«, murmelte sie vor sich hin.

Vor lauter Aufregung über den Ferienanfang hatte sie Beths Idee und das Buch in ihrem Zimmer völlig vergessen. Selina beschloß, sich die alte Schwarte genauer anzusehen. Wenigstens brachte sie das auf andere Gedanken, und wer weiß, vielleicht löste sie wirklich das Rätsel des Ostturms! Dann hätte sie wenigstens nach den Ferien auch etwas zu erzählen. Sie machte es sich auf dem Bett gemütlich und schaltete die kleine Nachttischlampe an.

Das Buch war tatsächlich ein richtiger Schmöker, wie Beth ihn beschrieben hatte. Den durfte man doch nur in der Bibliothek lesen! Selina seufzte. Wahrscheinlich wartete als einziges Abenteuer eine Exkursion in die Bibliothek auf sie, bei der sie das Buch heimlich zurückstellen mußte ... Der dicke Einband war sehr alt, so daß Selina ihn nur vorsichtig anfaßte, um ihn nicht zu beschädigen. Sie schlug das schwere Buch auf und mußte augenblicklich niesen. Das hatte wohl lange keiner mehr zur Hand genommen, bei dem Staub, der daraus aufstieg! Die Seiten waren brüchig, und die schwarze Tinte verblaßte bereits an vielen Stellen. Zudem war die Schrift altertümlich und schwer zu lesen.

Selina blätterte ein paar Seiten weiter und entdeckte etwas, was ihr wesentlich interessanter erschien als die fast unleserliche Schrift: Das Buch enthielt zahlreiche Zeichnungen. Sie fand Stiche von fast jedem Raum des Schlosses, wie dem Speisesaal oder selbst dem Büro der Direktorin. Offensichtlich beschrieben die Kapitel also die einzelnen Flügel und Türme des Schlosses! Selina fand ihr eigenes Zimmer in einer Beschreibung des Ostflügels.

Als sie die Zeichnung ihres Zimmers betrachtete, fiel ihr etwas Merkwürdiges auf: Was war das für ein Gang, der von ihrem Zimmer in einen anderen Teil des Schlosses zu führen schien? Wieso hatte sie den noch nie gesehen? Sicher, das Buch war alt und das Schloß inzwischen restauriert und umgebaut worden. Selina blickte argwöhnisch auf und spähte im Zimmer umher. Sie suchte nach der Stelle, wo laut Zeichnung die Tür zu dem geheimnisvollen Gang sein sollte. Ihr Blick blieb an einem Bücherregal hängen. Verwirrt schaute sie erneut auf den Plan und dann wieder zum Bücherregal. Dann schüttelte sie den Kopf: Es war nichts zu sehen. Selbst wenn es dort einmal einen Gang gegeben hatte, existierte der sicher längst nicht mehr, sondern war inzwischen zugemauert worden.

Selina gab auf und blätterte weiter in dem alten Buch herum.

Inzwischen hatte sie fast alle Flügel und Türme des alten Schlosses gefunden, als sie das letzte und mit Abstand dickste Kapitel des Buches aufschlug: *Der Ostturm.*

Selina merkte auf einmal, wie ihr Herz schneller schlug. Würde sie hier vielleicht gar Hinweise auf ihre Herkunft finden?

Als sie die dicht beschriebenen Blätter sah, war sie beinahe ein wenig enttäuscht. Die Schrift war noch verblichener als auf den anderen Seiten und kaum zu entziffern. Selbst wenn hier des Rätsels Lösung stand, würde ihr das nichts nützen. Sie blätterte weiter zu den Zeichnungen und hielt unwillkürlich den Atem an: Da waren genaueste Abbildungen von mindestens zwanzig steinernen Wasserspeiern. Selina runzelte die Stirn. Gab es wirklich so viele Gargylen auf dem Ostturm? Sie hatte doch nie mehr als neun gezählt! Hatte man einen Teil entfernt? Und warum? Das Schloß stand schließlich unter Denkmalschutz, da durfte nicht einfach etwas verändert werden.

Selina fand keine Antwort auf ihre Frage und blätterte weiter. Hier hatte offensichtlich jemand achtlos eine Seite herausgerissen. An den Papierfetzen, die hängengeblieben waren, konnte man erkennen, daß es sich um eine Darstellung des Turms gehandelt hatte.

Selina seufzte tief. »Na toll!« stöhnte sie. Ausgerechnet die Stelle, die sie am meisten interessierte, war verschwunden. Nun würde sie nie herausfinden, ob es im Schloß einen Eingang zum Ostturm gab. Entmutigt blätterte sie weiter, fand aber auch auf den folgenden Seiten nichts, was ihr weitergeholfen hätte. Auch diesmal hätte sie nach den Sommerferien nichts zu erzählen... Gerade wollte sie das Buch zuschlagen, als ihr Blick auf die allerletzte Zeichnung fiel. »Das ist doch nicht möglich!« flüsterte sie, und ihre Augen weiteten sich vor Erstaunen. Was dort gezeichnet war, kannte sie nur zu gut, sie hatte es etliche Male gesehen...

»Selina?« fragte auf einmal eine strenge Stimme. Selina fuhr zusammen, blickte erschrocken auf – und starrte in das grimmige Gesicht der Direktorin.

»Oh... Frau Dr. Johnson, ich habe Sie nicht gehört!« stotterte Selina erschrocken und sprang vom Bett auf, während sie vergeblich versuchte, das große Buch unter der Decke verschwinden zu lassen.

Die Direktorin sah Selina durch ihre Goldrandbrille hindurch streng an. »Ist das da nicht aus der Bibliothek?« fragte sie und deutete auf das Buch auf Selinas Bett.

Selina hielt den Atem an. »Äh... ja, wirklich«, murmelte sie kleinlaut.

»Selina, du weißt, daß es verboten ist, Bücher aus der Bibliothek mitzunehmen. Sie dürfen nur dort gelesen werden. Vor allem bei alten Büchern wie diesem ist das sehr wichtig! Gib es mir bitte!« verlangte die Direktorin streng und ohne eine Miene zu verziehen. Statt dessen streckte sie die Hand nach dem Buch aus.

Selina wollte gerade zu einer Frage ansetzen, hielt sich aber zurück, als sie den Blick der Direktorin sah. Da war nichts zu machen. Seufzend nahm sie das Buch, schlug es hastig zu, damit die Direktorin die Zeichnung nicht sah, und reichte es ihr.

»In zehn Minuten ist Nachtruhe. Beeil dich bitte im Bad«, sagte die Direktorin ausdruckslos, drehte sich um und ging.

Selina stand regungslos da und starrte auf die geschlossene Tür. »Mist!« fluchte sie. Warum hatte sie die Seite nicht schon früher entdeckt?

Enttäuscht ließ sie sich auf ihr Bett fallen und starrte auf den Boden. Die Erinnerung an die merkwürdige Zeichnung jagte ihr einen Schauer über den Rücken. Sie griff nach der Kette um ihren Hals und nahm sie ab. Ihr Herz begann zu hämmern, als sie auf den goldenen Gargylen an ihrer Kette starrte.

»Was bedeutet das bloß?« flüsterte sie.

Was bedeutete es, daß es ein Bild von ihrem Amulett in diesem alten Buch gab? Was hatte sie mit dem Schloß zu tun? Ohne eine Antwort zu finden, lag Selina zehn Minuten später in ihrem Bett und starrte zum Fenster hinaus, gegen das noch immer der Regen prasselte. Erst nach stundenlangem Grübeln, das bis tief in die Nacht dauerte, schlief sie endlich ein.

Selina stand in einem schmalen Gang.
Um sie herum herrschten Dunkelheit
und etwas unendlich Erdrückendes:
vollkommene Stille. Die Dunkelheit

und die Stille waren so dicht, daß sie das Gefühl hatte, sie lasteten schwer auf ihr und ließen sie kaum atmen.

Selina hatte Angst. Sie wußte nicht, wo sie war oder warum sie hier war. Nur eines war ihr vollkommen klar: Sie war allein.

Vorsichtig tat Selina einen kleinen Schritt vorwärts und streckte dabei die Arme aus, um nach einer Wand vor sich zu tasten. Als sie ins Leere griff, wagte sie einen weiteren Schritt vorwärts und dann noch einen. So arbeitete sie sich langsam vor. Ihr Herz hämmerte, und der Schweiß lief ihr über das Gesicht, ihr Atem ging schnell.

Dann plötzlich fühlten ihre Hände etwas Kaltes.

Sie schrie erschrocken auf und sprang zurück. Erst nachdem sie einen Augenblick lang durchgeatmet hatte, wagte sie sich wieder vor. Ganz vorsichtig streckte sie erneut die Hände aus und betastete die kalte Fläche, vor der sie zurückgeschreckt war: Metall. Ganz eindeutig, glatt und kalt. Selina blinzelte ein paarmal, um wenigstens Umrisse erkennen zu können. Langsam gewöhnten sich ihre Augen an die Dunkelheit, und sie erkannte schemenhaft, wo sie war. Sie sah einen dunklen Schatten, der ungefähr die Form eines Menschen zu haben schien. Sie atmete nochmals tief durch. Eine Rüstung also, das Metall einer der vielen Rüstungen im Schloß.

Sie spähte durch den dunklen Gang. Er war sehr eng, keine zwei Meter breit. Irgendwo hatte sie diesen Gang schon einmal gesehen, konnte sich aber nicht erinnern, wo das gewesen war.

Vorsichtig ging sie weiter, durchquerte langsam den langen Flur, dessen Ende nicht zu erkennen war. In weiter Ferne machte sie einen schwachen Lichtschein aus und ging geradewegs darauf zu. Sie wußte nicht mehr, wie lange sie bereits durch die Dunkelheit irrte. Ihr Zeitgefühl, all ihre Erinnerungen und Gedanken waren in einem dichten Nebel versunken, der sie nicht loslassen wollte. So folgte Selina einfach dem Licht, ohne zu wissen, wohin es sie führte. Je näher sie kam, um so heller wurde es. Nach einer Ewigkeit – so kam es ihr jedenfalls vor – erreichte Selina endlich die Quelle des Lichts. Ihre Umgebung war nun wesentlich heller als zuvor, so hell, daß sie das Ende des Gangs erkennen konnte: Vor ihr gabelte er sich, und genau an der Stelle, wo sich die beiden Gänge trafen, schien sich das Licht zu befinden.

Selina blieb erschrocken stehen. Irrte sie sich, oder war da gar keine Lichtquelle? Sie trat näher heran, um besser sehen zu können, stellte jedoch zu ihrem Entsetzen fest, daß sie recht hatte. Dieses seltsame Licht war einfach da, hatte aber keinen Ursprung.

Selina spürte auf einmal, wie sich ein mulmiges Gefühl in ihrem Magen ausbreitete. Die Angst steigerte sich, und ihre Hände zitterten. Was ging hier vor? Wo war sie?

Selina nahm allen Mut zusammen und ging weiter auf das unheimliche Licht zu. Anscheinend leuchtete es am hellsten an einem bestimmten Punkt an der Wand: Dort war eine Einkerbung oder Verzierung zu sehen. Als sie näher trat, um die Wand genauer zu betrachten, war ihre Angst plötzlich wie weggeblasen: Im Zentrum des geheimnisvollen Lichts umgab sie eine wohlige Wärme, die sie beruhigte.

Behutsam streckte Selina die Hand aus und fuhr mit dem Finger über die Einkerbung. Sie schien künstlich zu sein, denn der Stein fühlte sich ansonsten glatt und ebenmäßig an. Außerdem war sie vollkommen symmetrisch – ein Riß wäre nie so gleichmäßig gewesen. Als Selina die Hand sinken ließ, berührten ihre Finger die Wand darunter. Sie stockte. Ihre Finger hatten noch etwas anderes auf dem Stein unterhalb der Einkerbung ertastet.

Sie trat einen kleinen Schritt zurück, um die Stelle genauer zu betrachten, und riß erstaunt die Augen auf, als sie sah, daß sich auch auf diesem Stein etwas befand. Nur war es dieses Mal keine Einkerbung, sondern eher eine Art Gravur. Buchstaben. Aber sie waren nicht zu lesen, weil sich zuviel Staub in den Ritzen gesammelt hatte. Mit zitternden Fingern wischte Selina den Staub weg, so gut sie konnte, und sprang plötzlich wie vom Blitz getroffen zurück.

»Das kann nicht sein!« wisperte sie und starrte wie gebannt auf die Buchstaben.

Sie rieb sich die Augen und schaute erneut hin. Doch das, was dort auf dem Mauerstein stand, wollte einfach nicht verschwinden: ALBION.

»Nein!« schrie Selina.

Der Schweiß lief ihr über das Gesicht und den Rücken hinunter, und ihr Herz schlug so heftig, als wolle es jeden Moment zerspringen. Erst nach einer ganzen Weile gelang es ihr, sich wieder zu beruhigen. Wo war sie? Was war geschehen? Im Halbdunkel erkannte sie die vertrauten Umrisse ihres

Zimmers. Sie saß kerzengerade im Bett. Durch ihr Fenster fielen bereits die ersten Sonnenstrahlen. Also war es nur ein Traum gewesen – zwar ein sehr lebendiger, aber das war nach der Lektüre des geheimnisvollen Buchs nicht weiter erstaunlich.

Ganz langsam drang dieser Gedanke in Selinas Geist und beruhigte sie. Sie legte sich wieder hin und schloß die Augen. »Alles nur ein Traum«, murmelte sie, auch wenn sie sich dessen ganz und gar nicht sicher war.

Die Gargylen erwachen

Am nächsten Morgen schien wieder die Sonne und versprach einen heißen Sommertag.

Selina wachte unausgeschlafen und ein wenig verwirrt auf. Sie hatte nach dem seltsamen Traum von dem Gang und dem unheimlichen Licht nicht mehr richtig schlafen können. Auch nachdem sie aufgestanden war, sah sie die Bilder aus dem Traum immer wieder vor sich. Was hatte das alles zu bedeuten? Oder war ihre Phantasie einfach zu lebhaft?

Nachdem sie den ganzen Vormittag darüber nachgegrübelt hatte, beschloß sie, das Erlebnis als das abzutun, was es war: ein komischer Traum. Sie mußte auf andere Gedanken kommen und verbrachte den Nachmittag auf dem Sportplatz. Aber der Gedanke sowohl an die Zeichnung in dem Buch als auch an den Traum wollte sie nicht loslassen. Wenn sie wenigstens mit Emily darüber hätte reden können!

Vor dem Abendessen ging Selina in die Bibliothek, um sich wenigstens noch einmal in Ruhe die vermeintliche Abbildung ihres Amuletts anzusehen. Sie suchte die gesamte Bibliothek danach ab – vergebens. Ob die Direktorin es noch nicht zurückgebracht hatte? Und weshalb hatte sie auch im Bibliothekskatalog keinen Hinweis auf das Buch gefunden? Die Aushilfsbibliothekarin hatte ihr nicht weiterhelfen können.

»So ein Pech«, seufzte sie und verließ enttäuscht die Bibliothek.

Ich muß das Buch einfach noch einmal in die Hände bekommen! dachte sie, während sie den Gang entlangschlenderte. Sie hatte sich nicht geirrt – es war wirklich eine Zeichnung ihres Amuletts gewesen.

Selina blieb plötzlich stehen und schaute sich verwirrt um. Dann runzelte sie die Stirn. Das war doch der Flur aus ihrem Traum! Dort hinten gabelte er sich.

Sie sah kurz über ihre Schulter zurück, um festzustellen, ob sie allein war. Als sie niemanden entdeckte, wandte sie sich wieder dem Gang zu. Irrte sie sich auch nicht, war das tatsächlich der Gang, durch den sie heute nacht im Traum gegangen war? Ja, jetzt erinnerte sie sich – es stimmte alles ganz genau. Sie hatte diesen Gang nicht nur im Traum gesehen, sie war unzählige Male daran vorbeigelaufen. Deshalb war er ihr so bekannt vorgekommen.

Sie wollte gerade einen Fuß hineinsetzen, als sie innehielt. Hatte sie das Ganze nicht als Traum abgetan? Sie kam sich ein wenig dumm vor, der Sache jetzt doch nachzugehen. Aber auf der anderen Seite hatte sie nichts Besseres zu tun, warum sollte sie nicht versuchen, die Stelle mit den merkwürdigen Zeichen zu finden? Sie zuckte noch einmal mit den Schultern und ging dann in den schmalen, dunklen Gang hinein.

Wie in ihrem Traum war es düster hier. Die hohen Fenster waren mit schweren dunkelblauen Samtvorhängen verhangen. Während sie durch den langen Flur schritt, schaute sie sich immer wieder um. Sie konnte sich nicht erinnern, diesen Gang jemals zuvor betreten zu haben, was ihr ein wenig seltsam vorkam, da sie sich sonst im gesamten Schloß auskannte wie niemand anderes. Aber er war schon immer dagewesen, das wußte sie. Wieso hatte die Neugier sie nie hierhergetrieben?

Plötzlich klirrte und schepperte es gewaltig, und Selina stolperte und fiel hin.

»Au«, stöhnte sie und rieb sich das Kinn, auf das sie mit voller Wucht gefallen war. Ihre Zähne fühlten sich komisch an, und sie hatte einen merkwürdigen Geschmack auf der Zunge. Als sie aufschaute, verstand sie, was passiert war: Sie war geradewegs gegen eine alte Rüstung gelaufen, als sie sich umgesehen hatte. Mit zusammengebissenen Zähnen stand sie auf und schaute sich das Chaos, das sie verursacht hatte, genauer an: Die Rüstung war in ihre Einzelteile zerfallen. Eilig bückte sie sich und versuchte, die Teile wieder zusammenzusetzen. Wenn sie das nicht schaffte, würde sie sich großen Ärger einhandeln. Als sie nach dem Helm mit dem roten Federbusch griff, fiel ihr plötzlich etwas ein. War das nicht dieselbe Rüstung, gegen die sie im Traum auch fast gelaufen wäre, wenn sie nicht vorher das kalte Metall ertastet hätte? Also stimmte auch diese Einzelheit – es war alles wie in ihrem Traum! Selina hielt einen Moment lang inne und schaute auf das Ende des Gangs – dort, wo im Traum das seltsame Licht geschienen hatte. Da in der Ferne erkannte sie es.

»Das kann nicht sein!« flüsterte sie, ließ den Ritterhelm liegen und stand auf. Schnell lief sie auf die Wand zu und starrte die kleine, symmetrische Einkerbung an. Sie hob die Hand und fuhr mit den Fingern darüber.

Selinas Herz tat einen kleinen Sprung, als sie den abgeschliffenen Stein berührte, der sich genauso anfühlte wie in ihrem Traum. Jetzt fehlte bloß noch… Sie trat zurück. Ihr Herz hämmerte mittlerweile so stark, daß sie das Gefühl hatte, es halle im ganzen Schloß wider. Ein Blick auf den Stein genügte: Wie im Traum waren dort Zeichen eingeritzt. Und wie im Traum mußte sie den Staub wegwischen, der sich in den Buchstaben gesammelt hatte.

»Das kann doch nicht wahr sein!« flüsterte sie, als sie erneut ihren Namen las, der in verschnörkelten großen Buchstaben in den Stein eingraviert war.

Was bedeutete das? Warum stand ihr Name an der Wand? Plötzlich bekam sie Angst. Was ging hier vor? Man hatte sie mit einem seltsamen Anhänger um den Hals in einer Gewitternacht vor dem Schloß gefunden, der überdies in einem alten Buch abgebildet war – was schon merkwürdig genug schien. Dazu kam, daß sie manchmal seltsame Kräfte besaß, Dinge schweben lassen konnte und im Traum reale Dinge sah. Und nun stand auch noch ihr Name hier an der Wand! Am liebsten wäre sie einfach weggelaufen, aber dafür war ihre Neugier zu groß.

Sie wartete ein paar Sekunden lang, atmete tief durch und fuhr dann mit den Fingern erneut über die merkwürdige Einkerbung an der Wand. Die Form war seltsam – ungewöhnlich, aber doch vertraut. Sie biß sich auf die Unterlippe. Wurde sie nun wirklich verrückt, oder hatte die Vertiefung die gleiche Form wie ihr Anhänger? Mit einem Seufzer gab sie sich einen Ruck, nahm die Kette vom Hals und legte den Anhänger in die Kerbe.

Er paßte! Als wäre die Einkerbung für den kleinen goldenen Gargylen geschaffen worden!

Selina fühlte, wie sie blaß wurde. Sie war sicherlich verrückt geworden. Ihr Anhänger, der goldene Anhänger, den sie ihr Leben lang getragen hatte, paßte in diese Einkerbung? Ein Zufall konnte das nicht sein, denn die Form war zu ausgefallen. Bevor sie sich weiter wundern konnte, hörte sie ein seltsames Geräusch. Es schien aus der Wand zu kommen und klang so, als ob schwere Steine aufeinander rieben. Selina wollte gerade die Hand nach ihrem Anhänger ausstrecken, um ihn aus der Wand zu ziehen, als sich diese zu drehen begann.

Die Wand bewegte sich einen guten Meter nach innen und blieb schließlich stehen. Das laute Mahlen und Knirschen der Steine hörte auf.

Selina stand wie gelähmt da. Die Stille war fast noch unheimlicher als das seltsame Geräusch. Zitternd ging sie auf die Öffnung zu, die sich gebildet hatte, schaute vorsichtig hinein – und entdeckte dahinter einen dunklen Gang. Einen Geheimgang.

Selina atmete tief durch. Plötzlich kam ihr alles unwirklich vor. So etwas passierte doch nur im Film! Sie drehte sich noch einmal um und sah den Flur hinter sich. Sie hatte die Wahl: zurückgehen und alles vergessen – und sich weiter langweilen –, oder aber sie folgte diesem Geheimgang, wo immer er hinführen mochte. Sie strich entschlossen die braunen Haare aus dem Gesicht, zog energisch ihre Kette aus der Wand und lief den dunklen Gang entlang.

Die Wände waren kahl und schienen eine unangenehme Kälte auszustrahlen, die Decke hing seltsam tief, und der Gang selbst war kaum mehr als anderthalb Meter breit. Selina hatte bereits einige Meter zurückgelegt, als hinter ihr erneut das Geräusch knirschender Steine zu hören war. Erschrokken drehte sie sich um und sah zu ihrem Entsetzen, wie sich die Wand langsam wieder an die alte Stelle zurückschob. Ohne zu zögern, rannte Selina auf den immer kleiner werdenden Spalt zu – aber es war zu spät: Die Wand befand sich wieder an ihrem alten Platz, der Rückweg war abgeschnitten.

Fassungslos tastete Selina die Wand ab. Sie war eingesperrt! Was sollte sie tun? Hier würde sie keiner finden! Panik stieg in ihr auf. Um sie herum herrschte Dunkelheit. Das wenige Licht war durch die Öffnung in der Wand hereingefallen, und jetzt war es stockfinster. Selina zitterte vor Kälte und zog ihre dünne Baumwolljacke fester um sich. Dann tastete sie erneut die Wand ab. Sie suchte etwas, das den Mechanismus vielleicht wieder aktivieren konnte, fand aber nichts. Alles, was sie fühlte, war glatter Mauerstein. Der Weg zurück war versperrt!

Selina hätte am liebsten laut aufgeschrien. Dennoch zwang sie sich zur Ruhe. Es mußte einen Weg in die Freiheit geben. Der Gang mußte irgendwo hinführen.

Sie atmete tief durch, tastete sich mit den Händen an der Wand entlang und folgte vorsichtig dem dunklen Gang. Kalter Schweiß lief ihr den Rücken hinab, obwohl sie vor Kälte zitterte. Als sie mit dem Fuß gegen etwas Hartes stieß, wußte sie nicht mehr, wie lange sie schon gelaufen war. Die Dunkelheit war dicht und schwer und machte sie benommen. Vorsichtig versuchte sie, mit den Händen zu ertasten, wogegen sie gestoßen war. Es fühlte sich an wie Stein. Sie hatte sich nicht geirrt – sie stand vor keiner weiteren Wand, sondern vor einer Treppe.

Da sie keine Wahl hatte, richtete sie sich wieder auf und setzte den Fuß auf die unterste Stufe. Noch langsamer, als sie zuvor gegangen war, stieg sie die

Treppe hinauf. Die Stufen waren feucht, und wenn sie nicht aufpaßte, rutschte sie aus und fiel hin und wer sollte sie hier jemals finden? Ängstlich hielt sie sich an den Wänden fest. Schon bald merkte sie, daß es sich um eine Wendeltreppe handelte, die in engen Windungen emporstieg und gerade genug Platz für eine Person ließ. In der Dunkelheit kam es ihr so vor, als würde die Treppe immer enger. Es herrschte Totenstille, und sie hörte lediglich ihren Atem und das heftige Klopfen ihres Herzens. Endlich hatte sie das Ende der Treppe erreicht und stand vor einem weiteren dunklen Gang. Sie seufzte.

Zwar hatte sie sich mittlerweile an die Dunkelheit und die schlechte Luft gewöhnt, aber langsam schien es ihr, als erdrückten sie die Wände des schmalen Gangs und als sei sie in einem Labyrinth gefangen, aus dem es kein Entkommen gab. Wie sollte sie je hier herausfinden? Vielleicht suchte man sie schon. Ob einer der Lehrer von dem Geheimgang wußte und sie hier vermutete? Die Direktorin?

Selina schüttelte den Kopf. Die war viel zu beschäftigt, um ihre Abwesenheit zu bemerken. Und außerdem hatte sich der Geheimgang nur geöffnet, weil Selina ihr Amulett in die Kerbe gelegt hatte. Woher sollten die Lehrer wissen, daß ausgerechnet Selinas Amulett die Tür zu dem alten Gang öffnete?

Sie versuchte, sich Mut zu machen. Es mußte einen Weg hinaus geben. Der Gang hatte einen

Zweck, er führte irgendwohin – sonst wäre er nicht gebaut worden. Als hätte jemand ihre Gedanken gelesen, stieß Selina gegen eine Holztür. Während sie sich das schmerzende Knie rieb, lächelte sie erleichtert. Da war der Ausgang, nun mußte sie nur noch die Tür aufbekommen. Mit beiden Händen umfaßte sie das Kastenschloß und drückte den Riegelknauf zur Seite. Der Riegel schien verrostet zu sein, denn Selina mußte sich mit aller Kraft daranhängen, um ihn zu bewegen. Das Knirschen des eingerosteten Eisens in der seltsamen Stille ließ sie erschauern, aber dann endlich gab der Riegel nach, und sie stemmte sich mit aller Kraft gegen die schwere Eichentür. Sie mußte sie einfach aufzwingen, das war vielleicht ihre Rettung!

Endlich gab die Tür nach, und Selina fiel auf den Steinboden. Dort blieb sie erst einen Augenblick lang benommen liegen, bevor sie es wagte, die Augen zu öffnen.

Licht!

Ein glückliches Lächeln zog sich über ihr Gesicht. Sie hatte es geschafft und sog die Luft ein. Nachdem sich ihre Augen an das Licht um sie herum gewöhnt hatten, konnte sie nach einer Ewigkeit, wie es ihr schien, wieder etwas sehen.

Sie stand in einer riesigen Halle, in die durch verstaubte große Fenster, die sich in beträchtlicher Höhe befanden, das rötliche Licht der Sonne fiel. Die Halle war vollkommen leer und kahl. Wände und Boden bestanden aus nacktem Stein, der genauso aussah wie überall im Schloß.

Selina hatte keine Ahnung, wo sie sich befand. Wo im Schloß gab es eine solche Halle? Die einzige Halle, die vielleicht annähernd eine solche Größe erreichte, war die große Haupthalle der Schule. Dann durchfuhr es Selina wie ein Blitz: Das war vollkommen ausgeschlossen, außer vielleicht ... Sie hatte doch nicht tatsächlich den Weg zum Ostturm gefunden?

Selina verjagte den Gedanken, um sich wieder darauf zu konzentrieren, wie sie von hier wegkam. Wenn sie Glück hatte, konnte sie vielleicht unbemerkt in ihr Zimmer zurückkehren, bevor jemand ihre Abwesenheit bemerkte.

Selina ging ein paar Schritte durch die runde Halle – rund wie der Ostturm. Erneut schüttelte sie den Kopf. Durch die Halle ging sie auf die Tür auf der anderen Seite zu. Wieder mußte sie ihre ganze Kraft aufbringen, um den Riegel zur Seite zu drükken, und sich dagegenstemmen – nur kam es ihr diesmal so vor, als ob von außen etwas dagegendrückte. Plötzlich gab die morsche Holztür nach, und ein scharfer Wind wehte ihr ins Gesicht: Sie stand auf einer Balustrade, auf der die steinernen Figuren der Wasserspeier in die Ferne blickten.

»Der Ostturm!« flüsterte Selina fassungslos.

Sie hatte den Weg zum Ostturm gefunden, zu dem sagenumwobenen Turm des alten Schlosses! Um den sich viele Legenden rankten, von dem aber nicht einmal die Lehrer wußten, welchen Zweck er einmal gehabt hatte.

Ein Lächeln breitete sich auf Selinas Gesicht aus.

Langsam trat sie an die Brüstung und stellte sich neben einen der mächtigen Wasserspeier.

Es war ein phantastischer Ausblick: Über dem Wald leuchtete golden die Sonne und war gerade noch über den hohen Bäumen des Waldes zu sehen. Der Wind fuhr ihr durchs Haar, und sie atmete tief die frische Luft ein. Dann drehte sie sich zu dem Gargylen neben ihr um, der kleiner war als alle anderen. Es schien ein weibliches Wesen zu sein, das erstaunlich menschliche Züge zeigte. Er – oder vielmehr sie – hatte zwei Arme mit Händen, an denen sich offenbar lange Krallen befanden, und zwei Beine mit Füßen, die die Form von Vogelkrallen besaßen. Aus dem Rücken der Gestalt wuchsen große, fledermausähnliche Flügel.

Am menschlichsten war jedoch das Gesicht. Selina starrte erstaunt das lange Haar an, dessen Strähnen täuschend echt in den Stein gemeißelt waren. Die Züge schienen lebendig zu sein, vor allem die Augen, die nicht leblos und leer wirkten wie bei anderen Statuen. Selina konnte sich von ihrem Anblick nicht losreißen – es war seltsam und völlig unmöglich, aber sie sah darin etwas, das nicht sein konnte: Leben. Es war, als ob das Wasserspeiermädchen tatsächlich lebte oder nur darauf wartete, ins Leben zurückzukehren.

Als die letzten Strahlen der Sonne erloschen, konnte Selina sich immer noch nicht vom Gesicht der kleinen Statue losreißen. Irgend etwas lag in diesen Augen, das Selina bekannt vorkam – als wären sie sich schon einmal begegnet, mehr noch, als wären sie Freundinnen gewesen, vor langer Zeit …

Ein goldenes Licht, das durch die Dunkelheit blitzte, riß Selina jäh aus ihren Gedanken. Schützend hob sie die Hand vor das Gesicht und spürte, wie sich unter ihrem T-Shirt eine seltsame Hitze ausbreitete, als hätte ihr jemand ein glühendes Stück Kohle auf die Brust gelegt. Als sie die Augen einen Spalt öffnete, sah sie immer noch das blendende Licht. Dann griff sie zu der Stelle, wo die Hitze am stärksten war – zu ihrer Kette, natürlich. Der Anhänger schien zu glühen. Schnell holte sie ihn hervor und starrte fassungslos das wertvolle Schmuckstück an, das wie eine kleine Sonne auf ihrer Hand lag und mit aller Kraft leuchtete. Sie spürte die Wärme auf der Handfläche, die ihr fast die Haut versengte, aber plötzlich machte ihr das nichts mehr aus – sie konnte die Augen einfach nicht von dem Amulett abwenden.

Dann verschwand das Licht schlagartig, und einen Augenblick lang tanzten Sterne vor Selinas Augen. Als sie sich wieder an die Dunkelheit gewöhnt hatte, bemerkte sie, daß das Licht gar nicht erloschen war, sondern sich verdichtet hatte: Es hatte sich zwischen den Händen des kleinen Wasserspeiers gesammelt. Es sah fast so aus, als halte er das Licht in seinen Händen.

Selina rechnete jeden Moment damit, daß sie in ihrem Zimmer aufwachte, denn das konnte doch nur ein Traum sein! Erneut blitzte es vor ihren Augen auf, und sie zuckte vor Schreck zusammen.

Das gebündelte Licht, das in den Händen des kleinen goldenen Gargylen gelegen hatte, hatte sich noch einmal verändert. Es war zu einem hellen Strahl geworden, der sich in neun kleinere geteilt hatte. Ein Strahl für jeden Gargylen.

Zitternd stand Selina da und sah, wie die goldenen Lichtstrahlen ihres Amuletts die grauen Steinkörper der Gargylen traf. Je länger das Licht auf die Statuen schien, desto stärker leuchteten sie. Selina trat ängstlich zurück, als der graue Stein der Statuen wie eine Flamme zu leuchten begann. Dann brach der Lichtstrahl ihres Amuletts ab, und die Wasserspeier hörten auf zu leuchten. Mit einem Schlag war alles wieder dunkel. Selina atmete erleichtert auf und wollte sich gerade umdrehen, als ein merkwürdiges Knacken die Stille durchbrach. Einen Moment später hallte der Schrei von zehn mächtigen Stimmen durch die Nacht.

Mit einem Schlag erschienen überall Risse auf den großen Steinstatuen, und die Arme, Beine und Flügel der mächtigen Gargylen zuckten, bevor sie sich mit aller Kraft streckten und ihre steinernen Hüllen sprengten. Selina sah voller Entsetzen, wie der Stein barst und lebendige Wesen zum Vorschein kamen, die verwirrt die Köpfe hin und her bewegten, an sich hinuntersahen, die Hände anstarrten und das Gesicht berührten. Sie bewegten einige Male prüfend die Flügel, bevor sie sich nach ihren Artgenossen umschauten.

Plötzlich richtete sich der Blick eines Gargylen auf Selina und blieb an ihr hängen. Auch die anderen drehten sich zu ihr um und starrten sie verwundert an.

Selina war wie gelähmt. Sie konnte sich vor Schreck nicht bewegen. Was sollte sie tun? Diese Wasserspeier waren ungefähr zwei Meter groß und sicherlich stärker als sie. Sie hatten zwar menschliche Züge, aber das hieß noch lange nicht, daß sie ihr nichts tun würden. Die Hände mit den langen Krallen jagten ihr Angst ein. Als sich eines der fremdartigen Wesen in Bewegung setzte, war ihre Lähmung schlagartig verschwunden. Außer sich vor Entsetzen rannte sie davon. Ihre Augen waren auf die schwere Holztür gerichtet, die in das Innere des Turms führte. Sie mußte die Tür erreichen und den Gang zurücklaufen. Aber sie hörte, wie ihre Verfolger immer näher kamen, hörte das scharrende Geräusch ihrer Krallen auf dem Stein. Als eine der unheimlichen Gestalten ihr den Weg versperrte, reagierte Selina schnell, schlug einen Haken und lief in die entgegengesetzte Richtung weiter.

»Halt!« dröhnte hinter ihr eine tiefe Stimme.

Selina rannte weiter, bis sie plötzlich vor der steinernen Brüstung des Turms stehenblieb. Ihre Augen blickten starr in die gähnende Tiefe. Sie drehte sich rasch um, um einen neuen Fluchtweg zu suchen, als sie in die Runde der neun Gargylen starrte – sie steckte in der Falle!

»Warte, wir wollen dir nichts tun!« sagte dieselbe Stimme, die sie vorhin gehört hatte.

Selina blickte den Gargylen an, der dies gesagt hatte. Es war einer der beiden größten.

Immer noch ängstlich, preßte sie sich an die Brüstung hinter ihr.

Auf einmal wurde der große Gargyl energisch beiseite geschoben, und ein anderer, mehr als drei Köpfe kleiner, trat vor.

Es war das weibliche Wesen, das Selina sich so genau angeschaut hatte, als es noch ein steinerner Wasserspeier gewesen war. Das Gargylenmädchen blickte Selina jetzt in die Augen.

Dieser Moment blieb Selina unvergeßlich. Sie glaubte, auf den Meeresgrund zu sehen, als sie in den tiefblauen Augen der Gargylin versank. Doch es war nicht allein die Farbe der Augen, die Selina in Bann schlug, sondern das, was sie darin sah. Es war fast so, als stünde dort in einer anderen Sprache etwas geschrieben, das sich nicht so recht in ihre eigene übersetzen ließ, das sie aber doch verstand. Der einzige Begriff, der es irgendwie traf, war Freundschaft.

Ganz langsam wich die Angst aus Selinas Körper – bis zu dem Augenblick, als der zweite der beiden großen Gargylen unruhig einen Schritt auf Selina zuging und den kräftigen Arm nach ihr ausstreckte.

Selina wich erschrocken zurück, doch sie stand so dicht an dem niedrigen Steingeländer hinter ihr, daß sie mit dem Oberkörper rückwärts über die Brüstung kippte, sich nicht mehr rechtzeitig festhalten konnte und in die Tiefe stürzte. Entsetzt schrie sie auf, als sie immer tiefer fiel. Sie sah die Kronen der Bäume auf sich zukommen. Nur noch wenige Augenblicke, und sie würde auf dem Boden aufschlagen! Sie kniff die Augen zusammen, als sie plötzlich von kräftigen Hände energisch gepackt und mit einem Ruck in die Höhe gezogen wurde.

Abermals schrie sie auf, als sie die Augen wieder öffnete und sah, daß sie über den Wipfeln des Waldes schwebte. Sie flog! Selina sah den Platz vor dem mächtigen Schloßtor näher kommen. Daneben standen die Bäume nicht so hoch und dicht. Ihr wurde flau im Magen, und sie merkte, daß sie der Erde entgegensank. Der sichere Waldboden kam immer näher. Ihre Füße streiften schon die dunkle Erde, als die kräftigen Hände sie losließen und sie mit Schwung landete, sich nicht halten konnte und über den weichen Boden rollte.

So schnell sie konnte, sprang Selina auf und rannte los. Sie wollte weg. Weg von diesem Wesen, das hinter ihr her war und das ihr Angst einjagte – und ihr doch so vertraut vorkam. Sie hatte genug von diesem Abenteuer – Traum oder Wirklichkeit, sie mußte fliehen.

Selina war noch nicht weit gekommen, als ihr Fuß an einer Baumwurzel hangenblieb und sie der Länge nach auf dem Boden aufschlug.

Und plötzlich hörte sie die Stimme des kleinen Wasserspeiers, der hinter ihr stand. »Warte bitte!« bat er flehentlich.

Tatsächlich hielt Selina inne und ließ sich wieder auf den Boden sinken. Vorsichtig drehte sie sich um und starrte das Gargylenmädchen mit den tiefblauen Augen an.

»Hab keine Angst vor mir!« sagte es sanft und kam langsam näher. Direkt vor Selina blieb es stehen und machte eine Geste, die die Mauer aus Angst zusammenbrechen ließ: Ganz sachte streckte es die Hand nach Selina aus. Selina starrte die Hand einen Augenblick lang fassungslos an, aber dann vergaß sie die unheimlichen Bilder, die ihr durch den Kopf schwirrten. Auf einmal sah sie nur noch diese Hand vor sich, die ihr helfen wollte, und griff zu. Mit einem Ruck kam sie wieder auf die Beine und stand nun unmittelbar vor dem Gargylenmädchen, das erstaunlicherweise kaum größer war als sie.

»Mein Name ist Sheila«, sagte das Mädchen und lächelte.

»Und ich heiße Selina Albion.«

Sheilas Gesicht leuchtete auf, als sie diesen Namen hörte, und beide standen sich schweigend gegenüber. Selina konnte es sich nicht erklären, aber aus irgendeinem Grund hatte sie keinerlei Angst mehr vor Sheila. »Sheila?« fragte sie dann. Das Gargylenmädchen legte den Kopf ein wenig schief.

Selina hob den Zeigefinger und zeigte auf ein kleines Turmzimmer in der Nähe des Ostturms. »Das dort ist mein Zimmer. Kannst du mich hinbringen?«

Selina wußte nicht einmal, warum sie diese Frage gestellt hatte. Aber Sheila nickte fröhlich. »Natürlich«, sagte sie freundlich, drehte sich um und spreizte prüfend die weiten Schwingen.

»Halt dich gut an meinen Schultern fest!« rief sie und ging leicht in die Hocke. Selina zögerte noch einen Moment lang, nickte dann aber und gehorchte. Sie packte das Gargylenmädchen an den Schultern und klammerte sich so gut wie möglich fest. Dann stieß sich Sheila kräftig vom Erdboden ab, breitete ihre Flügel weit aus und stieg langsam in die Höhe.

Fasziniert sah Selina, wie die Bäume unter ihr kleiner wurden und sie immer höher hinaufflogen. Beinahe war sie enttäuscht, als Sheila den Flug plötzlich verlangsamte und behutsam auf dem Fenstersims vor Selinas Zimmer landete.

Selina erschrak, als sie bemerkte, daß keines ihrer Fenster geöffnet war, aber Sheila legte einfach ihre Hand auf den Rahmen, ein kurzes Klacken erklang, und das Fenster öffnete sich wie von selbst. Selina fragte sich gar nicht, wie das möglich war, während sie sich von Sheila löste und durch das geöffnete Fenster in ihr Turmzimmer kletterte. Nach dieser Nacht wunderte sie sich über nichts mehr.

Als sie wieder in ihrer vertrauten Umgebung war, drehte sie sich um und betrachtete Sheila, die auf dem Fensterbrett saß und Selina immer noch aus ihren strahlendblauen Augen anblickte.

»Ich fliege jetzt zurück«, sagte sie.

Selina nickte langsam.

»Sehen wir uns wieder?« fragte sie, obwohl sie die Antwort wußte.

Sheila nickte. »Morgen nach Sonnenuntergang.«

Selina lächelte. Sheila drehte sich noch einmal nach ihr um, ehe sie elegant vom Fenstersims sprang und zurück in die Nacht glitt.

Noch lange stand Selina wie benommen am Fenster und starrte in die Dunkelheit hinaus, in der Sheila verschwunden war. Gerade wollte sie sich abwenden, als die Tür aufgerissen wurde und Angela Faster hereinstürmte. Die junge Lehrerin blieb überrascht stehen, als sie Selina in dem dunklen Zimmer vor dem geöffneten Fenster stehen sah.

»Selina? Hier bist du! Ich habe dich den ganzen Abend nicht gesehen.«

Selina schloß schnell das Fenster und drehte sich um: »Ich… äh… ich war… äh… hier«, stotterte sie, wischte hastig den Staub von der Hose und versuchte, ihre verschwitzten Haare glatt nach hinten zu streichen.

Die junge Lehrerin sah sie noch verwunderter an. »Dann ist es ja gut! Du siehst aber ganz schön mitgenommen aus. Bist du hingefallen? Du hast Erde und Grasflecken am Ärmel«, sagte sie, zwang sich zu einem Lächeln und verließ sichtlich verwirrt das Zimmer, allerdings nicht ohne Selina einen seltsamen Blick zuzuwerfen.

Selina drehte sich wieder um und trat zurück ans Fenster. Mit verträumtem Blick sah sie zum Ostturm hinüber und glaubte den Schatten einer fliegenden Gestalt zu erkennen, die auf der steinernen Brüstung landete.

In diesem Augenblick spürte Selina, daß in dieser Nacht etwas begonnen hatte. Sie wußte nicht, was es war, aber sie wußte, daß ihr etwas bevorstand, das ihr Leben vollständig auf den Kopf stellen würde.

Das Schicksal der Albions

Am folgenden Abend hastete ein Mädchen in Windeseile durch die Flure: Kurz nach dem Abendessen lief Selina so schnell wie möglich zurück in ihr Zimmer. Ihr Herz schlug vor Aufregung, denn sie konnte es gar nicht erwarten, Sheila wiederzusehen. Den ganzen Tag hatte sie über die Ereignisse des vorigen Abends nachgedacht und vor allem darüber, was sie heute abend erleben würde.

Sie war begierig darauf, Sheila und den anderen Gargylen Fragen zu stellen. Woher kamen sie? Warum lebten sie in dem alten Schloß? Weshalb waren sie bei Sonnenuntergang erwacht? Was hatte es mit ihrem Amulett auf sich? Doch die wichtigste Frage, die sich Selina den ganzen Tag immer wieder stellte, den sie mit verträumten Blick am Fenster verbrachte, lautete: Was hatte sie selbst mit den Wasserspeiern zu tun? Warum trug sie das Amulett, das sie zum Leben erweckt hatte? Warum ausgerechnet sie?

Als Selina endlich ihr Zimmer erreicht hatte, stand die Sonne noch über dem Wald und würde erst in mehr als anderthalb Stunden untergehen. Ungeduldig setzte sie sich auf ihr Bett. Ob sie einfach denselben Weg wie gestern abend noch einmal gehen sollte? Dann wäre sie bei Sonnenuntergang bereits im Ostturm. Aber dann dachte sie an die Dunkelheit, die modrige Luft und die engen Gänge und verwarf den Gedanken wieder. Nein, das wollte sie auf keinen Fall noch einmal durchstehen. Sie seufzte und nahm ihr Buch zur Hand. Sie würde sich in ihr Schicksal fügen und noch ein wenig Geduld aufbringen! Aber an diesem Abend konnte sie sich nicht auf die Abenteuer konzentrieren, die Bastian in der *Unendlichen Geschichte* zu bestehen hatte. Erlebte sie vielleicht bald ähnliche Abenteuer? Würden ihre kühnsten Träume wahr, in denen sie große Gefahren überwand, unschuldige Menschen rettete und in eine andere Welt eintauchte?

Während Selina mit ihrem Lieblingsbuch auf dem Schoß auf ihrem Bett saß und sich in ihrer Phantasie die kühnsten Geschichten ausdachte, merkte sie gar nicht, wie schnell die Zeit verging.

Auf der anderen Seite des Schlosses ging langsam die Sonne unter, um schließlich vollends hinter dem Horizont zu verschwinden, und zehn Statuen erwachten aus ihrem steinernen Schlaf.

Selina wurde jäh aus ihren Gedanken gerissen, als es an ihrer Fensterscheibe klopfte. Hastig blickte sie hinaus und erschrak, als sie einen kleinen Gargylen auf dem Fenstersims hocken sah. Selina mußte sich einen Augenblick lang an Sheilas Anblick gewöhnen, der ihr noch immer unheimlich war, bevor sie aufstand und das Fenster weit öffnete.

Es regnete, und Sheila hatte nasse Flügel. Rasch trat Selina einige Schritte zurück und beobachtete mit weit aufgerissenen Augen, wie das Gargylenmädchen in ihr Zimmer kletterte.

Sheila stellte sich in die Mitte des kleinen Turmzimmers, breitete die Flügel aus und schüttelte sich kräftig, wobei die Wassertropfen wild durchs Zimmer spritzten. Dann lachte sie fröhlich. »So ein Wetter da draußen! Da erwacht man nach Jahren aus dem Tiefschlaf, und gleich am nächsten Tag beginnt es zu regnen!« schimpfte sie und wischte sich mit den Händen die restlichen Tropfen von Flügeln und Schultern.

Selina schwieg unsicher. Sie wußte nicht so recht, was sie erwidern sollte. Das kleine Wesen benahm sich einerseits ganz normal und beschwerte sich über das schlechte Wetter, war aber andererseits alles andere als normal. Als Sheila einigermaßen trocken war, sah sie sich in Selinas Zimmer um. Ihr Blick wanderte über die Regale, den Schreibtisch und den Schrank und blieb schließlich an dem noch immer aufgeschlagenen Buch auf dem Bett hängen.

»Was, du liest die *Unendliche Geschichte*?« fragte sie erstaunt, nahm das Buch und blätterte darin.

»Hast du das etwa auch gelesen?« fragte Selina verwundert.

»Ich habe sogar Shakespeare gelesen, wenn du es genau wissen willst. Allerdings ist die *Unendliche Geschichte* viel spannender. Obwohl natürlich die Wesen, die dort beschrieben werden, ganz anders aussehen. Drachen zum Beispiel. Mehrere Köpfe haben nur die schwarzen, und sprechen können nur die goldenen, außerdem ...« Sheilas Redeschwall hörte mit einem Schlag auf, als sie Selinas erstauntes Gesicht sah. Dann lachte sie fröhlich. »Nun, das ist jetzt nicht so wichtig.«

Selina wußte nicht so recht, was sie von all dem halten sollte. Gerade hatte sie sich an den Gedanken gewöhnt, daß die steinernen Statuen des Ostturms nachts zum Leben erwachten. Aber daß es nun auch noch Drachen und andere Zauberwesen geben sollte, war ihr zuviel auf einmal. Und dieses geflügelte Mädchen, das sich manchmal gar nicht wie ein magisches Geschöpf benahm, sondern Bücher las und sich über den Regen ärgerte? Vielleicht träumte sie das alles doch nur?

»Aber weißt du was – es wird Zeit, daß du die anderen kennenlernst, Selina!« Die fröhliche Stimme riß sie aus ihren Gedanken.

Selina nickte, doch dann zeigte sich auf ihrem Gesicht auf einmal eine Spur von Unsicherheit. Sie erinnerte sich an den gestrigen Abend und an ihre Angst vor den furchterregenden großen Wasserspeiern. Jedesmal wenn sie an sie dachte, lief ihr ein Schauer über den Rücken. Nur Sheila versetzte sie nicht mehr in Angst und Schrecken. »Sind denn die *anderen* auch so ... äh ... so wie du?« fragte sie zaghaft.

Sheila schaute Selina überrascht an. Sie schien die Frage gar nicht recht zu verstehen. »Wie meinst du das – so wie ich?«

Selina spielte mit einer Haarsträhne und blickte zu Boden. »Na ja, sind die auch ... freundlich?« brachte sie schließlich über die Lippen.

»Du hast ja wirklich überhaupt keine Ahnung«, stellte Sheila seufzend fest.

»Keine Ahnung – wovon?« fragte Selina und biß sich auf die Unterlippe.

Sheila antwortete nicht gleich, sondern starrte kurz zu Boden, ehe sie sagte: »Du wirst es erfahren, aber nicht von mir. Mach dir keine Sorgen, meine Freunde sind nicht böse und dir mehr als wohlgesinnt. In deinen Augen mögen sie vielleicht furchteinflößend aussehen, aber vertrau mir, sie sind ... genauso wie ich.«

Selina nickte. Wovon hatte sie keine Ahnung? Was erwartete sie im Ostturm? Sie hätte am liebsten alle Fragen gestellt, die ihr auf der Seele brannten, aber ihr war klar, daß sie sich gedulden mußte.

Sheila stand noch einen Augenblick lang schweigend in Selinas Zimmer, bevor sie freundlich lächelte und Selina einen auffordernden Blick zuwarf.

»Also, laß uns nicht zuviel Zeit vertrödeln, sonst macht mir Kilian die Hölle heiß.«

»Kilian?« fragte Selina neugierig.

Sheila nickte. »Ja, mein Onkel. Er spielt sich zur Zeit als Anführer auf, obwohl ja eigentlich…« Sheila stockte plötzlich und machte ein Gesicht, als hätte sie sich am liebsten auf die Zunge gebissen. Dann sagte sie schnell: »Also, komm schon!«

Sie drehte sich um und ging auf das geöffnete Fenster zu, um auf den Sims zu klettern. Selina folgte schweigend.

»Halt dich wieder an meinen Schultern fest, den Rest erledige ich«, wies Sheila sie an.

Selina gehorchte und klammerte sich genauso wie am Abend zuvor an Sheilas Schultern. Erst jetzt fiel Selina auf, das Sheila ein enges Leinenhemd trug. Sie hatte deren Kleidung zuvor überhaupt nicht beachtet. Auch sah sie zum ersten Mal den Schwertgurt um Sheilas Hüfte, dessen Scheide leer war. Selina überlegte, ob dorthin nicht eigentlich ein Schwert gehörte und wozu Sheila so etwas brauchte. Konnte sie mit dem Schwert umgehen? Und gegen wen mußte sie kämpfen?

»So, bereit zum Flug?« fragte Sheila. Selina nickt aufgeregt. »Eins… zwei… und drei!« rief Sheila, stieß sich mit aller Kraft vom Fensterbrett ab und flog mit Selina Albion hinaus in die Nacht.

Wind und Regen peitschten Selina ins Gesicht, aber das trübte ihre Freude nicht. Sie flog, Selina flog! Das Turmzimmer hinter ihr wurde immer kleiner. Niemals zuvor hatte sie ein solches Glücksgefühl verspürt wie beim Fliegen. Es war ein Gefühl von unendlicher Freiheit. »Juhu!« schrie Selina dem heulenden Wind entgegen.

Sheila warf ihr über die Schulter einen schiefen Blick zu, lächelte und legte die Flügel leicht an, was die Geschwindigkeit erhöhte. Dann flog sie steil nach oben, machte einen Überschlag und einen Sturzflug in die Tiefe, um dann mit einem Ruck ihre Schwingen auszubreiten und wieder aufzusteigen.

Selina jubelte noch lauter. Was hätte sie für ein Paar solcher Flügel gegeben!

Nach einer Weile, die Selina wie nur wenige Sekunden vorkam, flog Sheila langsamer und glitt sanft nach unten, bis ihre vogelartigen Füße auf dem nackten Steinboden der Balustrade des Ostturms landeten.

»Da wären wir«, sagte sie, während Selina von ihrem Rücken sprang.

»Das war einfach super!« rief Selina begeistert und drehte sich im Kreis. »Ich hätte auch gern solche Flügel! Du weißt ja gar nicht, wie gut du es hast!«

Sheila lachte. »Glaub mir, dich erwartet etwas viel Besseres«, flüsterte sie so leise, daß Selina es nicht verstehen konnte.

»Was hast du gesagt?« fragte diese.

Sheila schüttelte den Kopf. »Ach, nichts!«

Selina starrte sie einen Augenblick lang skeptisch an, bevor sie wieder an den wunderbaren Flug dachte. Das wäre etwas, wovon man nach den Ferien erzählen könnte! Selbst Urlaub auf Hawaii konnte da nicht mithalten. Aber durfte sie über ihre Erlebnisse überhaupt reden? Vielleicht war das alles geheim? Und selbst wenn sie darüber sprechen dürfte, wer würde ihr glauben? Höchstens Emily täte so, als glaube sie diese abenteuerliche Geschichte, um ihr einen Gefallen zu tun – die anderen würden wahrscheinlich vor allem herzhaft lachen!

»Komm, laß uns keine Zeit verlieren. Die anderen warten sicher schon ungeduldig«, drängte Sheila.

Selina nickte und atmete vor Aufregung noch einmal durch, ehe sie Sheila durch die schwere Holztür ins Innere des Ostturms folgte.

Selina hatte erwartet, die Wasserspeier spätestens hier anzutreffen, aber auch die große Halle war leer. Mißtrauisch schweiften ihre Blicke durch das alte Gewölbe, während Sheila in die Mitte der Halle trat. Selina folgte ihr langsam.

Das Gargylenmädchen ging in die Hocke und starrte die Bodenplatten an. Sie schaute sich suchend um und kratzte sich kurz am Kopf. Dann aber erschien auf ihrem Gesicht wieder das freche Grinsen, und sie rief laut: »Dort, die ist es!« Selina beobachtete verwundert, wie Sheila die Arme ausstreckte und mit den Händen auf eine der breiten Bodenplatten drückte, die leicht und geschmeidig in der Tiefe versank.

Kurz darauf erklang wieder das knirschende Geräusch von Steinen, die sich aneinander reiben, und Selina sprang überrascht zurück, als sie sah, wie mehrere Platten in der Tiefe verschwanden und ein viereckiges schwarzes Loch freigaben, in dessen

Mitte eine steinerne Treppe in die Dunkelheit hinabführte.

»Wahnsinn«, staunte Selina.

Sheila zeigte sich jedoch unbeeindruckt und stieg die ersten Stufen der Treppe hinunter. »Komm schon!«

Selina gehorchte und folgte dem Gargylenmädchen in die Tiefe. Die Treppe war nicht sehr lang, sondern führte schon nach wenigen Stufen in einen dunklen Gang, dem Sheila ohne Zögern folgte. Selina ging zaghaft hinterher und befürchtete insgeheim ein neues Labyrinth aus engen, feuchten Gängen. Zu ihrer Erleichterung endete der Gang bald vor einem schweren Holzportal, das Selina an jene Tür erinnerte, durch die sie in den Ostturm gelangt war.

Sheila hatte schon die Hand auf das Schloß gelegt, als sie sich noch einmal zu Selina umdrehte. »Bereit?« fragte sie lächelnd. Selina verzog nur leicht das Gesicht. »Mach dir keine Sorgen. Alle werden freundlich zu dir sein. Der einzige, der ein wenig aufbrausend ist, ist Kimbal, mein anderer Onkel.«

Wenn diese Erklärung dazu gedacht war, Selinas Unsicherheit zu vertreiben, dann hatte sie ihre Wirkung gründlich verfehlt. Selina fühlte sich noch hilfloser als zuvor. Sheila merkte dies zwar, sagte aber nichts mehr, sondern zog den Knauf zur Seite. Mit einem Ruck stieß sie die Tür auf, trat in den Raum und zog Selina hinter sich her.

Selina fühlte sich auf einmal wie gelähmt, als sie neun Gargylen sah, die in der Mitte eines halbkreisförmigen Raumes standen und sich ihr und Sheila zuwandten. Die Blicke der mächtigen Wesen ruhten auf ihr, und Selina versuchte darin zu lesen. Was wollten sie von ihr? Warum schenkten sie einem Mädchen wie ihr so große Aufmerksamkeit?

In der vergangenen Nacht hatte sie die Wasserspeier wegen der Dunkelheit nicht richtig sehen können. Doch nun sah sie sie in dem hell erleuchteten großen Raum um so besser. Im Grunde genommen unterschieden sie sich äußerlich gar nicht so sehr von Sheila. Alle hatten weite Schwingen auf dem Rücken, lange Krallen an Händen und Füßen und dieselbe Hautfarbe: ein dunkles Braun, das einen leichten Graustich zu haben schien. Die Gesichtszüge waren menschlich, nur die seltsam spitzen Ohren kamen Selina fremd vor. Und alle hatten die gleiche Augenfarbe: ein wunderschönes Dunkelblau, bei dem sie das Gefühl hatte, in ein tiefes Meer zu blicken.

Die beiden großen männlichen Gargylen standen vor den anderen. Auch sie trugen weiße Leinenhemden, unter denen die kraftvollen Oberkörper und Arme zu erkennen waren. Diese unheimlichen Wesen mußten über unglaubliche Kräfte verfügen! Hinter den beiden entdeckte Selina einen sehr großen weiblichen Wasserspeier. Eine seltsame Faszination ging von diesem Geschöpf aus. Es hatte feines, fast weißblondes Haar, aber dennoch die dunkle Haut der anderen, was einen ungewöhnlichen Kontrast erzeugte. Zudem wirkte ihr Blick noch intensiver als der der anderen und schien Selina zu durchbohren. Sie hatte den Eindruck, als ob ihr Innerstes auf einmal bloßliege und die Gargylin darin lesen könne.

Sheila räusperte sich laut und riß Selina aus ihren Gedanken. »Das ist Selina Albion!«

Sheila ging auf die Gruppe der Gargylen zu und zeigte auf einen der beiden großen Wasserspeier. »So, und nun stelle ich dir die Gargylen des Ostturms vor. Das ist mein werter Onkel Kilian«, sagte sie und legte dem großen Gargylen mit dem freundlichen Gesicht die Hand auf die Schulter. »Und dies hier ist Kimbal!« Sheila legte die andere Hand auf die Schulter des zweiten großen Gargylen.

Selina erschrak ein wenig, als sie Kimbal ansah. Es war seltsam, dieser Gargyl ähnelte dem ersten sehr – sie mußten Brüder sein, wenn sie beide Sheilas Onkel waren –, doch der Gesichtsausdruck der beiden hätte nicht unterschiedlicher sein können. Kimbals Blick war alles andere als freundlich, er war grimmig und bedachte Selina mit einem beinahe abfälligen Blick. Er schien über ihre Anwesenheit nicht begeistert zu sein, während sein Bruder sie freundlich anlächelte.

Dann trat Sheila auf den großen weiblichen Wasserspeier zu, der Selina lächelnd und mit durchdringendem Blick musterte.

»Und diese geheimnisvolle Schönheit ist Iduna«, sagte das Gargylenmädchen. Iduna warf Sheila ein kurzes Lächeln zu. Die beiden sahen sich kurz an, als würden sie sich unterhalten.

Geheimnisvolle Schönheit? hörte Selina plötzlich eine leise, hallende Stimme in ihrem Kopf, während sie fühlte, wie sich ein heißer Schmerz hinter ihrer Stirn ausbreitete. Der Schmerz verging nach wenigen Augenblicken, und Selina bemühte sich, den Gedanken daran zu verdrängen, während Sheila zu einem Gargylen trat, der nur wenig größer war als sie und ihr sehr ähnlich sah.

»Dieser komische Kerl heißt Baldur. Beachte ihn einfach nicht – mein Bruder ist nicht der Hellste«, sagte sie lächelnd und handelte sich einen bösen Blick ein.

So lernte Selina nach und nach die Namen der neun seltsamen Wesen kennen, die ihr immer noch fremd und doch irgendwie vertraut vorkamen. Als Sheila ihr alle Wasserspeier vorgestellt hatte, stellte sie sich wieder neben Selina, die noch einmal einen Blick über alle Gargylen schweifen ließ.

Dann wurde es auf einmal totenstill. Selina fühlte, wie alle Blicke auf ihr ruhten, und ihr wurde mulmig zumute. Sie konnte noch immer nicht recht glauben, was hier gerade geschah: Sie stand in einem runden Raum des Ostturms, offenbar der nächtlichen Behausung der Gargylen, denn sie entdeckte mehrere Stühle um einen großen runden Tisch und einen Kamin. Und neun Wasserspeier, die eigentlich aus Stein waren und oben auf der Balustrade des Schlosses sitzen sollten, beäugten sie genauestens.

Dann endlich trat Kilian, der große Gargyl mit dem freundlichen Blick, vorsichtig einen Schritt auf

Selina zu und ergriff das Wort. »Selina …«, begann er zögernd mit leiser, tiefer Stimme, »… du hast sicher eine Menge Fragen an uns, aber bevor wir sie beantworten, schlage ich vor, daß wir uns erst einmal setzen.« Damit wies er auf den großen runden Tisch.

Selina schaute Sheila fragend an, die ihr freundlich zunickte, und so setzte sie sich gemeinsam mit den Wasserspeiern an die runde Tafel. Ihr fiel auf, daß ringsherum viel mehr Stühle standen, als gebraucht wurden, und sie fragte sich, was das zu bedeuten hatte. Wurde jemand erwartet? Gab es irgendwo noch mehr Wasserspeier?

Nachdem alle Platz genommen hatten, trat für einen Moment Schweigen ein, das Kilian aber erneut unterbrach.

»Selina, bevor du zu fragen beginnst, bitte ich dich, mir zuzuhören, denn ich glaube, daß ich viele deiner Fragen schon jetzt beantworten kann. Einverstanden?«

Selina nickte und spürte, wie ihre Neugier und Aufregung wuchsen. Sie war höchst gespannt auf das, was der Gargyl zu berichten hatte.

»Nun, wo soll ich anfangen? Ich denke, ich sollte damit beginnen, woher wir kommen und wer wir sind.«

Er legte eine kleine Pause ein und schaute sie versonnen an.

»Vor langer, langer Zeit verließ ein abenteuerlustiger junger Graf sein Heimatschloß und machte sich auf die Reise durch ferne Reiche und Welten.

Er bereiste viele Länder und gelangte schließlich ins Land der Magier, ein Reich, das nah und fern zugleich ist, überall und nirgends, Elfenreich und Land der Feen, bevölkert von unzähligen magischen Geschöpfen. Dort herrschten seit Jahrhunderten Krieg und Zerstörung, da die Mächte des Bösen sich gegen das Gute verschworen hatten und die Herrschaft an sich reißen wollten. Der junge Graf sah die Not und das Elend der Feen, Elfen und Golddrachen, der weißen Magier und der freundlichen Zwerge und stellte sich im Kampf auf ihre Seite. Aber die Mächte des Bösen waren stark geworden. Ihr Haß brannte lichterloh und verlieh ihnen unglaubliche Kräfte. Ihre dunklen Herzen kannten keine Gnade, die Gier nach der Macht war tief darin verwurzelt, und sie zeigten sich grausam und unerbittlich im Kampf. Ihr Ziel war es, den Stein der Macht an sich zu reißen – den Stein von Numenor, in dem sich die uralten Elemente der Macht vereinen. Als die Mächte des Guten sahen, wie aussichtslos ihr Kampf zu sein schien, baten sie den Grafen, den Stein an sich zu nehmen, ihn mit in seine eigene Welt zu nehmen und dort zu verstekken. Er sollte der Hüter des Steins sein bis zu dem Tag, da die Mächte des Guten erneut den Kampf mit den Mächten des Bösen aufnehmen konnten. Und so floh der junge Graf in einer dunklen Gewitternacht aus dem Land der Magier zurück in seine Welt, um den Stein zu verbergen und vor den Mächten der Finsternis zu schützen. Auf seinem Schloß angekommen, wurde er unruhig: Konnte er allein den Stein bewachen? Und wie lange? Er war ein Mensch, seine Lebenszeit war begrenzt. Und so machte er sich ans Werk und meißelte in der Abgeschiedenheit seines einsamen Schlosses mitten im Wald große steinerne Bildwerke ähnlich jenen, die man zur Vertreibung böser Geister an den Kathedralen anbrachte ...«

»... Gargylen«, unterbrach ihn Selina. Sie hatte alles um sich herum vergessen und war tief in die Zauberwelt eingetaucht, die Kilian vor ihren Augen zum Leben erweckte.

Der lächelte und nickte ihr zu.

»Er hauchte mit Hilfe des magischen Steins von Numenor den steinernen Statuen Leben ein. Gleichzeitig hatte er einen goldenen Anhänger schmieden lassen, in den er die Lebenskraft der Gargylen bannte. Nur das goldene Amulett konnte sie zum Leben erwecken, und nur nachts sollten sie ihre steinerne Hülle abwerfen und lebendig werden. Die ersten Strahlen der Sonne früh am Morgen verwandelten sie wieder in das, was sie ursprünglich waren: leblose Standbilder aus Stein. In dieser Welt ist kein Zauber stark genug, um das Licht des Tages zu überlisten ... bis auf ...«

Selina hatte erstaunt nach dem goldenen Anhänger an ihrer Kette gegriffen – hatte Kilian von ihrem Amulett gesprochen? Wie war es bloß bei ihr gelandet?

»Selina, wir Wasserspeier hier im Raum sind die Nachfahren der Geschöpfe, die der Graf damals auf seinem Schloß erschuf. Wir sind die Gargylen des

Ostturms, die Wächter der Nacht«, erklärte Kilian feierlich.

Selina starrte ihn mit weit aufgerissenen Augen an. »Aber...«, stammelte sie, als Kilian nicht weitersprach. »Warum habe ich dann... ich meine... was habe ich...?«

Kilian unterbrach sie mit einer raschen Geste. »Laß mich erklären. Vor inzwischen mehr als zwanzig Jahren gelangte das Amulett um deinen Hals in den Besitz eines jungen Mannes. Sein Name war...«, er zögerte, »... John Albion.«

Selina wurde kreidebleich. Sie fühlte, wie sich jeder Muskel in ihrem Körper spannte. Was hatte Kilian da gerade gesagt?

»John... John... John Albion?« flüsterte sie fassungslos.

Kilian nickte. »John Albion, Selina – dein Vater!«

Selina schossen Tränen in die Augen. Ihr Vater hatte diese merkwürdigen Wesen gekannt, diese Gargylen. Er hatte das Amulett um den Hals getragen? Wieso trug er es jetzt nicht mehr? Wieso hatte er es abgenommen und ihr um den Hals gelegt? Selina spürte, wie sich ihre Finger fest an den goldenen Anhänger um ihren Hals klammerten.

»John, deinem Vater, ist es ähnlich ergangen wie dir. Er fand den Weg zum Ostturm, und das Amulett um seinen Hals hat uns zum Leben erweckt. Wir wurden Freunde, John war danach einer von uns, Selina.«

Selina begann zu zittern. Sie hatte deutlich das

Wort *war* vernommen. Ihr Vater *war* einmal ein Freund gewesen. Und jetzt? Wo war er jetzt?

»Was ist mit ihm passiert?« flüsterte sie, während sie gegen ein Gefühl der Übelkeit ankämpfte.

Sie sah, daß Kilian die Augen senkte und auch die anderen Gargylen betroffen wegschauten. Alle wichen ihrem fragenden Blick aus.

»Selina, dein Vater ist bei einem …« Kilian stockte und sah Sheila an, die ihrem Onkel einen eindringlichen Blick zuwarf. Auch Iduna blickte Kilian vielsagend an. Selina hatte das Gefühl, als ob die drei miteinander redeten, ohne die Lippen zu bewegen.

Kilian blickte zu Boden und räusperte sich, bevor er mit leiser Stimme fortfuhr: »John ist bei einem Unfall ums Leben gekommen. Er hat uns geholfen, aber wir haben damals eine schreckliche Gefahr unterschätzt. Die Dunkelheit war dichter, als wir angenommen hatten, wir konnten sie nicht durchdringen. Dann ist es geschehen.«

Selina hörte, wie Kilians Stimme immer leiser wurde. Er schaute sie traurig an.

»Du warst damals noch nicht einmal ein Jahr alt. Und da wir nicht wußten, wer deine Mutter ist und wo sie sich aufhält …«

Selina spürte wieder die Tränen hochsteigen und schluckte heftig.

»… setzten wir dich mit dem Amulett vor dem Schloßtor aus und hofften darauf, daß du eines Tages den Weg hierher fändest – und das hast du nun getan.«

Kilian lächelte, aber Selina schaute ihn mit leerem Blick an. Diese Wesen hatten ihren Vater gekannt. Sie waren es, die sie damals vor dem Schloßtor ausgesetzt hatten. Und von ihrer Mutter wußten sie nichts – sie war allein. Sie fühlte sich hilflos und klein.

»Selina, ich weiß, es ist sehr schwer für dich, das alles zu verarbeiten. Ich hätte dir so gern eine schönere Geschichte erzählt. Aber das kann ich nicht. Ich kann dir nur sagen, daß dein Vater ein großartiger Mensch war«, sagte Kilian.

Selina hob den Kopf und blickte in Kilians tiefblaue Augen.

»War er das?« fragte sie leise. Ein leichtes Lächeln huschte über ihr Gesicht.

Kilian nickte.

»O ja, das war er. Und weißt du, daß du ihm wie aus dem Gesicht geschnitten bist?«

Selinas Lächeln wurde stärker. Das Gefühl der Hilflosigkeit wich dem der Geborgenheit. Als sie in die Runde der zehn Wasserspeier blickte, waren Angst und Unsicherheit verschwunden. Dies waren die Freunde ihres Vaters, so seltsam sie auch sein mochten!

Und als sie Sheilas Blick begegnete, begriff Selina, daß die Gargylen nicht nur die Freunde ihres Vaters waren – von diesem Augenblick an waren es auch ihre Freunde.

Die Festung des Schreckens

Als Selina am nächsten Morgen die Augen aufschlug, fühlte sie sich wie ein neuer Mensch. Sie war nicht mehr dieselbe. Auf einmal hatten sich viele Fragen geklärt. Endlich wußte sie, wer sie damals vor den Schloßtoren ausgesetzt hatte, und endlich hatte sie den Grund dafür erfahren. So wundersam das alles auch war – es war besser als alle Geschichten, die sie sich zuvor immer wieder ausgedacht hatte. Das wichtigste für sie war jedoch, daß sie wenigstens in einer Hinsicht Gewißheit hatte: Sie wußte nun mit Sicherheit, daß ihr Vater tot war und nicht nach ihr suchte. Vielleicht würden ihr ihre neuen Freunde helfen, auch etwas über ihre Mutter in Erfahrung zu bringen.

Selina war an diesem Tag ungewöhnlich schweigsam. Wann immer sie angesprochen wurde, mußte sie sich konzentrieren, um zu antworten – ihre Gedanken hatten den Internatsalltag weit hinter sich gelassen. Beim Essen spürte sie, daß man sie mißtrauisch beäugte, aber das war ihr gleichgültig. Ihre Gedanken waren nur auf den Sonnenuntergang gerichtet, auf den Zeitpunkt, wenn sie endlich die Wasserspeier wiedersehen würde. Selina aß kaum etwas, da ihr vor Aufregung der Hunger vergangen war, während sie durchs Fenster verträumt zu dem großen Wald hinüberblickte.

Plötzlich begannen ihre Augen zu tränen, und sie mußte sie heftig reiben. Den ganzen Vormittag über war ihr das schon so gegangen, und sie ärgerte sich, daß sie nach der erlebnisreichen Nacht so früh aufgewacht war und nicht mehr hatte schlafen können, denn daran mußte es wohl liegen, daß sie sich ständig die Augen rieb. Ohne weiter darüber nachzudenken, nahm Selina noch eine Gabel Nudeln, bevor sie wieder durch die großen Fenster des Speisesaals nach draußen blickte.

Auf einmal stutzte sie, rieb sich noch einmal über die Augen und starrte wieder zum Fenster hinaus. Was war das?

Hatte sie da gerade etwas gesehen?

Sie war sich nicht sicher, glaubte aber, einen dunklen Schatten über dem Wald auftauchen zu sehen. Einen Schatten, den Selina dort noch nie wahrgenommen hatte. Er erschien zwar nur für den Bruchteil einer Sekunde, aber in dieser kurzen Zeitspanne spürte sie etwas – etwas Unheimliches. Ein Gefühl der Kälte, die blitzschnell in ihr hochkroch.

Dann erschien der Schatten ein zweites Mal. Und diesmal spürte Selina die Kälte so deutlich, daß ihr ein heftiger Schauer über den Rücken lief. Sie fühlte, wie ihr Herz zu hämmern begann. Der Schatten schien sich unaufhaltsam zu vergrößern. Zunächst war es nur ein pechschwarzer Strich gewesen, der über den Baumwipfeln des Waldes gehangen hatte. Aber nun sah sie mit Entsetzen, wie der Strich zu wabern begann und immer mehr Raum einnahm. Es war, als hätte dort vorher ein unsichtbarer Nebel gehangen, der sich nun auflöste und einen dunklen Umriß freilegte, von dem eine unheimliche Kälte auszugehen schien. Je länger sie aus dem Fenster sah, desto deutlicher erkannte sie Mauern und Zinnen. Ihr Herz setzte einen Schlag lang aus, als sich der Nebel lichtete. Ganz deutlich war über den Wipfeln des Waldes eine Festung aufgetaucht!

Eine Burg aus nachtschwarzem Stein, die sich drohend über den Bäumen abzeichnete. Das dunkle Gemäuer schien alles Licht ringsherum aufzusaugen und in Schatten zu verwandeln. Sie sah zwei hohe, gedrungene Türme, die durch einen Wehrgang verbunden waren, und ihr fröstelte. Was war das für eine seltsame Vision? Sie schaute genauer hin: Dort auf dem langen Wehrgang stand doch etwas – auf der Brüstung waren ganz deutlich Statuen zu erkennen: Gargylen.

Selinas Hände begannen so stark zu zittern, daß ihre Gabel auf den Tisch fiel und die anderen Schüler sie erstaunt anschauten.

Da kam Selina ein Gedanke: Sahen die anderen die unheimliche Festung auch? Weshalb starrten nicht alle entsetzt aus dem Fenster? Weshalb war nur ihr das Besteck aus der Hand gefallen? Ihre Verwirrung und Unsicherheit wuchsen, als sie sah, daß einige Schüler genau in die Richtung der Burg schauten, aber offensichtlich nichts Außergewöhnliches wahrnahmen. Sie sahen die Festung nicht! Selina war die einzige, die den Schatten hatte wachsen sehen! Immer wieder schaute sie zu der schwarzen Festung hinüber und dann zurück zu den Schülern.

Was ging hier vor? Warum sah nur sie das unheimliche Gemäuer, und warum verspürte nur sie auf einmal diese unbeschreibliche Kälte? War das vielleicht Einbildung? Sie war übermüdet und hatte in den vergangenen vierundzwanzig Stunden eine Menge Abenteuer erlebt, da konnte es natürlich sein ... Aber dann schüttelte sie energisch den Kopf und sah wieder zum Fenster hinaus. Nein, die Festung war real, für sie jedenfalls. Sie war plötzlich vor ihren Augen aufgetaucht, nachdem diese geträn t hatten. Selina zwang sich, tief durchzuatmen und sich wieder zu beruhigen. Sie merkte, daß man sie immer verwunderter anstarrte. Sie versuchte, weiterzuessen und nicht mehr aus dem Fenster zu sehen, was ihr jedoch nicht ganz gelang. Zwar schaute sie jetzt nur noch starr auf ihren Teller und aß ihre Nudeln, aber aus dem Augenwinkel nahm sie den dunklen Schatten wahr und spürte die Kälte, die nicht von außen, sondern von innen in ihr hochkroch. Die Festung schien sie zu suchen, sich ihrer zu bemächtigen – sie machte ihr angst!

Als das Mittagessen endlich zu Ende war, stand Selina hastig auf und lief aus dem Speisesaal. Ohne auf die verwunderten Blicke der anderen zu achten, rannte sie die Flure entlang und die Treppen hinauf, bis sie endlich vor ihrer Zimmertür angelangt war.

Sie betrat das kleine Turmzimmer und hastete zum Fenster, das auf derselben Seite lag wie die großen Fenster des Speisesaals.

Ein Schauer lief ihr über den Rücken, als sie erneut den schwarzen Bau erblickte, der sich wie ein mächtiger Riese über dem Wald erhob. Ihr Blick fiel auf den Wehrgang zwischen den beiden Türmen und blieb wieder an den Wasserspeierstatuen hängen. Wasserspeier, die aus der Ferne genauso aussahen wie die Gargylen des Ostturms, die sie in der vergangenen Nacht kennengelernt hatte.

Was hatte das zu bedeuten? Was war das für ein Spiel, das da mit ihr getrieben wurde? Und hatten ihr Kilian, Sheila und die anderen etwas verheimlicht? Was stand ihr noch bevor?

Selinas Blick glitt zu dem großen Ostturm, der seitlich ihres Fensters zu sehen war. Dort standen die steinernen Statuen ihrer Freunde und blickten still in die Ferne.

War es ein Zufall? Kurz nachdem sie die Bekanntschaft der seltsamen Geschöpfe des Ostturms gemacht hatte, sah sie eine schwarze Festung über dem Wald auftauchen. Und dort saßen ebenfalls Gargylen.

Selina ließ sich auf ihr Bett fallen, ohne den

Blick von der unheimlichen Festung abzuwenden. Sie mußte sich gedulden. Erst nach Sonnenuntergang, wenn die Gargylen endlich wieder erwachten, konnte sie ihre Fragen stellen. Kilian und seine Freunde wußten bestimmt etwas über die geheimnisvolle Burg und die Wasserspeier. Sicher hatten sie es ihr absichtlich verschwiegen, aus welchem Grund auch immer.

Selina wurde auf einmal ungeduldig. Mußte sie tatsächlich noch bis Sonnenuntergang warten, um zu erfahren, was hier vor sich ging? Sie blickte auf ihre Armbanduhr und rechnete nach, wann die Sonne hinter den Wipfeln des Waldes verschwinden würde. Sie seufzte tief. Fünf Stunden waren entschieden zu lang. Sie wollte nicht untätig in ihrem Zimmer sitzen, dafür waren ihre Neugier und Aufregung einfach zu groß. Selina biß sich auf die Unterlippe. Sollte sie es wagen?

Sie sah zu der Festung hinauf, in die Dunkelheit, die das alte Gemäuer umgab, und spürte die Gefahr, die von der Festung ausging. Die Gargylen des Ostturms hatten ihr einen gehörigen Schrecken eingejagt, als sie zum Leben erwacht waren, denn damit hatte sie nicht gerechnet, aber sie hatten nicht dieses merkwürdige Gefühl von Kälte in ihr hervorgerufen: eine Kälte, die sie innerlich lähmte. Trotzdem siegte die Neugier – Selina faßte einen Entschluß.

Mit einem Ruck erhob sie sich von ihrem Bett und verließ das Zimmer. Sie rannte die Flure entlang, achtete darauf, möglichst unauffällig an Lehrern und Schülern vorbeizukommen, und erreichte schließlich die Eingangshalle des Schlosses.

Das große Schloßtor war tagsüber geöffnet, und Selina huschte unbemerkt hinaus, lief so schnell wie möglich über den Vorplatz und die steinerne Brücke auf die Straße, die durch den Wald führte, verließ diese jedoch schon nach einigen Metern und rannte zwischen den Bäumen hindurch in den Wald hinein. Da kannte sie Weg und Steg, denn oft verbrachte sie ihre Zeit im Wald, vor allem in den Ferien. Jeder Baum, jeder Strauch und jede moosbewachsene Lichtung waren ihr vertraut – und um so unheimlicher war diese seltsame Festung, die sie noch nie zuvor gesehen hatte. Sie fand einfach keine Erklärung für diese Erscheinung.

Durch die dichten Blätter hindurch sah sie in der Ferne die Steine schwarz schimmern und lief geradewegs darauf zu. Einen Weg dorthin schien es nicht zu geben, sie mußte sich durch Dickicht und Unterholz kämpfen. Schon bald wurde der Wald dichter, und sie kam nur mühsam voran. Zweige schlugen ihr ins Gesicht, und mehr als einmal stolperte sie über eine Baumwurzel. In der Ferne hörte sie ein Käuzchen schreien. Als sie außer Atem geriet und sich ihr immer mehr Hindernisse in den Weg zu stellen schienen, wurde sie langsamer und blieb schließlich stehen. Mit unsicherem Blick sah sie sich um.

Wo war sie? Diesen Teil des Waldes kannte sie nicht. Sie war sich sicher, noch nie zuvor hier gewesen zu sein, obwohl sie etliche Male tiefer in den

Wald vorgedrungen war und ihn erforscht hatte. Aber dennoch kamen ihr hier kein Baum und kein Fels bekannt vor. Es war beinahe so, als befände sie sich in einem fremden Wald – wie hatte sie sich so verlaufen können? Aber dort vor ihr sah sie immer noch die unheimliche Festung, die sie hergelockt hatte.

Ängstlich ging Selina weiter und blieb vor einem großen Strauch stehen, dessen dichte Äste sie beiseite schob. Dahinter entdeckte sie eine kleine Lichtung. Erneut ertönte der Ruf des Käuzchens, und Selina blieb verwundert stehen. Mit großen Augen starrte sie ein seltsames Gebilde auf der Waldlichtung an – zwei Weiden, deren gebogene Stämme ein Tor zu bilden schienen. Sie waren vollkommen symmetrisch gewachsen, und ihre langen Zweige fielen über die Öffnung zwischen den beiden Stämmen. Ihre Blätter waren von einem tieferen Grün als die der anderen Bäume, und unzählige Vögel nisteten in den dichten Zweigen.

Doch es war nicht nur die seltsame Form der Zwillingsweiden, die Selina so faszinierte. Es war die Aura, die die beiden Bäume umgab. Sie wußte nicht genau, ob es das Sonnenlicht war, das auf die Lichtung fiel, oder ob tatsächlich ein goldener Schein um die beiden Weiden lag.

Eine Zeitlang starrte Selina die wunderschönen Bäume verträumt an, ehe ihr wieder einfiel, weshalb sie überhaupt hier war: die Festung! Sie wollte zu dieser Festung!

Selina riß sich vom Anblick der Weiden los und

schaute sich um. Die beiden Bäume waren von dichten Sträuchern und Bäumen umgeben, an deren Ästen und Zweigen spitze Dornen zu sehen waren. Der einzige Weg von der Lichtung weg in Richtung der Festung führte genau zwischen den Bäumen hindurch.

Selina zögerte kurz, gab sich dann aber einen Ruck und kletterte zwischen den beiden dicken Stämmen hindurch. Kaum war sie auf der anderen Seite angelangt, wurde ihr schwarz vor Augen. Beinahe hätte sie das Gleichgewicht verloren und wäre hingefallen, konnte sich jedoch gerade noch an den dicken Stamm der Weide lehnen und warten, bis der Schwindel nachließ. Benommen stand sie einen Augenblick lang da und blickte sich um. War das die Müdigkeit? Oder war sie zu schnell gelaufen? Sie beschloß, nicht weiter darüber nachzudenken – an einem heißen Sommertag konnte so etwas leicht passieren. Sie durfte nicht alles, was ihr geschah, als übernatürlich deuten, sonst würde sie noch verrückt!

Entschlossen lief sie weiter durch den dichten Wald, merkte jedoch bald, daß sie die Orientierung verloren hatte, weil das Blätterwerk hier so dicht war, daß sie die Festung nicht mehr sehen konnte. Sie trat an einen kleinen Baum, drückte die niedrigen Äste zur Seite, die ihr die Sicht versperrten, und sprang erschrocken zurück.

Sie stand genau vor der schwarzen Festung, die wie ein schwarzer Riese nur darauf zu warten schien, sich auf sie herabzustürzen. Sie sah den schwarzen Mauerstein, der alles Licht aufsaugte, und spürte wieder die eisige Kälte, die in ihr hochstieg und ihr das Blut in den Adern gefrieren ließ. Wie war es möglich, daß sie plötzlich vor der Festung stand? Bevor sie zwischen den beiden seltsamen Weiden hindurchgeklettert war, hatte sie den Eindruck gehabt, noch mindestens eine halbe Stunde Weg vor sich zu haben. Aber diese Überlegung wurde schnell von dem Gefühl der Kälte und der Angst verdrängt, das sich unaufhaltsam in Selina ausbreitete und alles andere auslöschte. Sie wußte später nicht mehr, wie lange sie fassungslos die Festung angestaunt hatte. Es konnten Minuten oder auch Stunden vergangen sein. Selinas Geist und Körper waren bei ihrem Anblick wie gelähmt.

Endlich gelang es ihr unter Aufbietung all ihrer Willenskraft, die Lähmung abzuschütteln. Die Angst jedoch blieb. Schon drehte sie sich um, um zurückzukehren und nach Sonnenuntergang die Gargylen des Ostturms über die Festung auszufragen, als sie mitten in der Bewegung innehielt.

Sie sah an den Mauern der Festung hinauf und blickte die Gargylen an, die dort versteinert in die Ferne blickten und auf den Sonnenuntergang warteten. So schien es ihr jedenfalls. Und plötzlich war die Neugier wieder da – nein, sie wollte die Festung gleich erkunden, nachdem sie einmal den Weg hierher gefunden hatte! Es würden sicher genügend Fragen bleiben, die sie ihren Freunden stellen könnte. Entschlossen schritt sie der Festung entgegen, um nach einem Tor oder einer Pforte Ausschau zu halten und ins Innere zu gelangen.

Nachdem sie das unheimliche Gebäude halb umrundet hatte, blieb Selina stehen. Sie hatte etwas entdeckt: An der schwarzen Mauer hing, von dichten Efeuranken halb verdeckt, eine rostige alte Leiter. Vorsichtig trat sie näher, wagte den schwarzen Stein jedoch nicht zu berühren, sondern zog die Efeuranken zur Seite. Die Leiter schien auf den Wehrgang hinaufzuführen, aber genau war das nicht zu erkennen, weil sie weiter oben vollkommen überwuchert war. Ohne Zögern kletterte Selina die Sprossen hinauf. Das war gar nicht so einfach, denn immer wieder rutschte sie ab, und ihr blieb beinahe das Herz stehen, als eine Sprosse unter ihrem Gewicht brach und sie um ein Haar hinabgefallen wäre. Höher und höher kletterte sie hinauf und wagte es nicht mehr, in die Tiefe zu schauen, als sie es endlich geschafft hatte und auf dem düsteren Wehrgang angelangt war.

Hier oben schien ihr die Sonne ins Gesicht, aber aus irgendeinem Grund verspürte sie keine Wärme – die Strahlen schienen jegliche Kraft verloren zu haben. Sie zitterte vor Kälte, sah sich um und entdeckte die vielen Gargylen, die auf der Brüstung saßen. Sie zählte schnell und stellte fest, daß es weit über dreißig sein mußten – wesentlich mehr als auf dem Ostturm des Schlosses.

Selina trat vorsichtig an eine der Steinfiguren heran. Sie war groß, wenn auch nicht so groß wie

Kilian oder Kimbal. Ansonsten glich sie ihren Artgenossen im Internat. Nur die Augen waren anders. Selina wußte nicht, woran es lag, aber auch zu Stein erstarrt hatten Sheila und die anderen Gargylen lebendige Augen – das hatte sie von Anfang an so fasziniert. Die Augen dieses Wasserspeiers hingegen wirkten leblos und leer, aber nicht nur das – da war noch mehr. So wie Selina in Sheilas Augen Freundschaft und Vertrautheit entdeckt hatte, sah sie in diesen Augen etwas, das sie zurückschrecken ließ: zu Stein gewordenen Haß, kalten Haß, den auch die Leblosigkeit nicht verbergen oder auslöschen konnte.

Selina wich ein paar Schritte zurück und drehte sich erschrocken um. Die Angst in ihr wurde immer größer. Plötzlich stolperte sie über eine Erhebung im Boden und wäre beinahe hingefallen. Sie löste den Blick von dem merkwürdigen Wasserspeier und schaute sich das Hindernis an: eine Falltür. Ihre Spannung stieg, als sie sich bückte und an dem eisernen Griff zog, der auf der massiven viereckigen Holzplatte angebracht war. Sie mußte ihr ganzes Gewicht einsetzen, bevor die Tür sich bewegte, und mit aller Kraft daran ziehen, bis diese schließlich nachgab. Zufrieden blickte Selina in das schwarze Loch, das unter der Holzplatte zum Vorschein gekommen war. Dann zögerte sie. Sollte sie sich in das Innere der Festung wagen? War das nicht sehr unvorsichtig? Was würde sie dort finden? Aber jetzt war sie einmal so weit gekommen und wollte nicht aufgeben, bevor sie dem Geheimnis auf den

Grund gegangen war. Bis jetzt hatte sie außer den steinernen Gestalten keine Bewohner der Festung entdeckt – und die Totenstille um sie herum schien zu bestätigen, daß die Festung verlassen war.

Selina atmete tief durch und ließ sich vorsichtig in die Tiefe hinab. Nach ungefähr zwei Metern landete sie auf einem harten Steinboden. Als sie sich umsah, merkte sie, daß sie in einem dunklen Gang gelandet war, der nur schwach von dem Licht erleuchtet wurde, das durch die verstaubten vergitterten Fenster hereinfiel.

Mit vorsichtigem Schritt und pochendem Herzen folgte Selina dem Gang. Die Luft roch muffig und erinnerte Selina an den Geheimgang, durch den sie zum Ostturm des Schlosses gelangt war. Bereits nach wenigen Metern erreichte sie die Tür zu einem Raum, dessen Größe sie so überwältigte, daß sie erstaunt stehenblieb. Kegelförmig gebaut, hatte dieser Saal sicherlich eine Höhe von gut dreißig Metern und einen Durchmesser von ungefähr zwanzig Metern. Selina befand sich knapp unterhalb der Decke auf den obersten Stufen einer Steintreppe, die aus dem Gang heraus an der Wand entlang nach unten führte. Nachdem sie sich wieder gefaßt hatte, blickte sie vorsichtig die Treppe hinab.

Ein mulmiges Gefühl breitete sich bei der Vorstellung in ihrer Magengegend aus, diese Treppe hinabzusteigen. Denn die Stufen waren nicht nur recht schmal, sie hatten auch keinerlei Geländer, so daß ein falscher Tritt den Sturz in die Tiefe zur

Folge gehabt hätte. Ganz langsam stieg Selina Stufe für Stufe die steile, enge Treppe hinab und drückte sich, ohne hinunterzuschauen, ängstlich an die schwarze Mauer.

Es war schwieriger, als sie gedacht hatte, denn sie hatte anfangs nicht bemerkt, daß die Stufen viel höher waren, als sie gewohnt war – als ob sie nicht für Menschen gebaut worden wären. Selina mußte wesentlich größere Schritte machen und sich noch mehr konzentrieren, um das Gleichgewicht nicht zu verlieren. Es kam ihr wie eine Ewigkeit vor, diese schwindelerregende Treppe zu bewältigen, aber schließlich hatte sie es geschafft und stand auf dem Boden der riesigen Halle, die vollkommen leer war. Die Wände waren bis auf die ungewöhnliche Treppe kahl, und auch sonst ließ nichts darauf schließen, daß dieser Teil der Festung bewohnt war. Vielleicht gab es hier bloß die Wasserspeier? Und würden die überhaupt zum Leben erwachen?

Allerdings hatten die Gargylen des Ostturms ihr Amulett gebraucht, um aus dem Schlaf zu erwachen. Wie dem auch sein mochte, die Gargylen der dunklen Festung wollte sie nicht kennenlernen, deshalb war es besser, wenn sie sich schnell umschaute und vor Sonnenuntergang wieder verschwand – dann ging sie kein Risiko ein. Sie warf einen Blick auf die Uhr. Es war gerade halb sieben, somit würden noch einige Stunden vergehen, bevor die Sonne unterging.

An den Seiten der kegelförmigen Halle entdeckte Selina zwei schwere Türen. Neugierig näherte sie sich einer der beiden.

Die Tür bestand aus altem, morschem Holz, die Scharniere und das Schloß waren aus schwerem Eisen, und die Größe des Rahmens war beträchtlich. Ebenfalls viel zu groß für einen Menschen, schoß es Selina durch den Kopf. Sie dachte an die Gargylen hoch über ihr auf dem Wehrgang und an den Haß in ihren Augen. Vorsichtig ruckte sie am Riegel, der zu ihrer Überraschung sofort nachgab, als ob er ständig benutzt würde. Bei dem Gedanken warf Selina einen unsicheren Blick über die Schulter zurück. Trotzdem drückte sie die Tür ganz auf und sah in den Raum, der dahinter lag. Er war vollkommen dunkel.

Selina trat einen Schritt hinein. Dabei blieb ihr Blick an dem Holz der Tür hängen, und sie erstarrte mitten in der Bewegung. Da waren Kratzer, die frisch zu sein schienen, denn die Spuren waren hell und nicht dunkel wie das restliche Holz. Selina begann zu zittern.

Plötzlich nahm sie aus dem Augenwinkel etwas wahr und schrie erschrocken auf. In dem Raum, den sie soeben betreten hatte, waren alle erdenklichen Mord- und Folterinstrumente aufgehängt und aufgestellt. Außerdem mittelalterliche Waffen, die echt und nicht einmal alt aussahen: Speere, Bogen, Armbrüste und Schwerter in allen Größen. Doch ihr Blick blieb an einem riesigen blutroten Morgenstern hängen, der an der Wand hing. Er wirkte überdimensional und war sicherlich doppelt so groß wie einer, der von einem Menschen benutzt wurde. Seine Zacken glänzten, und seine rote Farbe wirkte in der Dunkelheit, als ob Blut daran klebe.

Langsam ging Selina auf die geheimnisvolle Waffe zu. Ihre Fingerspitzen waren nur noch wenige Zentimeter davon entfernt, gleich würde sie den Morgenstern berühren …

Gerade wollte sie danach greifen, als ein Schlag sie mit ungeheurer Wucht am Kopf traf. Sie schrie auf, taumelte und spürte noch, wie sie dumpf auf dem harten, kalten Steinfußboden aufschlug, bevor sie das Bewußtsein verlor.

Eine unheimliche Begegnung

Als Selina wieder zu sich kam, wußte sie im ersten Augenblick nicht, wo sie sich befand. Ihr Verstand war wie vernebelt, und ihr Kopf dröhnte. Was war passiert?

Sie konnte sich an kaum etwas erinnern. Nur langsam kehrten die letzten Bilder zurück, die sie vor sich gesehen hatte, bevor sie das Bewußtsein verlor. Ihr fiel die unheimliche dunkle Festung wieder ein, die plötzlich im Wald aufgetaucht war. Und sie sah sich erneut die Treppen in den riesigen kegelförmigen Raum hinuntersteigen und eine der vielen Türen öffnen. In dieser entsetzlichen Kammer mit all den Waffen und Folterinstrumenten – da war es passiert!

Und auf einmal sah sie erneut den Morgenstern, den leuchtendroten Morgenstern, vor sich und spürte, wie ihr ein Schauer über den Rücken lief. Da war die Angst wieder, die sich unaufhaltsam in ihr ausbreitete. Sie hatte den Morgenstern fast berührt, als sich irgend etwas oder irgend jemand von hinten angeschlichen und ihr einen Schlag versetzt hatte… Sie zuckte zusammen. Wo war sie jetzt? War sie in Sicherheit? Hatte sie geträumt? Ängstlich sah sie sich um – nein, dies war nicht die Waffenkammer von vorhin und auch nicht ihr Turmzimmer – dies war ein Verlies.

Sie befand sich in einem großen finsteren Kerker, in den durch schmale vergitterte Deckenfenster ein wenig Licht hereinfiel. Sie sah die dunklen Mauersteine, eine massive Holztür und schwere Ketten, die an den Wänden hingen. Und genau in diesem Moment bemerkte Selina, daß ihre Handgelenke von dicken Eisenringen umschlossen waren, die mit langen Ketten an der Wand befestigt waren.

Selina war gefangen! Sie zerrte an den Ketten, sah aber bald ein, daß das keinen Sinn hatte. Dann testete sie, ob sie sich irgendwie aus den Eisenringen befreien konnte. Doch obwohl ihre Hände klein waren, schienen die Ringe wie für sie gefertigt zu sein und lagen eng an. Der Schweiß lief ihr über das Gesicht, und ihr Herz klopfte beängstigend schnell. Sie wollte aufwachen und diesem Alptraum entkommen! Das alles konnte einfach nicht wahr sein! Gleich würde man sie wecken; vielleicht hatte sie sogar Fieber. Aber niemand kam. Eine grauenvolle Gewißheit beschlich sie, daß alles um sie herum Wirklichkeit war.

»Hallo?« Selinas Stimme hallte tausendfach in dem alten Gemäuer wider. Aber es kam keine

Antwort. »Ist da jemand?« rief Selina, hatte aber eigentlich die Hoffnung aufgegeben, daß jemand in der Nähe und bereit war, ihr zu helfen. Von dem Geschöpf, das sie niedergeschlagen und eingesperrt hatte, konnte sie nun wirklich nichts Gutes erwarten. Und im Internat hatte außer ihr niemand die Festung bemerkt, also würde man sie hier auch nicht suchen – falls überhaupt irgend jemand ihre Abwesenheit bemerkte.

Verzweifelt sank Selina in sich zusammen und hing hoffnungslos mit den Handgelenken in den schweren Eisenringen. Plötzlich schreckte sie hoch.

Hatte sie da etwas gehört?

Ganz leise, ein kaum wahrnehmbarer Laut, aber Selina hatte gute Ohren. Irgend etwas war hier im Raum und hielt sich in der Dunkelheit versteckt. Irgend etwas ... Lebendiges. Sie drückte sich verängstigt gegen die Wand und versuchte, in der Dunkelheit etwas zu erkennen. Sie spürte, wie ihr der Angstschweiß über die Stirn lief, dennoch holte sie tief Luft und rief nochmals: »Ist da jemand?«

Stille.

Gerade wollte sie sich verzweifelt auf den Boden setzen, als sie doch etwas hörte. Ein Geräusch, das ihr das Blut in den Adern gefrieren ließ: ein heiseres Gekicher.

»Da bist du also.«

Selina fuhr zusammen. Eine solche Stimme hatte sie noch nie zuvor gehört. Sie war ... Selina fiel keine zutreffende Bezeichnung ein. Das einzige

Wort, das ihr in den Sinn kam, war BÖSE – diese Stimme war durch und durch böse: tief, rauh und mit einem Unterton, bei dem ihr Herz einen Augenblick lang aussetzte. Die Stimme schien alterslos zu sein, als existiere sie unabhängig von jedem Zeitmaß und losgelöst von der irdischen Realität.

»Wer … wer … ist da?« Selinas Worte waren nur ein Hauch, den sie selbst kaum vernahm. Doch wer oder was auch immer in diesem Moment in der Dunkelheit um sie herumschlich, hörte jedes ihrer ängstlichen Worte nur zu genau.

Selinas Nackenhaare sträubten sich, als sie das leise Kichern der unheimlichen Stimme hörte, die in den alten Mauern hundertfach widerhallte.

»Wen erwartest du denn hier?« erklang es höhnisch. Selina hielt den Atem an. »Wen wolltest du im Innern der schwarzen Festung treffen? Eine Kristallelfe? Oder freundliche Runzelzwerge? Wer sollte in der Festung des Schreckens schon auf dich warten?«

Die Festung des Schreckens?

Selina drehte sich der Magen um. Sie zog heftig an ihren Ketten. »Ich … ich weiß nicht«, wimmerte sie in die Dunkelheit hinein. Dann hörte sie deutlich schwere Schritte auf dem steinernen Boden und erahnte ein Wesen, ein dunkles Wesen, das sich in ihre Richtung bewegte.

»Wie, du weißt es nicht?« Die schreckliche Stimme, die eben noch gespottet hatte, klang überrascht und mißtrauisch. »Ich sehe das Amulett der alten Familie um deinen Hals, und dennoch weißt du nicht, wer ich bin? Was ist das für eine Taktik? Was willst du damit erreichen?«

Selina starrte an sich hinunter und sah das goldene Amulett an der Kette um ihren Hals baumeln. Ein fahler Lichtstrahl fiel darauf und ließ es kurz aufblitzen.

Das Amulett der alten Familie? Kannte er sie und das Schicksal ihrer Vorfahren?

»Wer bist du?« flüsterte sie in die Dunkelheit hinein.

Da brach die widerwärtige Stimme plötzlich in lautes Gelächter aus. Es war das fürchterlichste Lachen, das Selina je gehört hatte: Ohrenbetäubend laut, schien es überall zugleich zu sein und die Wände, den Boden, die Ketten und sogar Selina selbst zu durchdringen mit seinem grauenhaften Klang voller Boshaftigkeit. Selina bekam keine Luft mehr und kauerte sich auf den Boden.

Dann verstummte das Lachen ganz plötzlich.

»Du Närrin! Willst du wirklich wissen, wer ich bin? Denn wenn du das nicht weißt, kann dir niemand helfen!«

Selina starrte angstvoll in die Dunkelheit. Es war totenstill geworden, bis ein heller Blitz das Dunkel durchdrang und sie entsetzt die Augen zukniff. Nach ein paar Momenten wagte sie die Augen wieder zu öffnen, bereute dies jedoch sogleich, denn ihr bot sich ein Bild des Grauens.

Selina sah einen Gargylen oder besser gesagt ein Wesen, das eine gewisse Ähnlichkeit mit den Wasserspeiern hatte, die auf dem Ostturm steinern in die Ferne blickten und auf den Sonnenuntergang warteten. Dieser hier war groß, unglaublich groß. Er hatte eine ähnliche Statur wie die anderen Gargylen, nur war er um ein Vielfaches kräftiger. Seine Oberschenkel sahen aus wie Säulen, die Arme wie knorrige Baumstämme. Die fledermausartigen Flügel, die die doppelte Spannweite von Sheilas Schwingen besaßen, zuckten unruhig hin und her.

Außerdem war dieses Geschöpf schwarz, pechschwarz, und seine Haut war von Narben übersät. Aber all das war nicht der Grund für Selinas Entsetzen – es war sein Gesicht: Das Gesicht des Gargylen war riesengroß und ebenfalls von ehemals tiefen Wunden gezeichnet. Das ohnehin schon breite Nasenbein wurde nach oben hin immer dikker und teilte sich schließlich in Stirnhöhe, wo es an der Stelle der Augenbrauen in zwei breite, stierähnliche Hörner überging. Das schlimmste jedoch waren die Augen.

Selina starrte in ein Paar schwarzer Augen, deren Iris so dunkel war, daß sie sich nicht von den Pupillen unterschied. Selina hatte noch nie solche Augen gesehen. Sie waren nicht nur dunkel und böse. Sie schienen alles zu durchbohren, als könnten sie in die tiefsten Tiefen der Seele blicken und jedes Geheimnis enthüllen.

Die Fackeln, die in eisernen Halterungen an der Wand steckten und sich plötzlich entzündet hatten, knisterten laut und warfen gespenstische Schatten an die dunklen Mauern. Und da erklang wieder die Stimme des schwarzen Gargylen: »Ich bin Gorgon, der schwarze Gargyl, Herr über die Festung des Schreckens.«

Selina starrte das Ungeheuer entsetzt an. »Gorgon«, stieß sie flüsternd hervor.

»Und du«, fuhr Gorgon fort, »bist die Tochter von John Albion und damit seine Erbin.«

Selina zuckte zusammen, als sie den Namen ihres Vaters hörte. »Woher… weißt du…«, stotterte sie verwirrt.

Gorgon kicherte hämisch. Dabei waren seine spitzen gelben Eckzähne zu sehen.

»Woher ich weiß, daß du die Tochter von John Albion bist? Nun, das Amulett um deinen Hals ist sehr verräterisch, weißt du. Und woher ich weiß, wer John Albion ist oder vielmehr war? Das wird dich überraschen – ich war einmal sein schrecklichster Feind.«

Selina starrte die dunkle Gestalt fassungslos an. Er kannte ihr Amulett – er hatte es das »Amulett der alten Familie« genannt. Er wußte, wer ihr Vater war, und er selbst war dessen schrecklichster Feind gewesen.

Was bedeutete das? Und wieso hatten die Gargylen des Ostturms diesen Gorgon mit keinem Wort erwähnt?

»Sein schlimmster Feind?« fragte Selina, deren Stimme nur noch ein Flüstern war. Gorgon grinste noch breiter. Offensichtlich amüsierten ihn Selinas Unwissenheit und Überraschung.

»Ich muß zugeben, daß ich von dir enttäuscht bin, kleine Tochter John Albions. Ich hätte doch erwartet, daß du jenen kennst, der deinem Vater den Todesstoß versetzte«, stieß er höhnisch hervor.

Selina wurde schwarz vor Augen. Hatte sie richtig gehört? Hatte das Ungeheuer behauptet, ihren Vater getötet zu haben?

Sie versuchte, sich an alle Einzelheiten der Geschichte zu erinnern, die Kilian ihr erzählt hatte. Sie dachte wieder an seine Worte über ihren Vater und dessen Tod.

»Mein Vater ist bei einem Unfall gestorben«, flüsterte sie leise, während Gorgon vor ihr auf und ab schritt und sie belustigt ansah. Er kicherte überheblich und brach dann in ein schallendes Gelächter aus, das Selina erneut das Blut in den Adern gefrieren ließ.

Er schien sich gar nicht mehr beruhigen zu können, während Selina, die nun wirklich verzweifelt und kraftlos an den schweren Ketten hing, erkannte, wie naiv und dumm sie gewesen war.

Wie hatte sie das nur glauben können? Kilians Geschichte war so unglaubwürdig gewesen, eindeutig nur eine Ausrede, die er sich für sie zurechtgelegt hatte, um ihr die Wahrheit zu verheimlichen. Was für ein Unfall? Sie hatte gar nicht weiter gefragt! Erst einmal hatte sie verarbeiten müssen, daß die seltsamen Wesen ihren Vater gekannt hatten.

Plötzlich verstummte Gorgons Lachen, und er blickte Selina finster an: »Ich selbst, meine Kleine, ich höchstpersönlich habe deinen Vater getötet! Aber leider einen Augenblick zu spät …«

Der Schrei von zehn mächtigen Stimmen erklang, und Stein zersplitterte, als die Wasserspeier des Ostturms aus ihrem steinernen Schlaf erwachten und die Augen aufschlugen.

Sheila reckte und streckte sich und gähnte noch einmal, bevor sie von der Brüstung des Turmes hinunterhüpfte und mit vergnügtem Blick ihre Artgenossen anschaute. Kilian, der neben seinem Bruder Kimbal stand, sagte irgend etwas – wahrscheinlich gab er wieder Anweisungen, obwohl er ja eigentlich nicht der Anführer war. Sheila schüttelte den Kopf, sagte aber nichts, da die Situation nicht zu ändern war, und wollte sich gerade auf die Suche nach ihrem Bruder machen, als ihr schwindelig wurde und sie beinahe das Gleichgewicht verlor. Ihr wurde schwarz vor Augen, und als sie einen Augenblick später wieder klarer sehen konnte, blickte sie nicht mehr vom Ostturm des Schlosses über den Wald: Sie sah sich in Ketten in einem dunklen Kerker gefangen und vor sich das abscheulichste Wesen, das sie kannte – Gorgon, der mit siegessicherem Lächeln vor ihr auf und ab schritt.

Aber nicht nur dieser Anblick jagte ihr Angst ein. Plötzlich verspürte sie tiefste Verzweiflung, Traurigkeit, Einsamkeit und vor allem Angst. Sie hatte schreckliche Angst, aber zugleich war da noch etwas: Sie fühlte sich verraten, man hatte sie belogen. Jemand, dem sie vertraute, hatte dieses Vertrauen mißbraucht. Sheila merkte, wie ihr die Tränen in die Augen stiegen.

Doch dann verschwanden die Bilder und Eindrücke so plötzlich, wie sie gekommen waren, und Sheila fand sich in den Armen ihres Onkels Kilian wieder, der sie besorgt betrachtete. Iduna hatte sich ebenfalls über sie gebeugt und blickte sie eindringlich aus ihren tiefblauen Augen an.

Sheila holte tief Luft und mußte sich erst wieder fassen, bevor sie reden konnte. Dieser plötzliche Stimmungswechsel machte ihr zu schaffen, aber sie hatte sofort erkannt, was geschehen war. Ebenso wie Iduna, die Sheila anblickte und nickte.

»Sie hat Selina gesehen«, erklärte die Gargylenfrau. Die Wasserspeier schauten sich besorgt an. Sie alle verstanden, was das zu bedeuten hatte.

Sheila schnappte noch einmal nach Luft und löste sich aus dem Griff ihres Onkels. Hastig drehte sie sich zu den anderen um.

»Sie ist in der Festung!« rief sie aufgeregt und wollte am liebsten sofort ihre Schwingen ausbreiten, um loszufliegen, doch Kilian hielt sie zurück.

»Hast du *ihn* gesehen?« fragte er schnell.

Sheila nickte. »Ja, er war auch da. Er hält sie in seinem Verlies gefangen und jagt ihr schreckliche Angst ein!« rief das Gargylenmädchen. Sie fühlte erneut Selinas Panik in sich aufsteigen.

Kilian entschied blitzschnell. »Wir haben keine Zeit zu verlieren. Keine Waffen, wir fliegen sofort los. Die Gorgonier beachten wir nicht. Wir müssen schnell in den Kerker!«

Ohne zu zögern, nahmen die Gargylen Anlauf, stießen sich von der Brüstung des Turmes ab, breiteten ihre Schwingen aus und flogen hinaus in die Nacht – zur Festung des Schreckens.

Selina hatte das Gefühl, als ob bei Gorgons Anblick alles Leben aus ihr wiche. Seit einer Ewigkeit – so schien es ihr jedenfalls – schlich das Ungeheuer nun schon vor ihr auf und ab. Es stieß dabei immer wieder ein raubtierartiges Knurren aus und beäugte sie mit seinen pechschwarzen Augen. Selina erwartete jeden Moment, daß Gorgon sich auf sie stürzte und ihrer Qual ein Ende setzte. Denn offensichtlich haßte er sie genauso wie einst ihren Vater – worauf wartete er also noch? Sie hatte ihm den Gefallen getan und sich ihm in ihrer Unwissenheit ausgeliefert. Nun war sie in seiner Gewalt. Aber Gorgon rührte keinen Finger, sondern schlich um sie herum und war in Gedanken versunken. Er schien nachzudenken, und offenbar spielte Selina dabei eine wichtige Rolle, denn immer wieder blieb er kurz stehen, warf ihr einen durchdringenden Blick zu, ging dann aber weiter, als hätte er den Gedanken wieder verworfen.

Selina war sich nicht sicher, ob es Einbildung war oder ob sie tatsächlich seine Stimme in ihrem Kopf hörte, die immer wieder flüsterte: »Steinernes Schwert... Schwert aus Stein...«

Selina schüttelte den Kopf. Sie war zu schwach, um über diese Wahrnehmung nachzudenken. Außerdem verstand sie kaum etwas von all dem, was seit dem Treffen mit den Gargylen um sie herum geschah. Offenbar hatte man ihr nur einen

Bruchteil der Wahrheit erzählt, und nun war sie durch ihre Unwissenheit dem schrecklichen Ungeheuer schutzlos ausgeliefert.

Plötzlich wurde mit einem heftigen Ruck die schwere Holztür des Kerkers aufgestoßen. »Sheila!« flüsterte Selina und riß ungläubig die Augen auf, als sie die junge Gargylin in der Tür stehen und mit wütendem Blick den um ein Vielfaches größeren Gorgon mustern sah.

Der schwarze Gargyl drehte sich überrascht um, und ehe er etwas unternehmen konnte, stürzte die Kleine sich mit aller Kraft auf ihn. Gorgon, der nicht schnell genug reagieren konnte, ging zu Boden, kämpfte einen Moment lang mit seiner Angreiferin, um sie jedoch kurz darauf mit einem einzigen Schlag gegen die Wand zu schleudern, wo sie reglos liegenblieb.

»Sheila!« schrie Selina noch einmal und fühlte, wie sie langsam wieder zu Bewußtsein kam. Das Gargylenmädchen rührte sich nicht, und Selina befürchtete schon, es sei tot, als es zu keuchen begann und die Augen aufschlug.

Mit langsamen, entschlossenen Schritten ging Gorgon auf Sheila zu und wollte sie packen, als eine weitere Gestalt hereinstürmte – und im Gegensatz zu Sheila Gorgon gewachsen zu sein schien.

»Gorgon!« brüllte Kimbal mit tiefer Stimme. Der schwarze Gargyl hielt inne, um Kimbal, wie es Selina schien, einen Moment lang verunsichert zu belauern. Dann richtete er sich zu seiner vollen Größe auf und starrte Kimbal drohend an. Einige

Augenblicke lang standen sich die beiden riesigen Geschöpfe gegenüber und warfen sich haßerfüllte Blicke zu. Doch dann tat Gorgon den ersten Schritt, und die beiden Wasserspeier stürzten sich aufeinander.

Kimbal versetzte Gorgon mit seinen scharfen Klauen einen Schlag in die Seite und wollte sich mit einer geschickten Drehung außer Reichweite bringen, doch sein Gegner war schneller. Gorgon packte Kimbal mit seiner riesigen Pranke und schleuderte ihn mit schrecklicher Gewalt gegen die Wand. Kimbal keuchte zwar, verlor aber nicht den Mut, sondern wich blitzschnell einem weiteren Angriff Gorgons aus, dessen Faust gegen die Mauern prallte und dort einen tiefen Riß hinterließ.

Während der Kampf tobte, zerrte Selina, die inzwischen wieder zu Kräften gekommen war, verzweifelt an ihren Ketten, um sich zu befreien und ihre Freunde zu unterstützen. Es war sinnlos. Obwohl das schwarze Eisen rostig war und brüchig wirkte, gab es nicht nach. Sie war schon vollkommen erschöpft, als plötzlich eine Hand nach einem der beiden Eisenringe griff und mit aller Kraft daran zog, bis er zerbrach. Glücklich rieb sich Selina das schmerzende Handgelenk und sah Sheila, die sie befreit hatte, erstaunt und dankbar an. Sheilas Bruder machte sich schnell an dem zweiten Ring zu schaffen.

Staunend sah Selina zu, wie der Gargyl, der kaum größer war als sie selbst, auch den anderen Ring anscheinend mühelos aufbrach. »Danke,

Baldur!« rief sie, aber der ließ ihr keine Zeit zum Reden, sondern packte sie an der Schulter und zog sie zur Kerkertür. Kimbal und Gorgon kämpften immer noch verbittert miteinander, und Selina stellte zu ihrem Entsetzen fest, daß Kimbal mittlerweile der Unterlegene zu sein schien. Er blutete aus einer Platzwunde am Kopf, und seine Bewegungen hatten viel von der Schnelligkeit eingebüßt, die er am Anfang bewiesen hatte. Es sah gar nicht gut aus! Auch Sheila, die sich immer wieder in den Kampf einmischte, blutete aus mehreren Wunden und war ganz offensichtlich ebenfalls am Ende ihrer Kräfte angelangt. Nur Gorgon schien der Kampf nichts anhaben zu können. Im Gegenteil: Der schwarze Gargyl wurde bei jeder Bewegung schneller, genauer und brutaler.

Selina schüttelte Baldurs Hand von ihrer Schulter. »Wir müssen ihnen helfen!« schrie sie.

Aber Sheilas Bruder ließ sie nicht los. »Nein! Das hat keinen Zweck. Komm mit, wir müssen weg von hier. Kilian und die anderen können die Gorgonier nicht mehr lange in Schach halten. Wir sollten uns beeilen!«

Hastig zerrte er Selina, die sich noch einen Augenblick lang wehrte, aus dem Verlies in einen dunklen Gang, den er rasch entlanglief. Durch die Wände drangen Geräusche von Kämpfen und Schreie. Selina hatte das Gefühl, als befände sie sich auf einem Schlachtfeld.

»Was geht hier vor?« schrie sie Baldur zu, der langsamer wurde und sich zu Selina umdrehte.

»Die anderen kämpfen gegen die Gorgonier.«

Selina versuchte gar nicht erst, sich vorzustellen, wer diese Gorgonier sein mochten, und entschied, daß es in dieser Situation sinnlos war, Fragen zu stellen. Sie mußten jetzt einfach nur entkommen! Schweigend rannte sie hinter Baldur her, bis sie plötzlich wie vom Blitz getroffen stehenblieb. Sie vernahm einen markerschütternden Schrei, der durch die dunklen Gänge hallte.

»Sheila!« flüsterte sie.

Auch Baldur war stehengeblieben, packte Selina aber am Oberarm und zog sie fort. »Komm, wir müssen weiter!«

»Nein, ich kann sie nicht zurücklassen!« Selina riß sich los und rannte so schnell wie möglich den dunklen Gang entlang auf das Verlies zu.

»Nein, Selina! Du darfst nicht jetzt schon alles riskieren!« schrie Baldur und setzte ihr nach.

Aber Selina war schneller. Sie mußte zurück. Sie verstand nicht, was Baldur gemeint hatte, aber das war ihr gleichgültig. Sie konnte Sheila nicht im Stich lassen!

Als Selina erneut den Kerker betrat, bot sich ihr ein grauenhafter Anblick.

Kimbal lag reglos am Boden, atmete sichtbar schwer und blutete aus mehreren Wunden, die gefährlich tief aussahen. Sheila wurde mit dem Rükken gegen die Wand gepreßt. Gorgon hielt sie am Hals gepackt und drückte ihr mit einem bösen Grinsen die Luft ab. Sheilas Gesicht hatte eine seltsame Farbe angenommen, und ihre Augen starrten gequält ins Leere. Mit letzter Kraft versuchte sie, Gorgons riesige Pranke zu öffnen, aber es war sinnlos. Sie hatte nicht genug Kraft.

Selina stand wie versteinert da. Was sollte sie tun? Baldur, der kurz nach ihr in das Verlies gestürmt war, stieß einen lauten Kampfschrei aus und stürzte sich mit einem Satz auf Gorgon, der jedoch wie beiläufig den freien Arm schwang und Baldur zu Boden schlug. Dabei lachte er dröhnend.

Nun richtete sich Gorgons Blick auf Selina, die den Haß in seinen Augen sah und die Freude darüber, Sheila in seiner Gewalt zu haben. Ihre Fäuste ballten sich, als sie das überhebliche Grinsen sah. Mit aller Kraft stürzte sie sich auf das Ungeheuer und schlug ihm in die Seite, doch der schwarze Gargyl packte mit der freien Pranke mühelos ihre Hand und drehte ihr den Arm um, bis sie vor Schmerz aufschrie.

»Mutig, mutig, meine Kleine«, spottete Gorgon und drückte Sheila weiter die Luft ab, während er gleichzeitig Selina fest im Griff hielt.

Sie wird sterben! schoß es Selina durch den Kopf. Sie wird sterben, wenn ich nichts tue! Ich muß etwas tun!

Selina kniff die Augen zusammen und sammelte alle Kraft, die sie noch hatte. Ihre Gedanken waren ganz darauf gerichtet, Sheila zu retten – gleichgültig wie. Ihr wurde auf einmal heiß, als ob sich in ihr eine ungeahnte Energie bündelte. Mit einem Schrei löste sie Gorgons eisernen Griff – ihre Kraft hatte gereicht! Blitzschnell stieß sie den schwarzen Wasserspeier gegen die Wand. Als der den unerwarteten Hieb verspürte und gegen die Mauer geschleudert wurde, ließ er Sheila vor Schreck los und schaute Selina aus weit aufgerissenen Augen an.

In seinem Blick las Selina auf einmal etwas anderes als Haß und Spott, etwas, was sie nicht erwartet hätte: Furcht. Aber Selina blieb keine Zeit, darüber nachzudenken. Hastig half sie Sheila und Kimbal vom Boden auf, während Baldur schrie: »Schnell weg von hier!« Ohne einen weiteren Blick auf Gorgon liefen die drei Wasserspeier und Selina zurück durch den Gang in die kegelförmige Halle. Dort warteten Kilian, Iduna und die anderen Gargylen des Ostturms mit entsetzten Gesichtern auf sie.

Kilian stürzte auf seinen Bruder Kimbal zu. »Die Gorgonier waren nur zu fünft, die anderen müssen ausgeflogen sein«, erklärte er kurz.

»Gorgon ist unten im Verlies!« rief sein Bruder. »Laßt uns schnell verschwinden, bevor er uns nachsetzt!«

Hastig rannten sie nacheinander die große Treppe hinauf, und Selina sah, daß die gefährlichen Stufen den Gargylen keinerlei Mühe bereiteten. Als Iduna bemerkte, daß Selina stolperte und nur langsam vorwärts kam, packte sie das Mädchen und trug es die Treppe hinauf. Kilian hatte Sheila auf den Rücken genommen, die immer noch nach Luft schnappte und stark blutete. Unter sich in der Tiefe hörten sie ein fürchterliches Knurren. Selina entdeckte Gorgon, der sich mühsam zur Treppe schleppte. »Schneller, schneller, beeilt euch!« schrie sie entsetzt.

Oben angekommen, rannte die Gruppe in Windeseile zu der Falltür, durch die sich Selina Stunden zuvor so voreilig in die Festung des Schreckens hinabgelassen hatte. Nacheinander kletterten sie auf den Wehrgang hinauf.

Nur beiläufig nahm Selina wahr, daß die vielen Statuen der Wasserspeier verschwunden waren. Nachdem alle oben angekommen waren, breiteten die Gargylen ihre weiten Schwingen aus und stießen sich vom Boden ab. Als letzte schwebte Iduna mit Selina auf dem Rücken in die Nacht hinaus. Und auf einmal verspürte Selina wieder die Begeisterung beim Fliegen, dieses Gefühl von unendlicher Freiheit. Einen Moment lang vergaß sie den schwarzen Gargylen und seine schreckliche Behausung. Aber als sie sich ein letztes Mal nach der dunklen Burg umdrehte, sah sie Gorgons Gestalt auf dem Wehrgang, der die Fäuste gegen den Nachthimmel erhoben hatte und ihnen drohte.

»Wir sehen uns wieder!« dröhnte seine schreckliche Stimme über den Wald.

Als sie endlich die Balustrade des Ostturms erreicht hatten, waren alle Gargylen sichtlich erleichtert und atmeten auf.

Zusammen mit Sheila, die stark hinkte, und Baldur kam Kilian auf Selina zu. Er beugte sich zu ihr herunter, um ihr in die Augen zu sehen. »Wie geht es dir, Selina?« fragte er mit einem leichten Lächeln auf den Lippen.

Selina war noch ganz benommen und mußte erst einmal zu sich kommen. »Einigermaßen«, sagte sie leise.

Kilian nickte. »Gut, dann bringe ich dich jetzt in dein Zimmer zurück. Du mußt dich ausruhen.«

Bei diesen Worten stieg in Selina wieder die Wut hoch. Ihre Miene verdüsterte sich. »Nein!« sagte sie bestimmt.

Die Gargylen starrten Selina verwundert an, nur Sheila schloß kurz die Augen, als wüßte sie genau, was in Selina vorging.

»Ihr habt mich belogen, nicht wahr, Kilian?« sagte sie.

Der blickte betreten zu Boden.

»Ich will die Wahrheit wissen. Wer war mein Vater? Was hatte er mit euch zu tun? Wieso hat Gorgon ihn umgebracht?« brach es aus Selina heraus.

Sie holte tief Luft. »Und vor allem: Wer bin ich?«

Eine Stunde später saßen neun Gargylen und ein Mädchen an dem runden Tisch im Ostturm. Selina lauschte Kilians sanfter Stimme, der eine unglaubliche Geschichte erzählte – die Geschichte der Virkane und ihres Kampfes gegen das Böse.

»Wie ich dir gestern abend schon erzählte, gaben die Mächte des Guten in ihrer Not den Stein von Numenor vor vielen hundert Jahren in die Hände eines Menschen – des Grafen von Talen. Der Graf war weise und gut und wollte alles in seiner Macht

Stehende tun, um den Stein zu schützen, denn er ist von unschätzbarem Wert und entscheidet über das Schicksal von Welten und Lebewesen. Wie ich dir berichtet habe, erschuf er deshalb die Gargylen. Sie sollten die Wächter des Guten sein und den Stein von Numenor beschützen. Tagsüber jedoch konnten sie nicht über ihn wachen, denn kein Zauber kommt gegen das Sonnenlicht dieser Welt an. Der junge Graf zerbrach sich den Kopf, wie er die irdischen Gesetze überlisten könnte, um wenigstens einen Gargylen zu erschaffen, der anders wäre – stärker und ohne steinernen Schlaf. Er studiert alle magischen Bücher seiner Bibliothek und befragte die Feen und Elfen, die manchmal abends an die Tür seines Studierzimmers klopften. Er wollte schon aufgeben, als eines Abends eine kleine Elfe im nachtblauen Gewand auf seinem Fensterbrett landete und ihm ein Fläschchen mit steingrauem Pulver brachte. Sie habe von seinem Begehren gehört und sich auf die lange Reise zum steinernen Mondsee gemacht, auf dessen Grund ein Pulver zu finden sei, das den Sonnenstrahlen widerstehe, erzählte sie ihm. Mit seiner Hilfe könne er einen Gargylen erschaffen, der nicht in den steinernen Schlaf falle. Beglückt machte sich der Graf von Talen ans Werk und erschuf mit Hilfe des geheimnisvollen Pulvers den letzten Gargylen. Er nannte ihn Gorgon.«

Selina zuckte zusammen. »Ist das etwa …«, stammelte sie, aber Kilian brachte sie mit einer schnellen Handbewegung zum Schweigen.

»Laß mich weitererzählen. Gorgon war anders als die anderen Wasserspeier. Er fiel nicht in den steinernen Schlaf, er war unsterblich, und ihn umgab eine seltsame Aura, die dem guten Grafen nach und nach immer mehr Sorge bereitete. Sollte es ein Fehler gewesen sein, der nachtblauen Fee vertraut zu haben? Als der Graf spürte, daß sein Leben zu Ende ging, übergab er das Amulett, an das die Lebenskraft der anderen Gargylen gebunden war, und das magische Steinerne Schwert einem jungen Mann. Der sollte sein Erbe sein und Anführer der Gargylen werden. Er war der Auserwählte, der Virkan, dazu bestimmt, die Schar der Gargylen anzuführen und den Stein zu schützen. Das magische Schwert verwandelte sich nur dann in glänzendes Eisen, wenn der Auserwählte es berührte. Gorgon, der unsterbliche Gargyl, war über diese Wahl des Grafen erbost – er wollte der Erbe sein und in den Besitz des Steinernen Schwertes gelangen. Eines Abends stellte er den sterbenden Grafen zur Rede, und es kam zu einem schrecklichen Streit zwischen den beiden. Einen Tag später starb der Graf. Kurz zuvor hatte er einen Zauberbann über den Stein gelegt. Dieser leuchtete auf und verschwand, als der Graf die Augen für immer schloß.

An jenem Tag verwandelten sich der Wald und das Schloß. Die Gargylen hatten einen neuen Anführer, den Virkan, mit dem sie sich auf die Suche nach dem Stein von Numenor machten. Gorgon war wie vom Erdboden verschluckt seit jenem Streit mit dem sterbenden Grafen. Nach jahrelanger Suche stellten die Gargylen fest, daß alle dreizehn Jahre in der längsten Nacht des Jahres – dem Todestag des Grafen von Talen – der Stein von Numenor zurückkehrte: Er erschien im Mondlicht von Mitternacht bis zum Morgengrauen über der magischen Ebene. Als der Virkan danach greifen wollte, geschah der Verrat: Gorgon tauchte urplötzlich auf und wollte sich des Steins bemächtigen. Seine Gier war grenzenlos, und in seinen Zügen war deutlich das Böse zu sehen – man hatte den guten Grafen betrogen!«

Kilian machte eine kleine Pause und sah Selina kurz an.

»Gorgon verriet den Virkan und wollte den Stein und damit die Macht an sich reißen. Er kämpfte mit seiner Waffe, dem roten Morgenstern. Und so kämpften die beiden Gegner zum ersten Mal um den Stein von Numenor. Es war ein erbitterter Kampf, den keiner der beiden für sich entscheiden konnte. Schließlich ging die Sonne auf, alle Gargylen bis auf Gorgon versteinerten, und der Stein verschwand spurlos. Und seitdem kämpft der Virkan alle dreizehn Jahre in der längsten Nacht des Jahres mit Gorgon um den Stein von Numenor. Einige Gargylen folgten Gorgon in die Festung des Schrekkens. Diese Wasserspeier nennen wir Gorgonier.«

Selina nickte. Das waren also die Gestalten auf dem Wehrgang gewesen.

»Die Schlacht um den Stein von Numenor wiederholte sich etliche Male. Alle dreizehn Jahre traten Gargylen und Gorgonier, der Virkan und

Gorgon gegeneinander an. Keine Schlacht konnte entschieden werden. Schließlich starb der Virkan, aber er vererbte das Schwert und das Amulett seinem Sohn weiter, der den Kampf fortsetzte. Und dieser vererbte es später an seine Nachkommen. Der Name der Familie änderte sich im Lauf der Jahrhunderte, aber der Name unseres Anführers ist erhalten geblieben. Wir nennen ihn immer noch Virkan. Seine Nachfahren sind bis heute unsere Anführer. Heute tragen sie den Namen Albion.«

Selina spürte, wie sie eine Gänsehaut bekam, als sie ihren Namen hörte.

»Unser letzter Virkan war John Albion«, sagte Kilian leise. »Er war mutig und stark. Kaum ein Virkan war stärker als er. Er trug die Kraft der Liebe in sich, einer großen Liebe, die in eine andere Welt reichte ... Er war ein hervorragender Kämpfer, mutig und blitzschnell. Wir alle hofften, daß er es sei – der Auserwählte, der Gorgon besiegen und den Stein retten könne.«

»Er hat es nicht geschafft«, flüsterte Selina.

Kilian schüttelte den Kopf. »In der letzten Schlacht kämpfte er großartig. Der Stein war zum Greifen nahe. Der Morgen dämmerte bereits, und er mußte sich beeilen, bevor der Stein für weitere dreizehn Jahre verschwand. Aber im letzten Augenblick gelang es Gorgon, ihm den Morgenstern in den Rücken zu rammen. Als Gorgon die Hand nach dem Stein ausstreckte, fielen die ersten Sonnenstrahlen auf das Schlachtfeld, der Stein verschwand. Und John Albion war tot.«

Kilians Stimme wurde immer leiser. Eine Weile herrschte vollkommene Stille in dem großen Raum.

Dann sprach er weiter. »Und nun will ich auch deine Frage beantworten, Selina. Wer du bist, ist klar: Selina Albion, John Albions Erbin, Gorgons Erzfeindin und unsere Anführerin, der neue Virkan!«

Selinas Hände klammerten sich an den goldenen Anhänger auf ihrer Brust. In ihrem Kopf hallten Kilians letzte Worte wider. Ganz langsam drangen die Worte des großen Gargylen zu ihr durch. Ganz langsam begann sie zu verstehen.

Sheila stand plötzlich von ihrem Stuhl auf und hinkte zu Selina hinüber. Sie legte dem jungen Mädchen die Hand auf die Schulter.

Selina blickte in Sheilas tiefblaue Augen.

»Selina«, sagte Sheila leise, »du bist unsere Anführerin.«

Erschrocken schaute Selina in die Runde. Sie, die Einzelgängerin, sollte plötzlich Anführerin sein? Selina, die ungeschickt war und häufig alles falsch zu machen schien? Wie konnte sie einem solchen Anspruch gerecht werden? Aber als sie Sheilas Blick sah, spürte sie plötzlich Kraft und Mut in sich – den Mut, für eine Sache zu kämpfen, an die sie glaubte. Gemeinsam mit ihren Freunden. Sie fühlte zum ersten Mal in ihrem Leben, daß sie nicht allein war. Die Gargylen waren ihre Freunde.

»Ich bin der neue Virkan«, flüsterte Selina.

Jenseits der Zauberweiden

Seit jenem denkwürdigen Abend war eine Woche vergangen. Eine Woche, in der sich Selinas Leben vollkommen verändert hatte. Nachdem sie die Wahrheit über die Gargylen, das Schloß, ihr Amulett, ihren Vater und schließlich über sich selbst erfahren hatte, hatte sie erst einmal Zeit gebraucht, um sich in ihre neue Situation hineinzufinden. Aber bereits nach zwei Tagen kam ihr die Kunde, daß sie auf einmal kein unbedeutendes Waisenkind mehr war, sondern die Tochter eines großen Kämpfers und der neue Virkan, gar nicht mehr unheimlich oder verrückt vor.

Nur das Wissen, daß sie jetzt als Anführerin der Gargylen im Kampf um den Stein von Numenor eine große Verantwortung trug, bereitete ihr Magenschmerzen. War sie dieser Aufgabe gewachsen? Wie konnte sie Gorgon, dem schwarzen Wasserspeier, und seinem Haß trotzen? Jedesmal wenn sie daran dachte, fühlte sie sich klein und hilflos. Aus dem Spiegel schaute ihr keine Kämpferin, sondern ein Mädchen entgegen.

Aber solche Gedanken kamen ihr nur, wenn sie allein war. Sobald sie abends den Ostturm betrat und Sheila und die anderen Gargylen sah, fühlte sie sich nicht mehr schwach und nutzlos. In ihrer Mitte verspürte sie ein Gefühl der Geborgenheit, das sie stark machte. So abwegig ihr das noch vor einer Woche vorgekommen wäre – sie fühlte sich bei den merkwürdigen Wesen zu Hause.

Es war kurz nach Sonnenuntergang, als Selina zielstrebig auf eines der Regale in ihrem Zimmer zuging. Sheila und Baldur hatten ihr nämlich den Geheimgang aus dem alten Buch gezeigt, das Beth ihr zu Beginn der Sommerferien gegeben hatte. Allein hätte sie den nie gefunden: Man mußte die schweren Atlanten beiseite räumen, die davorstanden, und auf eine Vertiefung in der Wand drücken, damit sich diese wie von Zauberhand drehte und die Öffnung freigab. Genau wie im Buch dargestellt, führte der Gang geradewegs zum Ostturm. So konnte sie unbemerkt ihre Freunde besuchen und brauchte nicht durch das nächtliche Schloß zu schleichen. Die Aufsicht ging sehr streng mit Schülern um, die nach zehn Uhr abends außerhalb ihres Zimmers erwischt wurden. Und Selina wollte auf keinen Fall riskieren, daß man ihr Geheimnis entdeckte.

Eilig lief sie durch den Geheimgang und betrat fröhlich das Kaminzimmer der Wasserspeier.

Die Gargylen hatte die Nächte dazu genutzt, um

ihre Räume ein wenig in Ordnung zu bringen. Immerhin hatte ihr steinerner Schlaf dreizehn Jahre lang gedauert, und in dieser ganzen Zeit hatte niemand den Ostturm betreten. Kimbal und Sheila hatten sich inzwischen von dem Kampf mit Gorgon erholt, nachdem Iduna sich auf die Suche nach Heilkräutern gemacht und ihre Verletzungen damit behandelt hatte. Wie von Zauberhand waren die tiefen Wunden verheilt, die Gorgons scharfe Krallen gerissen hatten. Selina war darüber sehr erstaunt gewesen, aber Sheila hatte nur gelacht und Iduna eine Kräuterhexe genannt.

Sheila und ihr Bruder Baldur kamen jetzt auf Selina zu und begrüßten sie fröhlich. »Hallo, kleiner Mensch!« sagte Sheila.

»Eure Behausung wird wirklich immer gemütlicher«, stellte Selina fest, nachdem sie sich umgeschaut hatte.

Baldur nickte stolz. »Wir sind fast fertig mit den Aufräumarbeiten. An einigen Stellen ist noch eine Menge zu tun, aber das müssen wir nicht unbedingt jetzt erledigen. Es sieht schon beinahe so aus wie vorher.«

Sheila verzog das Gesicht. »Es ist wirklich nicht zu fassen, wieviel Arbeit man hat, wenn man dreizehn Jahre lang nicht hier war. Du hättest allein die Spinnen sehen sollen, die wir gefunden haben. Ein paar von denen waren wirklich so groß«, sagte sie und ballte die Hand zur Faust.

»Das ist noch gar nichts im Vergleich zu dem Monster, das ich neulich hier gesehen habe. Es war wirklich riesengroß und unglaublich häßlich!« rief Baldur und zwinkerte Selina zu. »Hilfe, da steht es ja! Genau neben mir!« fuhr er mit gespieltem Schrecken fort und schlug die Hand vor den Mund.

Sheila warf ihrem Bruder einen bösen Blick zu. »Beachte den komischen Kerl einfach nicht. Ich wollte ihn nicht mitnehmen, aber Kilian hatte Angst, daß ich dich allein nicht tragen kann, und hat angeordnet, daß er uns begleitet.«

»Wohin denn?« fragte Selina erstaunt.

Sheila lachte. »Ach so, ich habe ganz vergessen, dir von dem Ausflug zu erzählen.«

Selinas Blick wurde noch fragender. »Ein Ausflug?«

»Das erfährst du, wenn wir da sind!« rief Sheila, packte Selina am Arm und zog sie aus dem Zimmer. »Komm!« sagte sie und ging schnell den Gang entlang, gefolgt von Baldur.

Als sie schließlich auf der Balustrade des Ostturms standen, warf Selina einen staunenden und verträumten Blick auf den Wald, über dem am dunklen Nachthimmel die Sterne funkelten. Von der Festung des Schreckens war keine Spur mehr zu sehen.

»Selina, wie sieht es aus – hast du Lust, eine Runde zu fliegen?« fragte Baldur. Selina nickte begeistert. Die Geschwister griffen ihr von rechts und links unter die Arme, breiteten die Flügel aus und erhoben sich in die Luft.

»Bitte anschnallen und beim Start die Tische hochklappen!« rief Sheila und lachte. Zusammen mit Selina flogen die beiden über den Wald in die sternklare Nacht hinaus.

Die beiden jungen Gargylen landeten nach einem kurzen Flug auf einer kleinen Lichtung mitten im Wald und setzten Selina sanft auf den Boden. Die mußte einen Moment lang um ihr Gleichgewicht kämpfen, fand aber schließlich auf dem Waldboden Halt.

Selina sah sich um. Sie brauchte eine Weile, um ihre Umgebung zu erkennen, da es dunkel war und sie die Bäume nur schemenhaft wahrnahm. Doch nachdem sich ihre Augen an die Dunkelheit gewöhnt hatten, erkannte sie, wo sie sich befand.

Mit aufgerissenen Augen starrte Selina die unverwechselbare Zwillingsweide an, durch die sie geklettert war, als sie die Festung des Schreckens gesucht hatte. Staunend betrachtete Selina die beiden dicken Stämme, die ein Portal bildeten. Trotz der Dunkelheit schienen sie von einem goldenen Schein umgeben zu sein.

Selina wurde beim Anblick der Zauberweiden seltsam zumute. Sie erinnerte sich an den Tag, an dem sie die beiden alten Bäume das letzte Mal gesehen hatte. Wie sie zwischen den knorrigen Stämmen hindurchgeklettert war und plötzlich vor Gorgons dunkler Burg gestanden hatte. Wie konnte ein so schöner Baum geradewegs in die Festung des Schreckens führen?

Selina riß sich mit Mühe von dem wunderschönen, aber auch furchteinflößenden Anblick los.

Sie drehte sich um und sah, daß auch Sheila und Baldur die Weiden anstarrten.

»Sind sie nicht unglaublich schön?« fragte Baldur träumerisch.

Selina verzog das Gesicht. »Wolltet ihr mir *das* zeigen?« fragte sie skeptisch.

Sheila starrte Selina an. »Nein, eher das, was sich dahinter verbirgt«, antwortete Sheila und lächelte geheimnisvoll.

Selina versuchte, durch die dichten Zweige der Weide zu spähen. Von hier aus sah es so aus, als gebe es dahinter nur Wald. Die Festung des Schrekkens blieb weiterhin verschwunden. »Was soll dahinter schon sein?« fragte sie argwöhnisch. Sheila und Baldur wollten doch keinen weiteren Ausflug in Gorgons Reich wagen? Waren sie mit ihr hierhergekommen, um mit ihr erneut in die Festung einzudringen?

Selina ging auf die Weide zu und spähte durch das ovale Portal. Der Wald dahinter verschwamm wie beim letzten Mal vor ihren Augen. Er schien zu wabern, so daß ihr bei dem Anblick ganz schwindlig wurde. Selina drehte sich verwirrt zu den beiden Gargylen um.

Diese sahen sie auffordernd an. »Na los, Selina, geh hindurch!« forderte Baldur sie auf.

Selina drehte sich um, atmete noch einmal tief durch und tat einen großen Schritt durch die Öffnung. Doch gerade als sie sich umdrehen wollte, um Sheila und Baldur etwas zuzurufen, wurde ihr schwindlig. Sie taumelte und merkte, wie ihr schwarz vor Augen wurde. Erst nach einer Weile nahm sie ihre Umwelt wieder schemenhaft wahr. Sie erschrak.

Alles um sie herum hatte sich schlagartig verändert. Die Laubbäume waren plötzlich viel größer, und ganz in der Nähe entdeckte Selina eine tiefe Felsschlucht. Auch der Boden unter ihren Füßen hatte sich verwandelt. Er bestand nicht mehr aus brauner Erde, sondern aus grauem Gestein.

Selina ging langsam auf den Abgrund zu und spähte hinab. Erschrocken wich sie zurück, als sie sah, wie tief er war.

Gute dreihundert Meter rechts von ihr schien sich ein weiterer Abgrund aufzutun. Langsam ging Selina darauf zu. Sie hörte Flügelrauschen und drehte sich um – Sheila und Baldur waren hinter ihr und begleiteten sie. Als sie den zweiten Abgrund erreicht hatte, sah sie vor sich in der Tiefe eine flache, felsige Ebene, auf der kein einziger Baum oder Grashalm wuchs. So, als gäbe es eine unsichtbare Grenze zwischen dem Wald und der Ebene, die keine Pflanze zu überwinden wagte.

»Wo sind wir?« fragte Selina verunsichert und warf den beiden Gargylen einen fragenden Blick zu.

»Das ist die magische Ebene, Selina«, antwortete Baldur mit ernster Stimme.

»Was für eine Ebene?« fragte Selina und starrte die beiden an.

»Die magische Ebene. Sie kann nur von Zauberwesen und Mitgliedern deiner Familie betreten werden, denn ihr Grund ist verzaubert. Den Eingang zu dieser Welt bildet die Zauberweide. Hier gelten andere Gesetze.«

»Und Gorgons Festung? Warum sehe ich sie nirgends? Bevor ich sie neulich entdeckte, war ich vorher auch durch die Zwillingsweide geklettert«, sagte Selina verwundert.

»Schau genau hin«, antwortete Baldur. »Sie erhebt sich immer noch dort am Rand der Schlucht. Du mußt dich konzentrieren, denn du bist ein Mensch und hast deine Zauberkräfte erst vor kurzem entdeckt. Du wirst nicht immer alles gleichzeitig wahrnehmen, bis es dir gelingt, deine Energien zu bündeln und mit deinen Kräften weise umzugehen. Aber das ist ganz normal. Solange diese Kräfte noch in dir schlummerten, nahmst du überhaupt nichts von dieser magischen Welt wahr. Jetzt erschließt sie sich dir ganz allmählich.«

Selina starrte Baldur verwirrt an. Also hätte keiner ihrer Lehrer oder Mitschüler die Festung je sehen können! Und sie hatte sie erst nach der Begegnung mit den Gargylen bemerkt. Hatte irgendeine Urangst, ein Instinkt, der sie vor der Gefahr warnte, sichtbar werden lassen?

Selina schaute sich um und entdeckte weitere Hügel und Felsen, die sich aus dem Wald emporhoben, Felder und Wiesen, die aus der Ferne wie ein Flickenteppich wirkten, und einen riesigen See, in dem sich das Mondlicht spiegelte. Es war ein phantastischer Anblick, der sie in seinen Bann zog.

»Diese Ebene ist die Heimat aller magischen

Wesen. Sie entstand damals, als der Stein von Numenor verschwand und seine Magie über den Wald und dieses Land legte. Da wir Zauberwesen sind, haben wir Zugang dazu.«

Selina blickte sich weiter um, als sie plötzlich in der Ferne ein leises Rauschen vernahm. Am Horizont entdeckte sie einen mächtigen Wasserfall, der in die Tiefe stürzte.

Plötzlich trat Sheila neben sie und zeigte mit ernstem Blick auf die steinige Ebene unter ihr. »Auf dem Grund dieses felsigen Tals wird die Schlacht um den Stein von Numenor ausgetragen. Hier stehen sich alle dreizehn Jahre die Gargylen des Ostturms und die Gorgonier gegenüber.«

Selina war nicht entgangen, mit welchem Zorn Sheila Gorgons Namen ausgesprochen hatte. Sie wußte, daß Sheila Gorgon verabscheute, denn er war der Mörder ihrer Eltern. Das hatte Selina inzwischen auch erfahren: Früher einmal hatte es beinahe genauso viele Gargylen wie Gorgonier gegeben, aber in der letzten Schlacht um den Stein von Numenor waren viele Gargylen zu Tode gekommen, unter ihnen Sheilas Eltern. Jetzt waren nur noch die neun am Leben, die Selina kennengelernt hatte.

Ein wenig betrübt blickte sie über die zauberhafte Landschaft.

»So, Selina, jetzt komm mit, wir wollen dir etwas zeigen«, sagte Baldur mit gedämpfter Stimme und unterbrach damit die unangenehme Stille, die aus den traurigen Erinnerungen entstanden war.

Nach einem kurzen Flug landeten sie auf der Baumkrone einer großen Buche.

Selina wollte schon fragen, was sie hier suchten, als Baldur den Finger auf den Mund legte und ihr damit bedeutete, still zu sein. So verharrten sie denn eine ganze Weile, ohne daß Selina überhaupt wußte, worauf sie eigentlich warteten. Sie sah in den Wald hinab. Dort entdeckte sie nichts Außergewöhnliches; nur ein kleiner Bach schlängelte sich zwischen den Bäumen hindurch.

Selina sah Sheila und Baldur fragend an, doch die beiden Gargylen starrten wie gebannt auf den Bach. Sie folgte ihrem Beispiel, auch wenn sie das Verhalten der Geschwister immer seltsamer fand.

Erst nach einer guten halben Stunde Wartezeit entdeckte sie endlich, was Sheila und Baldur ihr hatten zeigen wollen. Zuerst wollte Selina ihren Augen nicht trauen, als sie das schwarze Pferd auf den Bach zutraben sah. Es war ein wunderschöner schwarzer Hengst, der sich mißtrauisch nach allen Seiten umsah und aufmerksam die Ohren spitzte. Selina dachte schon, daß es sich um ein ganz gewöhnliches Pferd handelte, als der Hengst sich umdrehte und sie erkannte, daß er zwei riesige schwarze Flügel hatte. Die Flügel lagen eng am Körper an, so daß Selina sie in der Dunkelheit zuerst nicht gesehen hatte.

Als er sich sicher fühlte, senkte der Hengst den Kopf und begann zu trinken. Eine ganze Weile saßen die drei Freunde in der Baumkrone und beobachteten das schönen Tier.

Selina war wie verzaubert von dem stolzen Pferd. Es hatte ein seidig glänzendes Fell und eine lange Mähne. Außerdem kam Selina der Geflügelte Hengst größer vor als ein gewöhnliches Pferd – auf seinen langen Beinen war er sicher schnell wie der Wind! Sie mußte sich zurückhalten, um nicht vom Baum zu klettern, zu ihm zu gehen und ihn zu streicheln. Aber ihr war klar, daß das edle Tier wahrscheinlich sehr scheu war, denn sonst hätten Sheila und Baldur sich nicht so still verhalten.

Die drei warteten noch eine ganze Weile, bis der Hengst den Kopf hob, laut wieherte und in den Tiefen des Waldes verschwand.

»Wir hatten heute wirklich Glück. Er wagt sich nicht oft aus seinem Versteck«, sagte Sheila begeistert.

»Was für ein Tier war das?« fragte Selina.

»Das war der Geflügelte Hengst. Ein unsterbliches Wesen, das seit Jahrhunderten in diesem Wald lebt«, antwortete Baldur.

Selina blickte ihn staunend an. »Und warum wolltet ihr ihn mir zeigen?« fragte sie neugierig und blickte noch einmal zu dem kleinen Bach hinunter, wo das Pferd gerade noch gestanden hatte.

»Weil es dein Pferd ist, Selina«, antwortete Baldur.

Selina starrte ihn ungläubig an. »Was? Wieso mein Pferd?«

Die beiden Gargylen nickten.

Selina lachte verlegen. Sie hatte noch nie auf einem Pferd gesessen, geschweige denn auf einem geflügelten. Und das majestätische Tier hatte nicht so ausgesehen, als sei es auf der Suche nach ihr.

Als Sheila ihren verwirrten Blick sah, führte sie die Erklärung ihres Bruders weiter. »Irgendwann wird der Zeitpunkt kommen, da du ihm beweisen mußt, daß du seiner würdig bist. Gewinnst du sein Vertrauen, wird er für immer an deiner Seite bleiben.«

Sheilas Stimme klang auf einmal seltsam feierlich. Dann fuhr sie in einem ganz anderen Tonfall fort: »Aber wenn du es verdirbst, siehst du ihn nie wieder.«

Selina konnte mit dieser Erklärung nicht viel anfangen, aber inzwischen hatte sie wieder so viele neue Eindrücke zu verarbeiten, daß sie erst einmal nicht weiter nachfragte. Magische Ebene, Zauberweide, ein geflügelter Hengst – sie merkte allmählich, wie müde sie war, und gähnte.

Sheila lachte. »Du solltest jetzt lieber schlafen gehen. Du siehst ziemlich mitgenommen aus.«

Selina war erleichtert. Schließlich war sie ein Mensch und schlief nachts gewöhnlich, statt geheimnisvolle Ausflüge zu unternehmen.

»Außerdem hast du morgen eine lange Nacht vor dir«, meldete sich Baldur zu Wort und griff Selina unter die Arme. Langsam flog das Trio zum Ostturm des alten Schlosses zurück, wo Kilian sie schon aufgeregt erwartete.

»Und, habt ihr ihn gesehen?« fragte er und freute sich sichtlich, als Sheila und Baldur nickten.

Selina fielen fast die Augen zu, so erschöpft war sie von den Aufregungen der Nacht.

Kilian schaute sie verständnisvoll an. »So, nun aber ins Bett, du kannst dich ja kaum noch auf den Beinen halten!«

Selina lief schnell in ihr Zimmer zurück und legte sich ins Bett. Sie konnte gerade noch das Licht ausschalten, bevor sie in einen tiefen Schlaf fiel.

Selina stand auf dem Felsen, den Sheila und Baldur ihr gezeigt hatten.

Sie sah in das Tal hinab, wo die Schlacht um den Stein von Numenor ausgetragen wurde. Doch sie sah keinen Kampf, sondern eine Ansammlung von seltsamen Kreaturen, die durchsichtig zu sein schienen. Selina trat einen Schritt näher an den gefährlichen Abgrund heran, um besser sehen zu können.

Die Kreaturen sahen aus wie Menschen, die man durch einen Zerrspiegel betrachtet. Selina wagte sich noch einen Schritt näher an den Rand des Abgrunds heran.

Jetzt erkannte sie die Wesen genau – es waren seltsame, auf eine unheimliche Weise bleiche Menschen, die weiße Gewänder trugen. Und sie konnte tatsächlich durch sie hindurchsehen. Sie waren wie Nebelschwaden, die sich ab und zu verdichteten und dann wieder den Blick freigaben. Die Gestalten standen in einem Kreis und hatten die Hände vor der Brust gefaltet. Sie regten sich nicht, hielten den Kopf gesenkt und die Augen geschlossen.

Doch ganz plötzlich wurde es gleißend hell in dem Tal. Von dem Blitz geblendet, kniff Selina die Augen zusammen. Als sie sie wieder öffnete, erschrak sie. Das Licht war verschwunden, aber sie stand nicht mehr am Rand des Abgrunds, sondern befand sich auf der steinernen Ebene, ganz genau dort, wo sie zuvor die seltsamen Gestalten gesehen hatte.

Nur mit Mühe unterdrückte Selina einen Aufschrei: Sie stand mitten im Kreis der seltsamen Wesen, die immer noch die Augen geschlossen hielten und kein Lebenszeichen von sich gaben.

Vorsichtig ging sie einige Schritte auf eine der Kreaturen zu. Doch gerade als Selina sie Hand ausstrecken wollte, um eines der Wesen zu berühren, hoben alle gleichzeitig den Kopf und öffneten die Augen. Selina wich erschrocken zurück. Die Gesichter sahen alle gleich aus: kreidebleich, mager und mit hervorstehenden Wangenknochen. Ohne Haare und Augenbrauen, erinnerten sie ein wenig an blankpolierte Totenschädel. Die Münder waren streng zusammengepreßt, und die Augen waren einfach nur weiß. Sie schienen keine Iris oder Pupille zu haben.

Selina wich erschrocken noch weiter zurück. Jetzt tat das Wesen, dem sie sich genähert hatte, einen Schritt auf sie zu. Sie wollte ausweichen, stieß aber mit dem Rücken gegen eine andere der seltsamen Gestalten. Verängstigt hob Selina die Arme vors Gesicht. Sie hatte Angst, unvorstellbare Angst. Sie wollte fliehen, doch sie konnte nicht. Der Kreis um sie herum hatte sich geschlossen.

Das weiße Wesen vor ihr streckte auf einmal die Hand aus und legte sie Selina auf die Stirn, während zwei andere von hinten ihre Arme packten und sie ihr auf den Rücken drehten. Selina schrie auf und wehrte sich nach Leibeskräften, konnte gegen den eiskalten Griff der Nebelwesen aber nichts ausrichten. Doch plötzlich hörte Selina auf, sich zu wehren. Eine erdrückende Kälte lastete auf ihren Augen. Es war, als hätte man Wasser hineingegossen, und sie war nicht imstande, sie zu schließen.

Und dann sah Selina etwas, das nicht real zu sein schien, sondern eine Erinnerung. Eine Person. Einen großen, starken Mann mit blauen Augen, der Selina zum Verwechseln ähnlich sah. Schlagartig erkannte sie ihn – es war ihr Vater! Noch nie hatte sie von ihm geträumt, aber sie war sicher, daß er es war. Der Mann wandte den Kopf zur Seite und blickte in die Ferne. Dann löste sich das Bild plötzlich auf, und die Hand des Nebelwesens ließ von Selina ab. Sie fühlte sich elend und fiebrig und starrte benommen zu Boden, als sie im Kopf eine Stimme hörte, die zweifelsfrei jenem Wesen gehörte, das ihr die Bilder geschickt hatte. Die Stimme klang seltsam verzerrt und war sehr tief.

»Der Virkan ist bereit zum Kampf. In sich trägt er eine ungeahnte Kraft, die das Böse besiegen kann. Denn dieser Virkan ist der Auserwählte – er wird vollbringen, wozu kein anderer fähig war. Denn das Herz dieses Kindes ist das Herz eines Gargylen.«

Selina sah die Gestalt erschrocken an. Die Kreatur schaute seine Artgenossen an, die schweigend nickten. Dann löste sich die Gruppe langsam auf.

»Nein, wartet! Was bedeutet das?« rief Selina, doch sie bekam keine Antwort. Die Nebelwesen waren spurlos verschwunden, so als hätte es sie nie gegeben.

Als Selina sich suchend umschaute, fiel ihr Blick auf einen kleinen Gegenstand auf dem Boden. Sie bückte sich, um ihn aufzuheben. Als sie ihn berührte, hörte sie eine Stimme in ihrem Kopf: »Er soll dir helfen! Er schütze und stärke dich!« Selina blickte erschrokken auf, doch es war niemand zu sehen. Dann betrachtete sie das Ding in ihrer Hand genauer. Es war ein kugelförmiger kleiner Stein, der sorgfältig geschliffen war – ein Saphir. Selina stutzte. Er schien genau die richtige Größe zu haben, um in die Hände des goldenen Wasserspeiers an ihrer Kette zu passen. Gerade als sie danach greifen wollte, begann die Erde zu beben, und unter ihren Füßen bildete sich ein tiefer Spalt, der die steinerne Ebene in zwei Hälften teilte. Sie stand genau auf der Grenze!

Noch bevor Selina zur Seite springen konnte, brach das Stück Boden unter ihr weg, und sie stürzte in die Tiefe.

Die Prophezeiung

Mit einem Schrei erwachte Selina. Ihr Herz raste, und sie war schweißgebadet. Nachdem sie eine Weile kerzengerade im Bett gesessen hatte, beruhigte sie sich wieder und ließ sich auf das Kissen zurückfallen.

Doch plötzlich hielt sie inne. Ein unangenehmes Kribbeln breitete sich in ihrer Magengrube aus, als sie bemerkte, daß sie etwas in der Hand hielt, ja regelrecht umklammerte. Rasch schaltete sie die Nachttischlampe ein. Als sie sah, was es war, konnte sie einen Aufschrei nicht unterdrücken: der kleine Saphir! Sie hielt den kleinen Saphir in der Hand, den sie in dem merkwürdigen Traum gefunden hatte!

Selinas Atem ging schneller. »Was geht hier vor?« flüsterte sie.

Also hatte sie es nicht nur geträumt – sie hielt den blauen Stein tatsächlich in der Hand und betrachtete ihn. Er schien wirklich in die goldenen Hände des kleinen Wasserspeiers an ihrer Kette zu passen. Sie nahm das Amulett in die Hand.

Die Kette mit dem Anhänger war Selinas wertvollster Schatz und der einzige Gegenstand, der ihr von ihrer Vergangenheit und ihrer Familie geblieben war. Oft hatten die anderen sie ausgelacht, weil sie sich weigerte, die Kette abzulegen – selbst beim Sportunterricht trennte sie sich nicht davon. Wenn sie irgendwann das Rätsel um ihre Herkunft lösen würde, dann nur mit Hilfe dieses Schmuckstücks, das spürte sie. Es war ihr Talisman, aber zugleich auch ein Erkennungszeichen. Ob sie den blauen Stein in die Hände des goldenen Wasserspeiers legen sollte? Sie hielt den Saphir prüfend neben den Anhänger.

Sie hatte sich nicht geirrt: Die Größe stimmte tatsächlich. Es sah so aus, als brauche sie den Saphir nur in die Hände des kleinen Gargylen zu legen. Selina zögerte ein wenig und ließ dann den blauen Stein in die Vertiefung gleiten.

Als der Stein die Hände des Gargylen berührte, wurde Selina plötzlich von einem grellen Licht geblendet. Vor Schreck ließ sie die Kette fallen und schloß die Augen. Als sie sie wieder zu öffnen wagte, leuchtete der goldene Anhänger heller als alles, was Selina je gesehen hatte. Sie griff nach der Kette und spürte, wie heiß das Amulett geworden war. Das goldene Licht schien den blauen Saphir zu verschlucken. Selinas Herz schlug heftig. Nach einer Weile erlosch schließlich das geheimnisvolle Licht, und das Amulett kühlte langsam ab. Als

Selina genauer hinsah, bemerkte sie, daß sich die Hände des goldenen Wasserspeiers um den Saphir geschlossen hatten.

Sie fuhr mit der Hand darüber und fühlte, wie fest der Stein in der Vertiefung lag. Es war so, als sei das Gold ihres Amuletts genau um den Saphir herum geschmiedet worden, als wäre der Saphir schon immer dort gefaßt gewesen. Was hatte das alles zu bedeuten? Fieberhaft versuchte Selina, sich an alle Einzelheiten des seltsamen Traums zu erinnern. »Er soll dir helfen! Er schütze und stärke dich!« murmelte sie langsam vor sich hin. Wer hatte das gerufen? Die tiefe, ruhige Stimme war ihr vertraut erschienen, doch als sie sich umgeschaut hatte, war niemand zu sehen gewesen.

Wie sollte ihr solch ein kleiner Stein gegen Gorgon und seinen Morgenstern helfen? Selina seufzte. Sie hätte sich wahrhaftig eine etwas furchteinflößendere Waffe gewünscht! Doch vor allem beschäftigte sie die Frage, wie er überhaupt hierhergelangt war, in ihre reale Welt. Sie hatte ihn im Traum gefunden, das war sicher. Und plötzlich hatte sie ihn in der Hand gehalten.

Ungläubig schüttelte sie den Kopf. Sie fand keine auch nur ansatzweise vernünftige Erklärung für dieses Phänomen. War der Traum vielleicht Realität gewesen? Aber nein, auch die abenteuerlichen Erlebnisse mit den Gargylen hatten sich realer angefühlt als dieser nebeldurchzogene Traum. Natürlich waren Wirklichkeit und Realität inzwischen dehnbare Begriffe geworden – das hatte sie von ihren neuen Freunden gelernt. Ob ein Traum Auswirkungen auf ihr richtiges Leben haben konnte? Offensichtlich war das möglich, wie vieles andere auch …

Sie saß noch eine ganze Weile auf ihrem Bett und dachte darüber nach, fand aber keine zufriedenstellende Lösung. Im Gegenteil, die Sache mit dem blauen Stein hatte weitere Fragen aufgeworfen, auf die sie keine Antwort fand. Wer konnte ihr helfen?

Die Gargylen wollte sie diesmal nicht fragen, denn sie spürte instinktiv, daß dieser Traum ihre Freunde beunruhigen würde. Deshalb beschloß sie, ihnen nichts davon zu erzählen. Irgend etwas sagte ihr, daß die Wasserspeier auch nicht zu sagen wüßten, was es mit dem Saphir auf sich hatte. Sie spürte, daß ihre Vorgänger, die früheren Virkane, keinen blauen Saphir besessen hatten.

Draußen dämmerte schon der Morgen, aber Selina konnte nach dem seltsamen Traum nicht mehr einschlafen. Die Bilder wollten sie einfach nicht loslassen. Immer wieder sah Selina ihren Vater vor sich. Sie wünschte sich so sehr, daß der Traum Realität würde, daß er tatsächlich bei ihr wäre. Wie wäre ihr Leben verlaufen, wenn er nicht gestorben wäre? Hätte sie dann vielleicht eine richtige Familie wie ihre Freundinnen gehabt? Ein Zuhause, wo man sie erwartete? Wäre ihr Vater stolz auf sie? Und wer war ihre Mutter? Lebte sie noch?

Selina riß sich vom Anblick ihrer Kette los, legte sie wieder um den Hals und stand entschlossen auf. Sie hatte lange genug gegrübelt, jetzt mußte sie sich beeilen, um noch pünktlich zum Frühstück zu kommen, sonst würde man mißtrauisch werden.

Vor allem Angela Faster und die Direktorin schienen sie in den letzten Tagen regelrecht zu beobachten. Erst gestern hatte sie bemerkt, wie die beiden Frauen beim Abendessen zusammengesessen hatten und in ein Gespräch vertieft gewesen waren, in dem es offensichtlich um sie ging, denn beide hatten auffällig oft zu ihr herübergeschaut. Als sie aufgestanden und wie zufällig an dem Tisch der beiden vorbei zur Tür gegangen war, war das Gespräch plötzlich verstummt. Sie mußte sich also zusammennehmen, wenn sie kein peinliches Verhör mit der Direktorin riskieren wollte!

Der Rest des Tages verlief ungewöhnlich ruhig, obwohl Selina innerlich aufgewühlt war und den Sonnenuntergang kaum erwarten konnte.

Und dann war es endlich soweit: Die Sonne ging unter, und der Himmel färbte sich tiefblau. Es war eine klare Nacht, und die Sterne funkelten am Himmel. Noch eine ganze Weile nach Sonnenuntergang sah Selina auf ihr Fensterbrett gestützt in diese Nacht hinaus, während sie in Gedanken immer noch ihrem Traum nachhing. Sie hatte eine wichtige Aufgabe, eine Bestimmung. »Kämpfen!« flüsterte sie vor sich hin, während sie spürte, wie die Angst in ihr hochkroch, als sie an den schwarzen Gargylen und sein fürchterliches Lachen dachte.

Eines Tages würde sie Gorgon wieder gegenüberstehen. Sie ganz allein mußte gegen das Ungeheuer kämpfen. Und bei ihr lag die Verantwortung, das Böse zu besiegen. Was wäre, wenn ihr das nicht gelänge? Was würde dann mit ihr geschehen – mit den Wasserspeiern, mit dem Land der Magier und ihrer eigenen Welt? Sie versuchte, diese Gedanken zu verscheuchen, und warf einen letzten Blick nach draußen, bevor sie sich umdrehte und auf den Weg zum Ostturm machte, immer noch fest entschlossen, nichts von ihrem Traum zu erzählen. Gemeinsam mit ihren Freunden mußte sie sich jetzt auf den Kampf gegen Gorgon vorbereiten, sie durfte nicht noch zusätzliche Verwirrung stiften. In Kimbals Augen hatte sie bereits gelesen, daß er sich einen anderen Virkan wünschen würde – größer, stärker, mutiger: eben kein Schulmädchen.

Ein wenig betrübt eilte Selina durch den dunklen Gang zum Ostturm. Irgendwie war ihr nicht wohl bei dem Gedanken, vor ihren Freunden Geheimnisse zu haben – Geheimnisse, die sie selbst beunruhigten. Selina schüttelte den Kopf und zwang sich, an etwas anderes zu denken. Sie wollte jetzt lieber wissen, was Baldur am Abend zuvor mit den Worten gemeint hatte, diese Nacht werde lang werden.

Mit etwas fröhlicherer Miene kam Selina in der Halle des Ostturms an, wo sie bereits ungeduldig von Sheila erwartet wurde, die sie streng ansah.

»Wo warst du so lange? Ich warte schon seit einer Ewigkeit!« Mit gespielter Empörung schlug Sheila mit den Flügeln und ging ins Turmzimmer voraus. »Du willst dich wohl drücken, oder?«

Selina folgte ihr lachend.

Dann drehte sich Sheila um und sah sie prüfend an. »Nein, Spaß beiseite! Wo warst du die ganze Zeit, ich warte hier wirklich schon lange.«

Selina blickte Sheila verwirrt an, bevor sie zu Boden sah und leise antwortete: »Ich hab ein bißchen getrödelt. Ist das verboten?«

Sie fühlte sich zunehmend besser. Vorsorglich hatte sie ihr Amulett unter dem T-Shirt versteckt, damit es keine Aufmerksamkeit erregte. Aber Sheila war sowieso mit ganz anderen Dingen beschäftigt. Mit Erstaunen beobachtete Selina, daß sie einen Schokoriegel aus der Tasche ihres Leinenhemds zog und ihn genüßlich verspeiste.

Als Sheila Selinas fragenden Blick bemerkte, lachte sie. »Willst du ein Stück abhaben?« Sie hielt ihr den Riegel unter die Nase.

Selina, die gar keinen Appetit auf Schokolade hatte, schüttelte den Kopf. »Nein danke, aber sag mal – woher hast du den? Geht ihr irgendwo einkaufen?«

Sheila lachte. »Bist du verrückt geworden? Den haben Baldur und ich aus der Küche geklaut. Klasse, was die dicke Köchin so alles herumliegen läßt.«

Selina mußte lachen. Es war kein Kunststück, etwas aus der Küche zu stehlen, das hatte sie nach all den Jahren im Internat längst herausgefunden. Zwar machte es der Köchin Spaß, die Schüler zu tyrannisieren, aber sie war glücklicherweise so zerstreut, daß es an ein Wunder grenzte, wenn sie jemanden beim Stibitzen erwischte.

Als Selina und Sheila im Turmzimmer der Gargylen ankamen, brannte dort kein Feuer im Kamin, und es war niemand zu sehen.

»Wo sind sie denn alle?« fragte Selina.

Sheila bedeutete ihr zu folgen und betrat durch eine der zahlreichen Türen den angrenzenden Raum.

Am Eingang des Zimmers blieb Selina wie angewurzelt stehen: Sie schien sich in der Waffenkammer eines mittelalterlichen Heerführers zu befinden. An den steinernen Wänden hingen alle Arten von Speeren und Schwertern. Teils schienen sie für Menschen gemacht, teils wirkten sie überdimensional groß. Selina sah Kimbal, der mit grimmigem Blick ein gedrungenes Schwert prüfte. Baldur hielt einen kurzen Speer in der Hand, und Iduna und Kilian trugen mit zwei eleganten Floretten ein Duell gegeneinander aus.

Selina schaute gebannt zu, bis sich Sheila räusperte. Die Wasserspeier hielten inne und begrüßten sie. Selina bemerkte, daß Kimbal sie abschätzig, ja beinahe böse ansah, und blieb verwirrt stehen. Sie wußte nicht, warum er sie so musterte, sie hatte nichts getan, was den Gargylen hätte verärgern können. Ob er etwas von ihrem Traum ahnte? Selina versuchte, dem bösen Blick auszuweichen, und sah Kilian fragend an.

Dieser lächelte ihr zu und sagte, während er Kimbal drohend anblitzte: »Selina, wir müssen dir etwas sagen. Es geht um die Vorbereitungen auf die Schlacht um den Stein von Numenor. Wie du weißt, sollst du uns in diese Schlacht führen, aber wir müssen dich entsprechend darauf vorbereiten. Das gilt natürlich auch für uns, die wir nach dem langen Schlaf langsam geworden sind. In erster Linie aber müssen wir dir soviel wie möglich beibringen.«

Selina ahnte Schreckliches. Sie wollte ja kämpfen lernen und sah ein, daß Kilian recht hatte. Aber ihre Freunde konnten ihr natürlich nur nachts Unterricht geben. Und das bedeutete, daß sie nachts trainieren und tagsüber soviel wie möglich schlafen mußte, um nicht überanstrengt und unausgeruht in die Schlacht zu ziehen.

»Wir haben Kimbal gebeten, dein Lehrer zu sein«, erklärte Iduna mit einem mißtrauischen Blick zu Kimbal hinüber. »Sheila und Baldur werden dabei sein, um darauf zu achten, daß dir nicht die Kräfte ausgehen, denn Kimbal neigt dazu, seine Schüler zu überfordern.«

Wieder warf sie dem Gargylen einen vielsagenden Blick zu, den dieser nicht zu beachten schien. Er starrte ins Leere und hörte überhaupt nicht zu.

»Und Iduna wird dich in die Kunst der Gedankenkraft und der Konzentration einweisen«, ergriff Kilian das Wort.

Selina sah ihn überrascht an. »Die was? Die ...«, Selina ließ sich das Wort noch einmal durch den Kopf gehen, »... Gedankenkraft?«

Kilian nickte. »Hast du das noch nie an dir bemerkt, Selina? Hast du noch nie versehentlich Dinge schweben lassen? Sind noch nie Mitschüler, die du nicht mochtest, ganz zufällig hingefallen, als du dich auf sie konzentriert hast? Und hast du noch nie Dinge gehört, die andere offensichtlich gerade dachten?« fragte er lächelnd.

Selina starrte den Gargylen erschrocken an und nickte dann langsam.

»Diese Fähigkeiten sind nicht menschlich. Nur der Virkan besitzt sie, und sie unterscheiden ihn von seinen Mitmenschen. Auch wir Gargylen besitzen diese Kräfte. Wir können die Gedanken anderer lesen, uns wortlos unterhalten …«

Selina hörte nicht länger zu und dachte an all die seltsamen Begebenheiten, die ihr in der letzten Zeit widerfahren waren. Jetzt hatte sie wenigstens zum Teil eine Erklärung dafür gefunden!

»… und Gegenstände schweben lassen. Siehst du: So geht das«, beendete Kilian seinen Satz, hob die Hand und zeigte auf einen schweren Langschild, der an der Wand hing, sich sachte löste und durch den Raum auf ihn zuschwebte, bis er danach greifen konnte.

»Ich … ich kann das … auch?« stotterte Selina und schaute Kilian begeistert an.

Der Gargyl nickte. »Mit etwas Übung wirst du noch ganz andere Kunststücke beherrschen. Aber das kommt später. Jetzt mußt du erst einmal mit dem Krafttraining beginnen, um deinen Körper zu beherrschen und zu kontrollieren – denn das ist die Voraussetzung für alle anderen Fähigkeiten.«

Damit warf Kilian Kimbal einen auffordernden Blick zu, der daraufhin auf Selina zuging. Seine gewaltige Größe machte ihr ein wenig angst. Er schien nicht gerade begeistert zu sein über seine Aufgabe, war sowieso nicht besonders freundlich, und wie das Training aussehen würde, konnte sie sich lebhaft vorstellen.

»Komm mit!« knurrte er und griff nach einer großen, dunklen Ledertasche.

Selina folgte ihm seufzend. Sie hätte viel lieber Unterricht bei Iduna gehabt. Die Sache mit der Gedankenkraft schien eher etwas für sie zu sein und war sicher erfolgversprechender als Körperkontrolle und Krafttraining – da traute sie sich wirklich gar nichts zu.

Sheila und Baldur folgten ihr unsicher. »Das kann ja heiter werden mit diesem Griesgram«, flüstert ihr Baldur zu. »Ich hatte gehofft, daß Kilian dich unterrichtet. Aber mit Kimbal wird's die Hölle!«

Kimbal stieg auf die Brüstung des Ostturms und breitete seine großen Schwingen aus. Er schaute sich auffordernd nach den beiden kleinen Wasserspeiern und Selina um, bevor er in die dunkle Nacht hinausglitt. Sheila und Baldur warfen Selina einen mitleidigen Blick zu, bevor diese auf Sheilas Rükken kletterte und sich seufzend an deren Schultern festklammerte. Wenigstens komme ich so in den Genuß des Fliegens, dachte sie, als sich Sheila von der Brüstung abstieß und auf den Wald zuflog.

Selina wehte der Wind um die Ohren, und unter sich sah sie die dunklen Baumwipfel. Ab und zu hörte sie den Schrei eines Käuzchens oder sah ein

Reh durch den Wald laufen. Schließlich landeten sie auf einer kleinen Lichtung, die erleuchtet zu sein schien. Erstaunt schaute sich Selina um und entdeckte Tausende und Abertausende von Glühwürmchen, die durch die Luft schwirrten und die Lichtung in ein warmes Licht tauchten.

Kimbal hatte inzwischen seine große Tasche von der Schulter genommen und wühlte darin herum. Er würdigte Selina und die beiden kleinen Gargylen keines Blickes und zog aus der großen Tasche zwei Bogen und einen Köcher voller Pfeile hervor. Dann warf er Selina unerwartet einen der beiden Bogen zu. Diese fing die hölzerne Waffe mit einer geschickten Handbewegung auf.

Sheila lächelte aufmunternd, und Selina fühlte sich ein wenig sicherer.

Doch Kimbal schien nichts anderes von ihr erwartet zu haben. »Komm mit!« knurrte er sie an.

Selina folgte ihm bis zum Waldrand und blieb stehen, als er auf eine mächtige Fichte in einiger Entfernung deutete und den Bogen spannte. Als er die Bogensehne losließ, schoß der Pfeil auf den Stamm des riesigen Baumes zu und traf genau in die Mitte eines kleinen Astlochs. Selina schaute Kimbal erstaunt an, traute sich aber nicht, etwas zu sagen.

Kimbal reichte Selina einen Pfeil. »Und jetzt bist du dran!«

Verunsichert nahm Selina den Pfeil und stellte sich an die Stelle, von der aus Kimbal geschossen hatte. Dann legte sie den Pfeil an die Sehne, spannte den Bogen und zielte auf den Stamm. Erstaunt stellte sie fest, daß alles wie von selbst ging – sie hatte noch nie einen Bogen in der Hand gehalten, schien aber irgendwie genau zu wissen, was sie zu tun hatte. Der Pfeil lag offenbar richtig, und wenn er gerade flog, sollte er sein Ziel auch treffen. Ihre Handfläche schmerzte schon, denn die Sehne schnitt ihr in die Haut, doch sie ließ nicht los und prüfte noch einmal die Lage des Pfeils. Dann ließ sie die Sehne los, und der Pfeil schoß vom Bogen.

Er flog nicht ansatzweise so schnell wie der von Kimbal, doch seine Flugbahn war nicht schlecht, fand Selina. Auch wenn er nicht im Stamm stekkenblieb, hatte er ihn immerhin mit der Spitze gestreift und ein Stück Rinde abgeschlagen. Selina lächelte zufrieden. Für einen Anfänger war der Schuß gar nicht so übel gewesen. Doch das schien Kimbal wenig zu beeindrucken.

»Dein Schuß war viel zu langsam. Spann den Bogen das nächste Mal straffer. Und du mußt viel genauer zielen!« herrschte er sie an und reichte ihr den nächsten Pfeil.

Diesmal gab er Selina genaue Anweisungen. Immer wieder korrigierte er ihre Haltung und die Lage des Pfeils. Schließlich taten ihr die Hände entsetzlich weh, weil Kimbal einfach nicht den Befehl zum Abschuß gab. Als Selina die Sehne endlich loslassen durfte, traf der Pfeil sein Ziel, wenn auch nur knapp. Aber Selina war stolz auf diesen kleinen Erfolg.

Die nächsten zwei Stunden übten sie ununterbrochen, bis Selina sich erschöpft auf den weichen Waldboden fallen ließ. Sie konnte nicht mehr. Die Hände taten ihr unvorstellbar weh, und sie hatte einfach keine Lust mehr. Kimbal hatte keine Gnade gezeigt und Sheilas und Baldurs Bitten nicht beachtet. Immer wieder hatte er Selina auf den Baum schießen lassen. Die Rinde des Baumes war inzwischen von zahlreichen Löchern übersät.

Selina stöhnte, als sie ihre aufgeriebenen Handflächen sah.

Sheila und Baldur kamen auf sie zu. »Du warst ganz toll, Selina. Noch ein bißchen Übung, und du schießt besser als Kimbal!«

Selina lächelte dankbar. Die Aufmunterung tat ihr gut. Sie war es leid, immer nur zu hören: »Noch einmal.«

Aber langsam hatte sie begriffen, wie sie es machen mußte. Sie hatte bei den letzten Schüssen immer den Stamm und ein paarmal sogar das kleine Astloch getroffen.

Kimbal hatte sie zwar nicht gelobt, aber immerhin einmal anerkennend die Augenbrauen gehoben. Jetzt sammelte er die Pfeile ein und packte sie zusammen mit dem Bogen und den Köchern in die Tasche. »Genug für heute. Wir drei fliegen jetzt nach Hause.«

Selina sah überrascht auf.

»Und was ist mit Selina?« fragte Baldur herausfordernd.

»Sie wird allein nach Hause finden. Im Laufschritt. Wir warten dort auf sie!« rief Kimbal, drehte sich um und breitete die riesigen Schwingen aus.

Selina sah die Geschwister fragend an. Doch die starrten dem riesigen Gargylen nur wütend hinterher.

»Da können wir nichts machen, Selina, du mußt wohl oder übel laufen«, sagte Baldur leise.

Selina seufzte, stand auf und ging auf den Wald zu. Sie kannte den Weg eigentlich nicht, mußte ihn aber finden. Kaum hatte sie die Lichtung verlassen, wurde es um sie herum stockfinster. Ohne das Licht der Glühwürmchen war der Wald undurchdringlich dunkel. Das Licht der dünnen Mondsichel drang kaum durch das Dickicht und die dunklen Tannenwipfel. Selina wußte nicht genau, wo sie war, vermutete das Schloß aber in Richtung Westen. So schnell wie möglich lief sie durch den Wald. Sie wollte Kimbal beweisen, wie ausdauernd sie war!

Nach einer Weile schaute sie sich um und entdeckte einen ihr vertrauten Teil des Waldes. Obwohl ihre Lungen bei jedem Atemzug brannten, gönnte sie sich keine Pause. Und schließlich lichteten sich die Bäume, und sie war wirklich vor dem großen Internat angekommen!

Als sie die drei Wasserspeier erreicht hatte, sank sie erschöpft zu Boden. Sie wußte, daß sie Kimbal diesmal beeindruckt hatte. Er hatte sie nicht mehr so ernst angesehen, sondern auf seinem Gesicht war die Spur eines Lächelns zu erkennen gewesen. Selina war stolz auf sich. Ihr Selbstvertrauen war gewachsen, obwohl sie wußte, daß dies erst der Anfang war.

Zehn Minuten später ließ sie sich erschöpft auf ihr Bett fallen. Ihr blieben nur noch wenige Stunden bis zum Frühstück. Schnell zog sie die naßgeschwitzten Kleider aus und schlüpfte in ihren Pyjama. Dann kroch sie unter die Decke und fiel sofort in einen tiefen Schlaf.

Diesmal träumte sie etwas Schönes: Sie träumte davon, wie sie Gorgon in die Flucht schlug. Wie sie ihm mit einem Hieb ihres Schwertes den Morgenstern aus der Hand schlug und ihm gleich darauf das Schwert an die Kehle setzte. Als sie am nächsten Morgen aufwachte, wünschte sie sich, dieser Traum möge eines Tages Wirklichkeit werden.

Die nächsten anderthalb Wochen waren für Selina die glücklichsten ihres Lebens. Noch nie hatte ihr etwas so viel Spaß gemacht, wie mit Sheila, Baldur und den anderen Gargylen zu trainieren. Kilian brachte ihr den Schwertkampf bei und Iduna die Kunst der Gedankenkraft. Das war anstrengender, als sie gedacht hatte: Schon um einen leichten Gegenstand schweben zu lassen, mußte sie sich derart konzentrieren, daß sie anfangs am ganzen Körper gezittert hatte. Kimbals Schikanen beim Körpertraining waren ihr dagegen wie eine Erholung vorgekommen. Aber Iduna hatte sie immer wieder sanft ermutigt, und inzwischen gelang es ihr recht gut, ihre inneren Kräfte zu bündeln und auf einen Gegenstand zu richten, der dann auf sie zuschwebte.

Und auch Kimbal war inzwischen weniger

grimmig. Er lobte sie zwar nicht, aber Selina sah an seinem erstaunten Blick, daß ihn ihre Fortschritte beeindruckten. Sie selbst war ebenfalls verwundert, welche Kraft in ihr steckte. Aufgrund ihrer Größe war Selina im Sportunterricht nie herausragend gut gewesen – als eine der Kleinsten ihrer Klasse hatte sie sich in allen sportlichen Disziplinen eigentlich immer nur abgemüht und geplagt. Wenn sie jetzt daran zurückdachte, mußte sie lachen. Irgendwie hatten es die Wasserspeier geschafft, in ihr ungeahnte Energien zu wekken – vielleicht durch Idunas Gedankentraining oder einfach durch ihren Glauben an sie, das Mädchen, das plötzlich ein Virkan war und sie in die Schlacht führen sollte.

Die Tage kamen Selina inzwischen wie verlorene Zeit vor, nur die Nächte zählten. Sie versuchte, an den Nachmittagen möglichst unauffällig in ihrem Zimmer zu verschwinden, um wenigstens ein paar Stunden zu schlafen und sich für die Nacht auszuruhen.

So saß Selina eines Abends gerade in ihrem Zimmer und wartete sehnsüchtig auf den Sonnenuntergang, als es an der Tür klopfte. Schnell zog sie die Bettdecke gerade, damit man nicht sah, daß sie bis eben geschlafen hatte, bevor sie laut »herein!« rief. Selina lächelte, als Angela Faster ins Zimmer trat.

»Hallo, Selina, wie geht es dir?« grüßte die junge Lehrerin freundlich.

»Gut, danke«, antwortete Selina. »Wieso fragen Sie?«

»Nun, ich habe mich einfach ein wenig über dich gewundert, Selina. Ich frage mich, was mit dir los ist. Du bist so anders in letzter Zeit. Irgendwie abwesend. Hast du Sorgen?«

Selina sah die Lehrerin fragend an und versuchte, ihren Schreck zu verbergen. Natürlich, sie war in letzter Zeit einfach zu abgelenkt gewesen – Angela Faster hatte sie bei den Mahlzeiten mehrmals angesprochen, und sie hatte erst einmal gar nicht reagiert, so tief war sie in Gedanken versunken gewesen. Auf dem Sportplatz ließ sie sich inzwischen auch nicht mehr blicken, denn sie mußte ja nachts trainieren. Obwohl die Lehrer genug mit den Sommerschülern zu tun hatten, war das der Direktorin und Frau Dr. Faster sicher inzwischen aufgefallen – Selina erinnerte sich jetzt auch wieder daran, daß sie bemerkt hatte, wie die beiden über sie geredet hatten.

»Was soll mit mir sein?« fragte Selina und wich dabei dem Blick der jungen Lehrerin aus.

Die holte tief Luft und steckte die Hand in die Tasche ihrer Jacke. Sie schien etwas sagen zu wollen, stockte jedoch und winkte ab. »Ach, nichts. Ich habe mir einfach nur Sorgen gemacht. Sicher ist es für dich nicht schön, allein im Internat zu bleiben, während deine Klassenkameraden die Ferien bei ihren Familien verbringen. Vielleicht fühlst du dich einsam. Wenn du irgend etwas hast, kannst du damit immer zu mir kommen.«

Damit drehte sie sich um und ging hastig hinaus, bevor Selina etwas erwidern konnte. Die schaute verwirrt auf die Tür, die hinter der jungen Frau ins Schloß fiel. Was sollte das heißen? Wieso benahm sich Angela Faster diesmal so seltsam? Sie schien ihr etwas sagen zu wollen, es sich dann aber immer in letzter Minute anders zu überlegen. Ob sie sie darauf ansprechen sollte? Immerhin hatte die Lehrerin selbst als Mädchen das Internat besucht, vielleicht wußte sie etwas über Selinas Herkunft.

Inzwischen war die Sonne untergegangen, und Selina ging in Gedanken versunken durch den Geheimgang zum Ostturm. Als sie in der großen Halle ankam, war keiner der Wasserspeier zu sehen. Nur die Tür zu den Räumen der Gargylen stand offen. Selina näherte sich ein wenig mißtrauisch, als sie plötzlich Kimbals Stimme hörte, der offensichtlich sehr erregt war. Auf Zehenspitzen schlich sie zu der großen Holztür, die nur angelehnt war.

»Wir können sie doch nicht zum Virkan trainieren! Ein Mädchen – das ist einfach lächerlich«, erklang Kimbals wütende Stimme. »Zeitverschwendung – Gorgon wird sich amüsieren! Ausgerechnet sie soll diejenige sein – daß ich nicht lache!«

»Jetzt hör mir gut zu! Ich bin ihre Sozia und kann sie am besten einschätzen. Und ich versichere dir, daß sie es ist!« war Sheilas laute Stimme zu vernehmen.

Selina wußte inzwischen, was Sheila mit »Sozia« meinte. Von Anfang an hatte sie eine besondere Verbindung zu Sheila gespürt. Das Gargylenmädchen schien ihre Gedanken lesen zu können und war immer an ihrer Seite. Auf die Frage, woher die Gargylen gewußt hatten, daß Selina in Gorgons Festung in Gefangenschaft geraten war, hatte ihr Sheila erklärt: Jeweils einer der Gargylen habe eine besonders enge mentale Verbindung zu dem Virkan. Die beiden seien miteinander verbunden, und wenn der Virkan in Schwierigkeiten geriete, spüre es der Sozius oder die Sozia sofort. Sheila hatte gefühlt, daß Selina in Gefahr war, und sie in Gorgons Festung ausfindig gemacht.

Selina konnte sich nicht dazu entschließen, den Raum zu betreten; sie wollte hören, was die Gargylen über sie dachten. Was bedeutete es, daß Sheila sagte, sie sei »es«? Wer oder was war sie?

»Sheila, du bist selbst noch fast ein Kind, wenn du das nicht verstehst. Vielleicht ist sie es wirklich, von mir aus, aber das hilft uns überhaupt nicht weiter. Sieh sie dir doch an! Sie führt einen aussichtslosen Kampf, und das weißt du auch. Sie ist Gorgon nicht gewachsen, egal, was wir mit ihr anstellen. Sie ist viel zu jung! Wir müssen alles daran setzen, daß ihr nichts geschieht. Die Schlacht ist sinnlos!«

Selina stiegen die Tränen in die Augen. Die Gargylen glaubten nicht an sie und ihre Fähigkeiten. Sie spürte, wie Wut in ihr hochstieg, und ballte die Fäuste. Dann erinnerte sie sich plötzlich an das Bild ihres Vaters, das ihr in dem seltsamen Traum erschienen war. Ob er ihr auch nicht zutraute, daß sie es schaffte?

Plötzlich wurde die Tür aufgerissen, und Selina konnte gerade noch zur Seite springen, als Sheila herausstürmte und bei ihrem Anblick wie angewurzelt stehenblieb. Sie hatte sie offenbar noch nicht erwartet, denn sie starrte Selina mit großen Augen an.

»Hallo, Sheila!« rief Selina und versuchte, ihren Ärger zu verbergen.

Die anderen Wasserspeier sahen sie ebenfalls erschrocken an. Kimbal drehte sich um und ging zum Fenster.

Sheila erwiderte ihr gequältes Lächeln nur zaghaft und fragte: »Seit wann bist du denn schon hier? Ich wollte dich doch abholen!«

Selina wußte, was die Frage bedeutete, natürlich hatte ihre Sozia Angst, daß sie das Gespräch mit angehört hatte. Sie konzentrierte sich, um ihre Gedanken zu blockieren, damit Sheila sie nicht lesen konnte. Das hatte ihr Iduna vor zwei Tagen beigebracht.

»Ich bin gerade erst gekommen«, log Selina und hoffte, daß es Sheila nicht gelänge, die mentale Blockade zu durchbrechen, obwohl sie spürte, daß sie ihre Gedanken zu lesen versuchte.

Offensichtlich war ihre Taktik erfolgreich, denn Sheila lächelte auf einmal entspannt. Selbst Iduna schien nichts gemerkt zu haben und unterhielt sich angeregt mit Kilian.

»Wann geht's denn heute los?« fragte Selina, um Sheila abzulenken.

Die zögerte und sagte dann schnell: »Heute

gar nicht. Wir brauchen eine Pause. Schließlich ist Sonntag.«

Selina nahm die Freundin am Arm und zog sie in das Nachbarzimmer.

»Wir müssen uns unterhalten, jetzt sofort«, flüsterte sie Sheila zu. Diese sah sie verwirrt an, folgte ihr aber in das leere Kaminzimmer. Selina war entschlossen: Sie wollte endlich wissen, welchen Gefahren sie entgegenging und was ihr widerfahren konnte. Welche Zusammenhänge gab es noch, die sie nicht wußte? Sheila mußte ihr alles sagen, auch wenn das den anderen Wasserspeiern nicht recht sein sollte – immerhin war sie ihre Sozia.

Kaum hatte sich Sheila unsicher auf einen Stuhl gesetzt, brach es aus Selina heraus. »Worum ging es eben bei dem Gespräch? Wieso ist Kimbal so beunruhigt? Und weshalb glaubst du zu wissen, daß ich *es* bin? Wer oder was bin ich? Du mußt mir alles sagen, was ich noch nicht weiß«, beschwor sie die Freundin.

Sheila fuhr erschrocken auf. Dann senkte sie den Blick. »Du hast es also doch gehört. Ich darf dir eigentlich noch nichts verraten«, fing sie an, redete jedoch weiter, als sie Selinas drohenden Blick sah. »Aber andererseits hast du ein Recht darauf, alles zu erfahren. Jedoch unter einer Bedingung: Es muß unter uns bleiben. Kilian und Kimbal dürfen nichts davon erfahren, sonst bekomme ich Ärger!«

Selina nickte, und Sheila begann zu erzählen: »Selina, es gibt eine Prophezeiung über das Schicksal eines Virkans, der anders ist als seine Vorgänger.

Diese Prophezeiung ist uralt und stammt aus den Zeiten des ersten Virkans. Sie besagt, daß irgendwann einmal ein Virkan kommen wird, der Gorgon endgültig besiegen und den Stein von Numenor für die Mächte des Guten zurückerobern wird. In der Weissagung heißt es: ›Der Kampf scheint aussichtslos, doch der Virkan wird Gorgon mit der Macht seines Herzens besiegen.‹ Wie du weißt, hat sich diese Prophezeiung noch nicht erfüllt.«

Sheila legte eine kurze Pause ein und fuhr dann mit deutlich leiserer und traurigerer Stimme fort: »Viele von uns haben schon nicht mehr an diesen Spruch geglaubt, bis dein Vater kam. Er war einer der größten Virkane, doch wie sich herausstellte, war er nicht der, auf den wir gewartet hatten. Denn wie du weißt, starb er in jener schrecklichen Nacht.«

Wieder hielt Sheila einen Moment lang inne, bevor sie den Kopf hob und Selina fest anschaute. »Selina, du hast selbst gehört, daß die anderen nicht daran glauben. Aber ich bin fest davon überzeugt, daß du es bist, der Virkan, der alles zum Guten wenden wird.«

Selina starrte Sheila überrascht an.

»Ich habe gesehen, wie du Gorgon mit bloßen Händen an die Wand geschleudert hast, nicht einmal Kimbal ist dazu fähig. Verstehst du, du hast in dir eine Kraft, die ich noch nie bei einem anderen Menschen gesehen habe. Doch meine Gefährten wollen mir einfach nicht glauben. Darüber haben wir eben gestritten. Sie sehen bloß, daß du ein Mädchen bist und keinerlei Erfahrung im Kampf hast.

Nur ich kann tief in dein Herz blicken. Ich weiß es einfach.«

Selina sah Sheila betroffen an. Ihr lief ein Schauer über den Rücken. Sheilas Worte verstörten sie zutiefst. Sie dachte wieder an den Traum mit den unheimlichen Gestalten, die behauptet hatten, ihre Zeit als Virkan werde anders sein als die ihrer Vorgänger.

Also war der Traum wirklich von großer Bedeutung – jemand hatte mit ihr sprechen und ihr den blauen Saphir geben wollen. Einen Moment lang spielte Selina mit dem Gedanken, Sheila von dem Erlebnis zu erzählen, doch sie ließ es bleiben. Sie wollte ihre Freundin nicht unnötig beunruhigen oder verwirren.

Auf einmal ergriff Sheila wieder das Wort. »Soll ich sie dir zeigen?«

Selina stutzte. »Was willst du mir zeigen?« fragte sie.

»Die Prophezeiung!« Damit verschwand Sheila in einem Nachbarraum.

Selina folgte ihr neugierig. Sie hatte nicht damit gerechnet, daß es eine Abschrift der Prophezeiung gab.

Sheila kniete auf dem Steinboden nieder und schien etwas zu suchen. Plötzlich drückte sie ihre Hand in eine Vertiefung, und ein großes Steinquadrat versank in der Tiefe. Sheila drehte sich zu Selina um und legte den Zeigefinger auf die Lippen. Dann stieg sie durch das dunkle Loch eine Treppe hinab. Selina folgte ihr schweigend. Die Treppe war lang und das kalte Gemäuer um sie herum schwarz wie Kohlen. Sie fühlte sich nicht wohl und bekam eine Gänsehaut. Sheila schien die Kälte nichts auszumachen, denn sie ging schnellen Schritts voran, ohne zu zögern. Selina folgte dem Gargylenmädchen schweigend. Nach einer Weile endete die Treppe plötzlich vor einer schweren Holztür. Sheila öffnete sie und trat über die Schwelle. In der dunklen Umgebung entdeckte Selina von ferne ein schwaches Leuchten, und als auch sie den Raum betreten hatte, wurde sie von der geheimnisvollen Lichtquelle in der Mitte geradezu geblendet. Mit zusammengekniffenen Augen folgte sie Sheila, bis diese unvermittelt stehenblieb. Inmitten des grellen Lichts war eine seltsame rote Schrift zu erkennen – so etwas wie Runen, die sie nicht entziffern konnte.

»Was soll das bedeuten?« fragte Selina und bemerkte zu ihrer Überraschung, daß sie unwillkürlich flüsterte.

»Ich lese es dir vor«, sagte Sheila.

Langsam las sie die seltsamen Worte, die in dem grellweißen Feuer geschrieben standen:

> Hütet euch vor Gorgon, vor dem dunklenWasserspeier mit der nachtschwarzen Seele: Seine Kraft ist groß, sein Haß ohne Grenzen. Wer vermag ihn zu besiegen?
>
> Lange Zeit werden die Virkane scheitern. Sie werden ihre Aufgabe nicht er-

füllen, und der Stein von Numenor wird verborgen bleiben. Denn nur der Virkan, der seiner würdig ist, greift nach dem Stein.

Es werden dunkle Zeiten kommen und mit ihnen ein Virkan, dessen Kampf aussichtslos scheint. Was keiner vermochte, wird ihm gelingen. Mit der Macht seines Herzens wird er Gorgon besiegen. Denn er hat das Herz eines Gargylen.

Frieden und Sieg über den Herrn der Finsternis wird euch dieser Virkan bringen.

Nachdem Sheila zu Ende gelesen hatte, herrschte erst einmal Schweigen. Dann fragte Selina mit gedämpfter Stimme: »Von wem stammt diese Weissagung?«

Sheila blickte sie an. »Dies sagte der erste Virkan kurz vor seinem Tod, nachdem er in der Schlacht um den Stein von Numenor tödlich verwundet worden war.«

Selina war ganz in Gedanken versunken. Sheila glaubte also wirklich, daß sie, Selina Albion, dieser besondere Virkan war? Und war überzeugt davon, daß es ihr gelänge, Gorgon zu besiegen und den Stein in ihren Besitz zu bringen? Einerseits war sie stolz und glücklich, daß ihre Sozia so fest an sie glaubte. Andererseits schien Kimbals Einschätzung viel wahrscheinlicher – sie war noch jung, trotz der

Vorbereitungen unerfahren und ganz einfach keine Heldin.

Sheila drehte sich langsam um und ging den Weg zurück, den sie gekommen waren.

Selina lief ihr nachdenklich hinterher.

Kaum waren die Freundinnen wieder in den oberen Räumen angekommen, riß sie ein Schrei aus ihren Gedanken. Im Kaminzimmer sahen sie, wie Kimbal und Kilian einen weiblichen Wasserspeier hereintrugen, der wenig größer war als Sheila: Es war Iriel, Sheilas Kusine! Selina war entsetzt. Auch die anderen Gargylen wirkten zutiefst erschrocken.

Iriel sah schrecklich aus. Ihr rechter Flügel war zerfetzt, ein Auge war geschwollen und blau verfärbt. Ihr rechter Fuß wirkte merkwürdig verdreht, als sei er gebrochen.

Neben ihr entdeckte Selina zwei weitere Gargylen, Ocelos und Glanis, die ebenfalls verwundet waren, wenn auch nicht so schwer wie Iriel, die immer lauter schrie. Jetzt erkannte Selina auch die Ursache dafür: In der Schulter der jungen Gargylenfrau steckte ein Dolch.

Vergebens versuchte Iduna, Iriel zu beruhigen, während Kilian ihr den kurzen Dolch aus der Schulter zog. Rasch legten die beiden Wasserspeier die Verletzte auf einen der Diwane, und Iduna suchte in ihrem Kräuterkorb nach blutstillenden Mitteln.

Ocelos, der am leichtesten Verletzte, erzählte den anderen von ihrer Begegnung mit zwei der schwarzen Gorgonier, die sie im Wald überrascht hatten.

»Wieso habt ihr euch auch in die Nähe der Festung gewagt?« schimpfte Kimbal. »Ihr wißt doch, daß die Gorgonier die gesamte Umgebung überwachen – sie verlassen ihr Revier zwar nicht gern, bewegen sich aber lautlos und schattengleich durch die Nacht. Ihr müßt vorsichtiger sein, wir können uns keine Verluste leisten!«

Ocelos und Glanos sahen Kimbal betreten an. »Wir sind einer Kristallelfe gefolgt, die uns den Weg zum Spiegelsee weisen wollte …«, begann sich Glanos erschöpft zu rechtfertigen.

»Ach, wirklich? Und was wolltet ihr dort sehen? Unseren Untergang? Viel Gutes hat uns der See bestimmt nicht zu zeigen. Wie oft habe ich euch vor den Kristallelfen gewarnt, sie sind ein launisches, wankelmütiges Völkchen!«

Offensichtlich beschämt ließen sich Ocelos und Glanos von Iduna verbinden. Selina hatte erstaunt zugehört. Der Anblick der verwundeten Wasserspeier machte sie wütend. Sie wollte nicht, daß sich solche Szenen wiederholten. Wie viele Opfer hatte der grausame Kampf mit Gorgon schon gekostet? Würde jemals Frieden herrschen? Und würde es ihr gelingen, den Krieg zu beenden?

Sie schwor sich feierlich, alles in ihren Kräften Stehende zu tun, um die Mächte des Bösen zu besiegen. Selina wußte, daß es bis dahin noch ein langer Weg war, aber sie würde ihn gehen, mochte es ihr auch Übermenschliches abverlangen.

Wiedersehen mit Gorgon

Die nächsten Tage verliefen ruhig, aber nach dem Angriff auf Iriel, Ocelos und Glanos blieb die Stimmung im Ostturm angespannt.

Kimbal ließ Selina beim Bogenschießen und Schwertkämpfen jetzt kaum mehr eine Pause, sondern trieb sie unausgesetzt an. »Los! Noch einmal! Keine Müdigkeit zeigen, das kannst du dir nicht leisten!«

Selina seufzte. Er hatte ja recht, aber sie war mit ihren Kräften wirklich am Ende. Auch Kilian und Iduna wirkten verunsichert und diskutierten oft heftig, nur um dann plötzlich zu verstummen, wenn sie das Kaminzimmer betrat.

Selina beunruhigte dieses Verhalten. Worüber stritten ihre Freunde? Hatten sie die üblichen Meinungsverschiedenheiten, oder ging es immer noch um sie und ihre Fähigkeiten als Virkan? Der Tag der Schlacht rückte näher, vielleicht war dieses Verhalten ganz normal. Selina wußte nicht, wen sie fragen sollte. Selbst Sheila wirkte zerstreut und stritt häufiger als sonst mit ihrem Bruder.

Auch die Stimmung im Internat erschien Selina auf einmal seltsam angespannt. Wurde sie etwa verrückt? Litt sie vielleicht unter Verfolgungswahn? Immer häufiger hatte sie das Gefühl, daß Angela Faster und die Direktorin sie mißtrauisch anstarrten. Als sie eines Nachmittags versucht hatte, die junge Lehrerin auf ihre Zeit als Schülerin im Internat anzusprechen, war diese ihr ausgewichen und hatte sich unter einem Vorwand entschuldigt. Selina hatte die Hoffnung aufgegeben, von Angela Faster etwas über ihre Eltern oder ihre Herkunft zu erfahren.

Um so glücklicher war sie, als Kilian ihr von ihrem Vater erzählte. Sie spürte, daß dies dem gütigen Gargylen nicht leichtfiel. Kilians Stimme stockte, bevor er ihr erzählte, daß er der Sozius ihres Vaters gewesen sei. Kilian mußte sehr an John Albion gehangen haben, denn er wurde immer tieftraurig, wenn er über dessen Tod sprach.

»Er war klug und freundlich, Selina. Von weit her ist er ganz überraschend zu uns gekommen – aus einem fernen Land. Dort hat er alles zurückgelassen, was ihm lieb und teuer war... fast alles. Dich hat er damals mitgebracht... Er hatte so viel Energie und Mut. Nichts konnte ihn schrecken, bis zum Schluß hat er die Hoffnung auf den Sieg nicht aufgegeben.«

Selina hing an jedem einzelnen Wort des väterlichen Gargylen. Tagsüber dachte sie lange darüber nach, was er ihr erzählt hatte. Und immer wieder kamen ihr die Runen in dem weißen Feuer in den Sinn. War sie wirklich der auserwählte Virkan? Sie konnte sich das eigentlich immer noch nicht vorstellen.

Immer wieder grübelte sie über diese Frage und den seltsamen Traum nach.

Als sie eines Abends in Gedanken versunken kurz nach Sonnenuntergang die Räume der Wasserspeier betrat, sah sie ihre Freunde über eine Karte gebeugt. Kimbal zeigte den anderen etwas, und alle schienen ganz darauf konzentriert zu sein, was sie sahen. Als Selina auf sie zutrat, schauten sie nur kurz auf.

Ohne Begrüßung sagte Kimbal schroff zu ihr: »Selina, es ist besser, wenn du wieder schlafen gehst. Es ist etwas vorgefallen, und für dich gibt es heute nichts zu tun.«

Selina sah den großen Gargylen verwirrt an. Sie konnte seine Gedanken nicht lesen, er schien sie bewußt zu blockieren, denn eigentlich beherrschte sie diese Kunst inzwischen recht gut.

»Was ist passiert?« fragte sie in ebenso schroffem Tonfall. Kimbal seufzte tief und wollte sich gerade abwenden, als Selina die Frage energisch wiederholte. »Was ist passiert? Antworte mir!«

Kimbal blickte Selina wütend an. Diese hielt seinem Blick stand.

»Kilian ist verschwunden«, antwortete er kurz und wandte sich wieder den anderen zu.

Selina schaute sich erschrocken um – wirklich,

der große Wasserspeier war nirgends zu sehen. Was war ihm zugestoßen? War er in Gorgons Fänge geraten?

Als sie zu einer weiteren Frage ansetzen wollte, schnitt Kimbal ihr mit einer schnellen Handbewegung das Wort ab.

»Ihr werdet nun das besprochene Gelände durchkämmen. Wenn ihr eine Spur von Gorgon oder Kilian entdeckt, verständigt ihr die anderen, bevor ihr etwas unternehmt. Verstanden?« wandte er sich an seine Artgenossen.

Die acht Gargylen nickten. Selina blickte Sheila und Baldur fragend an, doch keiner der beiden würdigte sie eines Blickes.

In Selina stieg plötzlich ein Gefühl der Wut auf. Ihr wurde klar, daß die Gargylen nicht auf sie zählten. Sie erwarteten gar keine Hilfe von ihr. Schlimmer noch: Sie glaubten nicht, daß ihre Unterstützung von irgendeinem Nutzen sein konnte.

Aber das war ungerecht! Sie hatte in den letzten Wochen viel gelernt. Wieso vertraute man ihr nicht? Ohne sie zu beachten, schritten die acht Gargylen zur Brüstung des Turms, um in die Nacht hinauszufliegen. Kimbal warf ihr einen letzten warnenden Blick zu.

Sie wartete nur darauf, daß die Wasserspeier über dem Wald verschwanden. Für sie stand fest, daß sie handeln mußte. Ob man sie dabeihaben wollte oder nicht, sie war der Virkan und mußte ihre Freunde unterstützen. So schnell sie konnte, rannte sie in die Waffenkammer, griff nach einem

Schwert und schlang sich den dazugehörigen Gürtel um die Hüfte. Dann warf sie sich einen Köcher mit Pfeilen über die Schulter und griff nach ihrem Bogen.

Dieser Bogen war etwas ganz Besonderes, denn er hatte einst ihrem Vater gehört, der ihn eigenhändig aus dem Holz einer Eiche geschnitzt und den Griff mit Gold verziert hatte. Kilian hatte ihn ihr eines Abends geschenkt, und Selina hatte das wertvolle Stück bisher nur einmal benutzt. Es war ihr bester Schuß gewesen, bei dem es selbst Kimbal die Sprache verschlagen hatte. Immer wenn Selina den Bogen berührte, schien sie ihren Vater zu sehen. Nur einen Moment lang, dann war die Vision wieder verschwunden.

So gerüstet verließ Selina die Waffenkammer und stand bald darauf auf der Brüstung des Ostturms. Ängstlich sah sie in die Tiefe. Sie wußte, was jetzt zu tun war: Sie mußte springen!

Für einen gewöhnlichen Menschen wäre es Selbstmord gewesen, aber inzwischen hatte sie die nötige Konzentration erlernt, um den Fall in letzter Minute zu verlangsamen und sanft auf dem Boden zu landen. Ein flaues Gefühl breitete sich in ihrer Magengrube aus. Sie hatte diesen Sprung mit Sheila zwar oft genug geübt, doch ihr war immer noch nicht ganz wohl dabei.

Sie trat ein paar Schritt zurück, holte tief Luft und versuchte, alle störenden Gedanken zu verjagen. Dann nahm sie Anlauf, sprang auf die Brüstung und von dort in die Tiefe. Während des Falls schloß sie die Augen und konzentrierte sich, so gut sie konnte. Sie spürte den Boden näher kommen, versuchte aber, jegliche Angst beiseite zu schieben und mit der Kraft ihres Willens den Flug zu verlangsamen.

Es gelang! Selina merkte auf einmal, wie sie langsamer wurde, als würde sie an einem unsichtbaren Seil zu Boden gelassen. Sie verspürte ein Gefühl des Triumphs, als ihre Füße die Erde berührten. Zum ersten Mal hatte sie diesen Sprung ganz allein gewagt!

Aber sie hatte keine Zeit, sich über diesen Erfolg zu freuen. Wo konnte Kilian sein? Was war ihm zugestoßen? Sie vermutete, daß er irgendwie in Gorgons Gewalt geraten war und sich in höchster Gefahr befand. Sie durfte keine Minute mehr verlieren und rannte durch den Wald auf die Zauberweiden zu – den Weg, den sie schon einmal mit verheerenden Folgen gegangen war: zur Festung des Schreckens.

Selina konzentrierte sich auf Gorgons Festung, und schon tauchte sie am Horizont auf. Gleichzeitig schien der Wald um sie herum düsterer und dichter zu werden, als hätte sich Gorgons Finsternis darübergelegt. Selina erschauerte und lief schnell weiter.

Auf einmal sah sie am Himmel einen Schatten: einer der Gargylen, der verzweifelt nach Kilian suchte. Selina vermutete, daß es Tantari war, ein eher schmächtiger, aber zäher Wasserspeier, ein ausgezeichneter Schwertkämpfer. Schnell verbarg sie sich in einem dichten Busch – wer weiß, wie die anderen reagieren würden, wenn sie sie hier im Wald sahen? Während sie darauf wartete, daß Tatari verschwand, hörte sie plötzlich einen markerschütternden Schrei. Ihr schien der Kopf zu zerspringen, und schützend hob sie die Arme – doch es war kein Schrei aus der Wirklichkeit, sondern ein Schrei in ihrem Kopf. Wie mußte Kilian leiden, wenn Selina das so deutlich in Gedanken hörte!

Schnell kroch sie unter dem Busch hervor und lief weiter. Sie wollte ihren Freund befreien, selbst wenn sie noch einmal in Gorgons Festung eindringen mußte. Inzwischen wußte sie ja, worauf sie zu achten hatte – vielleicht gelänge es ihr, unbemerkt hineinzuschlüpfen.

Während sie weiterlief, hörte sie Kilians Schreie aufs neue. Sie fragte sich, ob die anderen Gargylen ihn auch hörten. Wenn dem so war, dann würden sie bald alle hier auftauchen.

Selina hatte sich nicht getäuscht: Am Himmel erschienen plötzlich weitere Schatten, die schnell auf die Festung zuflogen. Also wollten die Wasserspeier es wagen, in Gorgons Reich einzudringen, um Kilian zu befreien. Selina erinnerte sich an das letzte Mal, als sie Gorgon gegenübergestanden hatten. Damals waren die Gargylen des Ostturms hoffnungslos unterlegen gewesen. Gorgon hatte Kimbal, Baldur und Sheila verletzt, und sie hatten ihm nichts anhaben können. Nur Selina hatte damals die Kraft besessen, ihn zu schwächen – zumindest für kurze Zeit. Warum hatte Kimbal das nicht bedacht? Glaubte er vielleicht, das sei damals ein Zufall gewesen – die Kraft der Verzweiflung? Jedenfalls mußte sie ihren Freunden helfen, auch wenn sie nicht an ihre Fähigkeiten glaubten.

Selina hatte inzwischen ihr Ziel erreicht. Die steinerne schwarze Festung erhob sich majestätisch vor ihr und wirkte schon von außen bedrohlich: wie ein Ungeheuer, das nur darauf wartete, sich auf seinen Gegner zu stürzen.

Suchend schaute sie sich um, fand die rostige Leiter, die sie das letzte Mal hochgeklettert war, und erklomm die Sprossen. Oben angekommen, sah sie, daß die Falltür offenstand. Wahrscheinlich waren die Wasserspeier des Ostturms schon hineingeklettert. Ohne Furcht sprang Selina durch die Öffnung und gelangte in den Gang, der zu der Treppe führte. An den Wänden staken brennende Fackeln, und am Ende des Gangs glomm ein schwaches Licht.

Selina zog vorsichtshalber ihr Schwert. Gorgons Anhänger konnten nicht weit sein. Sie waren ganz anders als die Gargylen, die sie kannte. Kimbal hatte ihr erklärt, daß sie eher an wilde Tiere erinnerten, die nur auf Kampf und Vernichtung aus waren. Wie tollwütige Hunde griffen sie jeden an, der sich ihnen in den Weg stellte. Sie waren blitzschnell und sehr geschickt im Umgang mit Waffen. Ihre einzige Schwäche war der Umstand, daß sie nur nach ihrem Instinkt handelten und keinen Verstand besaßen. Kimbal hatte ihr auch erzählt, daß die Gargylen des Ostturms sie daher nur mit List besiegen konnten.

Selina rannte, so schnell sie konnte, den Gang entlang. Von Gorgons Gefolge und ihm selbst fehlte jede Spur. Dafür drangen aus der Tiefe der Festung die Geräusche eines erbitterten Kampfes an ihr Ohr. Sie hörte Schwertklingen aufeinanderschlagen und wilde Schreie. Bald war sie ein Stockwerk über dem kegelförmigen großen Raum angelangt, dem Mittelpunkt der Festung. Dort unten tobte der heftige Kampf. Und plötzlich hörte sie Sheila schreien. Der Schmerzensschrei ihrer Freundin lähmte sie einen Moment lang, aber dann lief sie in Windeseile die lange Treppe hinunter.

Die Gargylen des Ostturms, zahlenmäßig weit unterlegen, kämpften mit all ihren Kräften, doch es sah nicht gut für sie aus. Die Gorgonier griffen ihre Feinde verbissen an und fügten ihnen schreckliche Verletzungen zu. Kimbal blutete aus zahlreichen Wunden, hielt sich jedoch tapfer gegen drei Gorgonier, die ihn immer wieder attackierten.

Selina suchte Sheila. Das Gargylenmädchen lag erschöpft am Boden und hielt sich schützend das Schwert vors Gesicht. Ein großer weiblicher Gorgonier hob den Speer und lächelte siegessicher.

Selina reagierte sofort, zog einen Pfeil aus dem Köcher, legte ihn an den Bogen und schoß. Der Pfeil flog gerade durch den Raum und traf sein Ziel. Sheilas Angreiferin heulte auf vor Schmerz und griff nach dem Pfeil, um ihn aus der Schulter zu ziehen, was offensichtlich einen noch heftigeren Schmerz verursachte. Dann fiel sie zu Boden und preßte die Hand auf die blutende Schulter. Als Sheila Selina erblickte, schrie sie erschrocken auf. Und plötzlich hielten alle im Kampf inne und drehten sich zu Selina um. Die erkannte Gorgons riesige Gestalt und seine pechschwarzen Augen, mit denen er sie drohend anstarrte. Ohne zu zögern, sprang Selina die letzten Treppenstufen hinunter und lief auf das Ungeheuer zu.

Sie legte ihren Bogen wieder über die Schulter und zog statt dessen ihr Schwert.

Als hätten alle nur auf dieses Signal gewartet, ging der Kampf weiter. Einige von Gorgons Gefolgsleuten stürzten sich auf Selina, die geschickt mit dem Schwert parierte, sich dann aber schnell von den Gorgoniern löste und auf das Ziel ihres Angriffs zulief: Gorgon.

Der schwarze Gargyl ergriff seinen Morgenstern und stürzte sich auf Selina, doch diese wich seinem Hieb aus und versetzte ihm einen heftigen Tritt. Gorgon taumelte.

Selina nutzte diesen Augenblick und sah sich suchend um. Tatsächlich – in einer Ecke des Raums lag Kilian am Boden. Er sah furchtbar aus und blutete aus tiefen Wunden. Verzweifelt versuchte er, sich von seinen Fesseln zu befreien. Schon eilte Selina zu ihm, als sie hinter sich Gorgons wuchtige Schritte hörte, der offenbar sein Gleichgewicht wiedergefunden hatte. Sie mußte sich beeilen!

Als sie Kilian erreicht hatte, schnitt sie ihm mit einer sicheren Bewegung die Fesseln an den Armen durch und wich gerade noch rechtzeitig Gorgons

Morgenstern aus, der schwer auf dem Boden aufschlug und tiefe Spuren in dem schwarzen Stein hinterließ. Selina drehte sich um und blickte in die haßfunkelnden Augen des schwarzen Wasserspeiers.

Einige seiner Krieger wollten sich auf Selina stürzen, doch das Ungeheuer hielt sie mit einer Handbewegung zurück.

Dann brüllte Gorgon mit seiner schrecklichen tiefen Stimme, die in dem hohen Raum vielfach widerhallte: »Dies ist ein Kampf zwischen mir und der Kleinen, die Virkan spielen will!« Er lachte triumphierend und voller Hohn. »Nun soll sie uns zeigen, was sie kann.«

Selina blickte Gorgon fest in die Augen. Sie nahm die Herausforderung an. Gorgon und die viel kleinere Selina umkreisten sich langsam, während die anderen ihre Waffen sinken ließen.

Dann stieß Gorgon einen schrecklichen Schrei aus und hob den Morgenstern zum tödlichen Hieb. Selina zog das Schwert und parierte. Morgenstern und Schwert trafen aufeinander, und das helle Klirren von Metall erklang. Das Duell zwischen Selina, dem jungen Virkan, und Gorgon, dem schwarzen Gargyl, hatte begonnen.

Sehr bald schon sah Selina ein, daß sie Gorgons Hieben nur ausweichen, aber nicht parieren konnte. Er jagte sie mehr, als daß sie miteinander kämpften. Er hatte eine fürchterliche Kraft und mit dem blutroten Morgenstern eine mörderische Waffe, zudem war er trotz seines riesigen Körpers erstaunlich wendig. Doch Selina wollte sich nicht geschlagen geben.

Ihre Stärke war ihre Schnelligkeit. Der schwarze Gargyl mochte so kräftig und wendig sein, wie er wollte, er war einfach zu langsam, um Selina mit seiner todbringenden Waffe zu treffen. Aber mit der Zeit spürte sie, wie ihre Kräfte erlahmten, während Haß und Wut Gorgon zu beflügeln schienen und ihm immer mehr Kraft verliehen.

Selina wich dem Ungeheuer verzweifelt aus, als sie plötzlich stolperte und hart zu Boden fiel. Gorgon setzte zum Hieb an, doch Selina gelang es, den Morgenstern mit dem Schwert abzufangen. Schnell sprang sie auf die Beine, merkte jedoch, daß sie sich beim letzten Schlag am Handgelenk verletzt hatte. Es tat furchtbar weh, und ihr war klar, daß sie einem weiteren Angriff dieser Stärke nicht mehr standhalten konnte.

Gorgon war nicht nur mörderisch stark, sondern auch ein außerordentlich geschickter Kämpfer, dem seine jahrhundertelange Erfahrung anzumerken war. Selina hingegen war Anfängerin, wie ihr bei diesem Duell schmerzlich bewußt wurde. Sicher, sie war reaktionsschnell und konnte seine Hiebe geschickt abfangen, doch es mangelte ihr an Erfahrung, und davon besaß ihr Gegner eben mehr als genug.

Sie hatte keine Wahl, sie mußte das Katz-und-Maus-Spiel, das Gorgon seit Beginn des Kampfes mit ihr spielte, beenden und ihn überrumpeln – das war ihre einzige Hoffnung.

Als der nächste Hieb seines Morgensterns auf sie herabsauste, fing sie ihn geschickt mit ihrem Schwert ab und drehte es dann blitzschnell um die Kette der tödlichen Waffe, um mit aller Kraft daran zu ziehen. Vergeblich. Sie hatte nicht genug Kraft, um Gorgon die Waffe aus der Hand zu reißen, er war einfach zu stark.

Nun tat Gorgon das, was sie selbst vorgehabt hatte, und riß ihr mit einem kräftigen Ruck das Schwert aus der Hand.

Vor Überraschung schrie Selina auf, und einen Moment später fiel der Morgenstern auf ihre linke Schulter und bohrte sich tief ins Fleisch.

Als sie zu Boden taumelte, sah sie, wie die anderen Gargylen im Kampf innehielten und sie entsetzt anschauten. War der Kampf beendet? Was würde jetzt geschehen? Selina wußte, daß ihre Freunde ihr nicht helfen konnten. Sie allein mußte sich Gorgon stellen und ihn besiegen – oder sterben.

Schon trat Gorgon mit einem bösen Lachen auf sie zu und setzte herablassend den Fuß auf ihren Hals. Sie bekam kaum noch Luft.

»Nun seid ihr erledigt, ihr Virkans. Du hast dich wacker geschlagen, das muß ich zugeben, und vielleicht wärst du wirklich eine ernstzunehmende Gegnerin für mich geworden, aber du hast leider zu früh geglaubt, mich schlagen zu können. Was würde dein Vater wohl dazu sagen? Übelnehmen dürfte er es dir nicht – immerhin hat er es ja selbst nicht geschafft!« höhnte Gorgon böse. »Er hat lange durchgehalten, das stimmt. Ein großer

Held – er wollte unbedingt verhindern, daß ich den Stein von Numenor in meinen Besitz bringe. Aber Heldenmut lohnt sich manchmal nicht, kleiner Virkan. Gestorben ist er trotzdem, und den Stein kriege ich schon bald. Ich habe Zeit, viel Zeit. Was sind schon dreizehn Jahre... bald ist er mein... mein...«

Gorgons heisere Stimme hatte sich in ein hämisches Flüstern verwandelt.

Selina traten die Tränen in die Augen. Gorgon hatte vollkommen recht. Sie war nicht mehr als ein Mädchen, das ihre Erfolgsaussichten zu hoch eingeschätzt hatte. Was würde jetzt geschehen? Würde er sie gleich umbringen? Und ihre Freunde? Sie warf einen Blick zu den Gargylen des Ostturms hinüber und sah Sheilas entsetztes Gesicht.

Als Gorgon ihren Vater damals ermordet hatte, war sie das einzige Hindernis gewesen, das ihm noch im Weg stand. Wie schwer mußte es den Gargylen damals gefallen sein, Selina vor dem Schloßtor auszusetzen! Denn woher hätten sie wissen sollen, ob sie eines Tages den Weg zu ihnen finden würde? Sie hatten all ihre Hoffnungen auf Selina gesetzt und sollten nun mitansehen, wie sie versagte?

»Keine Angst, Kleine, ich bringe dich nicht um!« ertönte da wieder Gorgons hämische Stimme. »Ich brauche dich noch – o ja, dich und deine Gefährten, ihr seid nützlich, sehr nützlich. Du wirst sehen, wie wohl du dich als Gast in der Festung des Schrekkens fühlst.« Damit brach er in schallendes Gelächter aus und zog sie grob vom Boden hoch.

»Nein«, flüsterte Selina entsetzt. Sie sah, daß die anderen Gargylen allen Mut verloren hatten und bereit waren, sich den Gorgoniern zu ergeben. Das durfte nicht geschehen – sie trug die Verantwortung für das Schicksal ihrer Freunde. Und nicht nur das, es lag bei ihr, die Welt von Gorgon und seinen Kriegern zu befreien und das Böse zu besiegen. Sie durfte nicht aufgeben, nicht jetzt und nicht hier, in der Festung des Schreckens. Sie spürte Gorgons Gedanken, er schien wie besessen von einer Idee – sie konzentrierte sich und sah ein Schwert. Genau, in seinen gierigen Augen sah sie plötzlich ein Schwert... Was hatte das zu bedeuten?

Entschlossen blickte sie in Gorgons böse Augen. Ihr Wille war das einzige, was ihr geblieben war, nachdem Gorgon ihre Waffe in eine Ecke geschleudert hatte und sie mit eiserner Faust am Arm gepackt hielt.

Und auf einmal änderte sich der Gesichtsausdruck des schwarzen Ungeheuers. Die Sicherheit des Siegers, der Spott und die Überheblichkeit des Überlegenen schienen zu schwinden. Plötzlich las Selina etwas anderes in seinem Blick, etwas, das nicht zu ihrem Feind passen wollte und sie an die erste Begegnung mit dem schwarzen Gargylen erinnerte: Furcht.

Als Gorgon in Selinas Augen blickte, bemerkte er auf einmal den tiefblauen Schimmer, der darin aufblitzte, und er schnaubte voller Wut. Was hatte das zu bedeuten? War das ein Zeichen? Schnell zog er das Mädchen zum Ausgang der großen Halle, als sich Selina plötzlich mit aller Macht losriß, nach dem Morgenstern griff und ihn mit einem gewaltigen Hieb auf Gorgons Schenkel niederfallen ließ.

Der mächtige schwarze Gargyl geriet ins Taumeln und fiel zitternd zu Boden. Dort blieb er schwer atmend liegen und rührte sich nicht mehr.

Selina wußte nicht, was passiert war. Plötzlich hatte sie eine merkwürdige Kraft in sich gespürt, eine seltsame Hitze. Beinahe erschrocken schaute sie auf die schwarze Gestalt am Boden. Dann gab sie sich einen Ruck: Sie mußten fliehen, und zwar schnell, bevor die Gorgonier ihr anfängliches Entsetzen überwunden hatten.

»Schnell, wir müssen weg von hier!«

Sie sah, wie sich zwei Gorgonier über ihren Anführer beugten, während ihre Freunde die Treppe hinaufeilten. Kimbal blutete immer noch stark, und Kilian konnte sich kaum auf den Beinen halten, so geschwächt war er. Baldur hatte seine Schwester am Arm gepackt und stützte sie. Während sie die Treppe erklommen, wehrte Tantari die drei Gorgonier, die ihnen zu folgen versuchten, mit dem Schwert ab. Selina hörte Gorgons schmerzverzerrte Stimme: »Worauf wartet ihr? Hinterher! Laßt sie nicht entkommen! Los!«

Das letzte Wort dröhnte durch die kegelförmige Halle, und Selina hatte das Gefühl, als würde ihr Trommelfell platzen. Die Gorgonier folgten dem Befehl ihres Herrn und stürmten hinter den Gargylen des Ostturms her, als Tantari seinen Posten verlassen hatte, um sich selbst in Sicherheit zu bringen.

Selina fürchtete schon, daß sie es nicht mehr schaffen würden, denn ihre Freunde waren verletzt und geschwächt. Besonders um Kilian machte sie sich Sorgen, denn dieser war durch die Gefangennahme stärker verwundet als die anderen Gargylen.

Die Gorgonier kamen immer näher.

Schon sah Selina die offene Falltür. Sie konnten es schaffen. Wie weit würden die Gorgonier ihnen folgen? Wo endete ihr Machtbereich? Könnten sie und ihre Freunde entkommen?

In Windeseile kletterten die Wasserspeier und Selina durch die Falltür. Als letzte schlüpfte Iduna durch die Öffnung und warf die Luke mit einem kräftigen Schlag zu.

»Tír awnan og freargathwan«, erklang plötzlich ihre warme Stimme durch die Nacht. Voller Staunen sah Selina, wie die schwere hölzerne Falltür golden aufleuchtete. Von innen ertönten wütende Schreie – offensichtlich drückten die Gorgonier vergeblich dagegen, aber die Tür gab nicht nach. Iduna lächelte Selina an und zog sie dann schnell von der Tür weg. Kimbal hatte bereits das Zeichen gegeben, und die Gargylen schwangen sich auf die Brüstung, um in die Nacht hinauszufliegen. Ocelos und Glanos nahmen Kilian in die Mitte, während Iduna Selina packte und sich mit ihr in die Luft erhob.

Als sie sich umdrehte, sah sie, wie die Falltür aufsprang und die erbosten Gorgonier herausstürzten.

»Schneller, schneller!« schrie sie erschrocken. Gorgons Krieger nahmen die Verfolgung auf, und Selina begann zu zittern, als sie plötzlich unter sich die Zauberweiden entdeckte.

»Geschafft!« rief Iduna erleichtert. »Sie müssen umkehren, denn jenseits der Zauberweiden verlieren sie ihre Kraft.«

Ein Gefühl der Erleichterung durchlief Selina. Sie waren in Sicherheit! Kilian war gerettet, und sie hatten niemanden verloren. Zwar waren sie alle vom Kampf geschwächt, und Iduna würde ihre ganzen Heilkräfte aufbieten müssen, um die zahlreichen Wunden zu versorgen, aber sie waren gerettet.

Selina blickte nach vorn und sah die ersten Gargylen auf dem Ostturm landen. Sie merkte ihnen ihre Erleichterung an. Die gelungene Flucht hatte das Selbstvertrauen der Gargylen einerseits bestätigt, sie andererseits aber auch entmutigt. Sie hatten einsehen müssen, daß sie der Überzahl ihrer Feinde nicht gewachsen waren. Denn der Kampf wäre verloren gewesen, hätte Selina nicht in letzter Minute eine Wende herbeiführen können.

Im Kaminzimmer angekommen, erkannte Selina an den bewundernden Blicken ihrer Freunde, daß genau das ihr Selbstvertrauen aber auch gestärkt hatte. Sie hatten mit angesehen, wie Selina Gorgon hatte abschütteln und einen Moment lang außer Gefecht setzen können. Würde ihr das noch ein weiteres Mal gelingen? Und würde das reichen, um den Stein von Numenor zu erkämpfen?

Selina zweifelte ein wenig daran, denn Gorgon hatte gemerkt, daß er sie nicht unterschätzen durfte, und würde das nächste Mal vorsichtiger sein. Aber auch sie hatte heute wichtige Erfahrungen gesammelt und wußte nun, wo der Schwachpunkt ihres Gegners lag.

Während Iduna Kimbals und Sheilas Wunden versorgte, kam Kilian auf Selina zu und beugte sich zu ihr herab. Der große Gargyl sah schrecklich aus. Er hatte eine große Platzwunde an der Stirn und war wesentlich blasser als sonst. Seine Augen glänzten feucht, und seine Stimme zitterte, als er sagte: »Du hast den Mut deines Vaters, Selina. Nur John Albions Tochter konnte Gorgon mit solcher Entschlossenheit entgegengetreten. Ich danke dir. Du hast mir und allen anderen das Leben gerettet.«

Selina wurde vor Freude rot. Sie wollte gerade antworten, als Iduna ihr das Wort abschnitt: »Selina, du solltest jetzt schlafen gehen. Aber zuvor werde ich mich um deine Wunde kümmern.«

Selina streifte verärgert die braunen Haare aus dem Gesicht. Sie wollte noch nicht schlafen gehen. Nicht jetzt. Ihr lagen so viele Fragen auf der Zunge: Wieso hatte Gorgon sie nicht umgebracht? Und was genau hatte er mit ihr vorgehabt? Wozu brauchte er sie? Und vor allem: Wie war Kilian in seine Fänge geraten? Was hatte er ganz allein in der Festung des Schreckens gesucht? Sie seufzte, als sie erkannte, daß an Idunas Befehl nicht zu rütteln war.

Also nickte sie nur und streckte Iduna den verletzten Arm hin. Diese legte ihre Hand auf Selinas blutige Schulter und schloß die Augen.

Zuerst spürte Selina nichts. Doch dann durchlief ein leichtes, wohltuendes Kribbeln ihren Arm und die Schulter. Sie wollte ihren Augen nicht trauen, als sie sah, was geschah: Die offene Wunde schloß sich und schien auf einmal verheilt zu sein. Der Schmerz war wie weggeblasen.

Dann verabschiedete sich Selina von ihren Freunden und kehrte zurück in ihr Zimmer. Iduna hatte recht gehabt. Sie brauchte dringend Schlaf und mußte sich ausruhen. Morgen würde sie die Fragen stellen, die ihr in der Seele brannten. Immer noch wußte sie vieles nicht, das hatte ihr die Nacht mit ihren Erlebnissen deutlich gezeigt. Und wie sollte sie richtig kämpfen können, wenn ihr wichtige Kenntnisse fehlten? Kimbal hatte selbst gesagt, daß die Gorgonier nur mit List zu besiegen waren. Aber List konnte sie nur einsetzen, wenn sie den Gegner genau kannte.

Ein wenig niedergeschlagen legte sich Selina ins Bett. Sie dachte aber seltsamerweise nicht mehr an die Ereignisse der vergangenen Nacht, sondern an ihre erste Begegnung mit Gorgon. Etwas erstaunte sie: Als sie es damals geschafft hatte, sich und Sheila vor dem sicheren Tod zu retten, war Gorgon voller Furcht zurückgewichen. Die Angst hatte ihm ganz deutlich ins Gesicht geschrieben gestanden. Warum nur? Wie war ihr das gelungen? Nicht einmal Kimbal wäre dazu in der Lage gewesen, wieso also sie, ein unbedeutendes Mädchen? Und heute war genau das gleiche noch einmal geschehen. Selina sprang auf und lief zum Spiegel. Aufmerksam betrachtete sie ihre grauen Augen. Gorgons Furcht war aufgeflackert, als er Selina in die Augen geschaut hatte. Sie erinnerte sich, wie sie in diesem Moment ihre ganze Kraft in ihren Blick gelegt hatte, ihre ganze Kraft und Hoffnung darauf, den Krieg zu beenden und Gorgon besiegen zu können. Und in diesem Moment hatten ihre Augen ganz merkwürdig gebrannt.

Selina schüttelte den Kopf und dachte wieder an Gorgons Blick. War sie doch diejenige, die den Gargylen Frieden bringen konnte und die in der Lage war, den Stein von Numenor zurückzuerobern?

Selina schlief in dieser Nacht ungewöhnlich ruhig ein, doch ihre Hoffnungen, in den wenigen Stunden bis zum Morgen nicht von seltsamen Träumen gequält zu werden, erfüllte sich nicht. Sie träumte etwas, das sie nicht nur beunruhigte, sondern zutiefst ängstigte.

Selina blickte in ein weites Tal. Sie erkannte die steinerne Ebene wieder, auf der alle dreizehn Jahre die Schlacht um den Stein von Numenor ausgetragen wurde.

Sie stand auf einem Felsen am Rand des Schlachtfelds und sah eine bewegte Szene vor sich – einen Kampf. Plötzlich erkannte Selina, was da geschah: Sie sah die letzte Schlacht um den Stein von Numenor.

John Albion, der Virkan, ritt auf dem Geflügelten Hengst durch die Luft auf Gorgon zu. Das mächtige Ungeheuer schlug mit seinem Morgenstern auf mehrere Gargylen ein, die benommen zu Boden gingen. Selina erkannte einen von ihnen: Es war Glanos, der sich mit aller Kraft gegen Gorgon wehrte. Die anderen beiden kannte sie nicht, sie schienen aber eindeutig zu Kilian, Kimbal und ihrem Vater zu gehören.

Die drei konnten sich gerade noch vor dem sicheren Tod retten, indem sie ihre Schwingen ausbreiteten und unter Gorgon hinwegflogen – der Kampf, den Selina sah, fand nicht auf dem Boden, sondern in der Luft statt!

John Albion hielt ein wunderschön verziertes Schwert in der Hand und schlug auf die angreifenden Gorgonier ein, während er den Geflügelten Hengst in Gorgons Richtung lenkte.

Selina bemerkte plötzlich, wie viele Wasserspeier an der Seite ihres Vaters kämpften. Sie hatte nur neun kennengelernt, doch hier zählte sie über dreißig.

Eine tiefe Traurigkeit überkam sie. Waren denn damals so viele im Kampf gefallen?

Auf einmal sah Selina drei unglaublich starke Gargylen. Die drei drangen in die Reihen ihrer Feinde vor und kämpften geschlossen gegen die Gorgonier. Zwei von ihnen erkannte Selina sofort. Es waren Kilian und Kimbal. Doch der dritte von ihnen, der den beiden unglaublich ähnlich sah, war ihr fremd. Sein Gesicht hatte sie noch nie gesehen.

Ihre Aufmerksamkeit richtete sich nun wieder auf ihren Vater.

Er hatte seinen Todfeind erreicht und lieferte sich mit ihm ein unglaublich schnelles und erbittertes Schwertgefecht. Er fing Gorgons Hiebe mit Leichtigkeit ab und setzte ihm sofort wieder zu.

Und plötzlich streifte ein blaues Licht Selinas Augen. Sie konnte den Blick nicht mehr von diesem Leuchten abwenden, so schön und intensiv war es.

Der Stein von Numenor glänzte und funkelte und tauchte die steinerne Ebene in blaues Licht.

Auch die Kämpfer hielten inne und starrten wie gebannt auf den Stein. Selina wandte sich wieder ihrem Vater zu, der seinen Geflügelten Hengst herumgerissen hatte und mit unglaublicher Geschwindigkeit auf den Stein zuflog. Er hatte ihn fast erreicht. Als er mit der

Hand danach griff, blitzten die ersten goldenen Strahlen der Morgensonne auf.

Und dann ging alles ganz schnell: Gorgons Morgenstern traf ihren Vater im Rücken, und der Stein verschwand. John Albion wurde aus dem Sattel seines Rappen gerissen und fiel in die Tiefe …

Selina schrie auf.

»Nein! Nein, bitte nicht!« rief sie immer wieder, doch ihr Vater war tot.

Der Geflügelte Hengst

Nach diesem fürchterlichen Traum tat Selina kein Auge mehr zu. Immer wieder sah sie die Bilder der Schlacht vor sich, in der ihr Vater umgekommen war. Sie vermischten sich mit der Erinnerung an Kilians Schmerzensschreie und Sheilas Blick, als sie auf dem Boden der großen Halle in Gorgons Festung gelegen hatte. Sie fühlte, daß sie Angst hatte vor dem, was ihr bevorstand.

Gleichzeitig drängte sich ihr quälend die Frage auf, ob sie je wieder ein normales Leben führen würde. Die Ereignisse der vergangenen Wochen hatten sie in eine Zauberwelt entführt, eine Welt, in der vieles – ja, beinahe alles – möglich schien: eine Welt, in der sie einen Vater hatte und wo sie sehnsüchtig erwartet worden war.

Aber die Ereignisse der letzten Nacht und ihr Traum hatten ihr schmerzlich die Grausamkeit dieser neuen, fremden Welt bewußt gemacht. Würde sie diesem Universum aus Kampf, Macht und

Zauberei je wieder entkommen, um ein Leben zu führen, wie sie es kannte? Sie hatte sich zwar gewünscht, etwas zu verändern, aber so schwer, so hart und gnadenlos hatte sie sich das nicht vorgestellt. Das war kein Spaß, sondern bitterer Ernst, wie Selina gerade erst leidvoll erfahren hatte.

Plötzlich wurde sie wütend: Niemand hatte sie gefragt, ob sie all das wirklich auf sich nehmen wolle. Niemand hatte sie gefragt, ob sie bereit war, ihr Leben zu riskieren. Sie war doch beinahe noch ein Kind und mußte auf einmal etwas weiterführen, was einer ihrer Vorfahren vor achthundert Jahren begonnen hatte.

Aber hatte sie überhaupt eine Wahl? Was würde passieren, wenn sie ihre Aufgabe nicht annahm? Und vor allem: Was wäre passiert, wenn ihre Vorfahren sich nicht immer wieder dem Kampf mit Gorgon gestellt hätten und dadurch zumindest verhindert hatten, daß er in den Besitz des Steins von Numenor kam? Wie sähe die Welt jetzt aus?

Seufzend sah Selina ein, daß sie es ihren Vorfahren und ihrem Vater einfach schuldig war, den Kampf zu wagen und die Gargylen in die Schlacht gegen Gorgon zu führen.

Als es dämmerte, hielt es Selina nicht länger im Bett aus. Sie beschloß, aufzustehen und in den Wald zu gehen. Sie wollte weit weg von allen nachdenken. Die ersten Sonnenstrahlen verhießen einen heißen Sommertag. Schnell streifte sie ein hellblaues Sommerkleid über und lief in die Eingangshalle des Internats hinunter.

Dort angekommen, blieb sie mißtrauisch stehen. Irgend etwas hatte sich verändert – die Stille war erdrückend. Alle anderen schliefen noch, natürlich, doch irgend etwas an dieser Ruhe war anders als sonst. Es war, als würde sie von irgend etwas oder irgend jemandem beobachtet. Sie versuchte, den Gedanken zu verjagen, aber es wollte ihr nicht gelingen.

Langsam ging sie durch die große Halle und öffnete das Tor. Draußen wehte kein Luftzug, alles war seltsam reglos. Selina gab sich trotz ihrer inneren Unruhe einen Ruck und lief auf den in der Dämmerung graugrün schimmernden Wald zu. Unwillkürlich schlug sie den Weg zu den alten Zauberweiden ein. Erneut fiel ihr die merkwürdige Stille auf – sie hörte kein Vogelzwitschern, und die Luft war vollkommen windstill. Auf der Lichtung angekommen, sah sie das Licht der aufgehenden Sonne durch das dichtes Geäst der Weiden fallen. Die beiden knorrigen Bäume luden geradezu zum Klettern ein, und Selina suchte sich eine breite Astgabel aus, um in Ruhe nachzudenken. Behende erklomm sie den dicken Stamm.

Allmählich wurde sie ruhiger. Die Weiden kamen ihr wie Vertraute vor, und unwillkürlich beschloß Selina, den beiden Bäumen ihre Geschichte zu erzählen. Sie erzählte, wie sie den Weg in den Ostturm gefunden hatte, wie sie in der Festung des Schreckens gefangengenommen wurde, wie sie Gorgon besiegt und ihren Vater im Traum gesehen hatte. Es kam ihr alles sehr wirr vor, doch die alten Bäume hörten ihr zu und unterbrachen sie nicht.

Selina redete über ihre Sorgen und Ängste, aber auch über ihre Hoffnungen. Und ganz langsam spürte sie, wie das Glücksgefühl, das sie jedesmal empfand, wenn Sheila sie fröhlich begrüßte oder wenn sie durch die Lüfte flog, die düsteren Vorahnungen verdrängte. Ihr wurde plötzlich bewußt, daß sie in der letzten Zeit wirklich glücklich gewesen war: Sie hatte in Sheila und Baldur ihre besten Freunde gefunden, und die Wasserspeier hatten ihr das Kämpfen beigebracht und ihr gezeigt, wie sie mit ihren Fähigkeiten umgehen mußte, von deren Vorhandensein sie bislang noch nichts gewußt hatte.

Und auf einmal fühlte sie sich besser. Es war, als hätte sie jemandem ihr Herz ausgeschüttet und sei so ihre Sorgen losgeworden. Erst jetzt fiel ihr auf, daß sie die ganze Zeit über ihr Amulett fest umklammert hielt. Sie betrachtete den Anhänger. Der kleine goldene Gargyl hielt immer noch den wunderschönen blauen Stein in seinen winzigen Händen. Was es damit wohl auf sich hatte?

Als sie den Blick von der Kette abwandte und auf die Lichtung hinuntersah, hätte sie vor Erstaunen beinahe aufgeschrien: Dort stand der Geflügelte Hengst! Er war noch schöner, als Selina ihn in Erinnerung gehabt hatte. Sein Fell glänzte wunderschön in der Morgensonne, und die großen Flügel waren nicht dicht an den Körper gepreßt, sondern elegant ausgebreitet. Er tänzelte auf der Stelle und trabte in den Wald hinein.

Wie in Trance glitt Selina vom Baum hinunter, um ihm zu folgen, und entdeckte ihn an einem Bach, aus dem er gierig trank. Vorsichtig näherte sie sich.

Da ließ der Rappe die ausgebreiteten Flügel sinken, und Selina erstarrte vor Schreck: Das Tier war verwundet – über den gesamten Flügel zog sich eine tiefe blutende Wunde! Was war ihm bloß zugestoßen?

Der Hengst hob den Kopf und wieherte leise. Selina war inzwischen bis auf wenige Meter an ihn herangetreten und blieb stehen, als das wunderschöne Wesen den Kopf hob und ihr in die Augen sah.

Selina zuckte zusammen und befürchtete schon, daß er nun, da er wußte, daß er nicht allein war, davonfliegen würde. Aber nichts dergleichen geschah. Das Pferd blieb regungslos stehen und schaute sie unverwandt an.

Selina vergaß alles um sich herum, selbst die Tatsache, daß das Tier verletzt war. Sein Blick versetzte sie in einen träumerischen Zustand. Sie fühlte sich merkwürdig leicht, beinahe schwerelos. Und auf einmal erinnerte sie sich. Wie in einem Film liefen Bilder vor ihren Augen ab – Bilder aus der Vergangenheit, vermischt mit solchen, die ihr fremd waren: wie sie das erste Mal das Internat betreten hatte, wie sie ihre Freundin Emily kennengelernt hatte, das Gesicht ihres Vaters, das sie aus den Träumen kannte und das sie anlächelte. Ihr schwindelte ein wenig, aber gleichzeitig fühlte sie sich glücklich wie schon lange nicht mehr. Es war, als liefen alle schönen Ereignisse ihres Lebens vor ihren Augen ab. Sie sah die Gargylen des Ostturms und Kilian, der auf sie zutrat und sie aus seinen gütigen Augen anschaute. Sie zuckte erschrocken zusammen, als ein riesiger goldener Drache auf sie zuflog und sogleich wieder verschwand. Und sie sah Sheila, die ihr zulächelte und die Hand nach ihr ausstreckte.

Aber dann wurde die Idylle auf einmal zerstört.

Mit lautem Kampfgeschrei stürmten zwei Gargylen auf den Bach und den schwarzen Hengst zu. Selina erkannte blitzschnell, daß es nicht ihre Freunde vom Ostturm, sondern Gorgonier waren. Ihre Augen weiteten sich. Wie konnten die Gorgonier am frühen Morgen im Sonnenlicht durch den Wald laufen? Nur Gorgon fiel nicht in den steinernen Schlaf der Wasserspeier. Und was hatten sie hier zu suchen, diesseits der Zauberweiden? Hatte Kimbal ihr nicht erklärt, daß sie sich nicht hierher wagten? Aber sie hatte keine Zeit mehr, länger darüber nachzudenken, denn schon zückten die beiden dunklen Gestalten ihre Schwerter und rannten auf den Geflügelten Hengst zu.

Dieser wieherte erschrocken, drehte sich um und galoppierte davon. Die Gorgonier stürmten hinter ihm her. Der Hengst lief auf den Wald zu, doch er lahmte ein wenig und kam nicht schnell voran. Die Gorgonier waren zu schnell, und Selina merkte, daß das Tier keine Wahl hatte: Es mußte die Flügel ausbreiten und davonfliegen, sonst würde es seinen Verfolgern nicht entkommen.

Und tatsächlich: Mitten im Galopp breitete der Hengst die riesigen Flügel aus und erhob sich in die Lüfte. Wieder sah Selina die tiefe Wunde. An der Art, wie er ein wenig trudelte, erkannte sie, daß ihm das Fliegen Schmerzen bereitete. Und schon spreizten die beiden schwarzen Gorgonier ebenfalls ihre dunklen Schwingen auseinander und stiegen auf, um die Verfolgung aufzunehmen.

Ohne zu zögern, lief Selina in die Richtung, in die der Hengst verschwunden war. Sie mußte dem schönen Tier irgendwie helfen, denn lange hielte es sicher nicht durch. Ihr fiel ein, daß sie nicht einmal eine Waffe bei sich trug, mit der sie den Gorgoniern entgegentreten konnte.

So schnell sie konnte, lief sie durch den Wald und kümmerte sich nicht um ihr Seitenstechen. Ihre Entschlossenheit verlieh ihr Kraft und den Mut, es mit Gorgons unheimlichen Anhängern aufzunehmen. Schließlich erreichte sie wieder die alten Zauberweiden und schlüpfte zwischen den beiden knorrigen Stämmen hindurch. Der Hengst und seine Verfolger hatten ihre Welt verlassen und waren in die magische Ebene eingedrungen.

Wie immer verschwamm auch diesmal einen Moment lang alles vor Selinas Augen. Als sich die Bilder um sie herum gefestigt hatten, merkte sie, daß sie nicht vor Gorgons Festung oder auf dem Felsvorsprung am Rande der steinernen Ebene stand, sondern wieder im Wald. Sie wußte inzwischen auch, warum das so war. Die Zauberweiden schickten einen immer dorthin, wo man hingelangen wollte. Die Gesetze des Raumes waren hier aufgehoben. Selina war fest entschlossen, dem Geflügelten Hengst zu folgen.

Und wirklich vernahm sie plötzlich ganz in der Nähe das schmerzvolle Wiehern eines Pferdes. Sie wandte sich in die Richtung, aus der die Laute gekommen waren, und eilte darauf zu. Unvermittelt hörte der Wald auf, und sie befand sich auf einem hohen Felsen, über den ein Wasserfall in die Tiefe stürzte. Das Rauschen des Wassers war auf einmal so laut, daß Selina nichts anderes mehr hörte.

Was sie sah, erschreckte sie dafür um so mehr: Die beiden Gorgonier hatten den Geflügelten Hengst auf einen Felsvorsprung gedrängt und gingen mit gezückten Schwertern auf das schwer atmende verletzte Tier zu. Der Geflügelte Hengst sah schrecklich aus: Er blutete aus mehreren tiefen Wunden, und Blut floß über sein verschwitztes Fell.

Der größere der beiden schwarzen Gargylen trat nun einen Schritt auf das zitternde Tier zu, das verängstigt zurückwich, jedoch keine Fluchtmöglichkeit mehr hatte, denn hinter ihm öffnete sich der Abgrund. Verzweifelt versuchte der Hengst, die verletzten Flügel auszubreiten.

Ohne nachzudenken, stürzte sich Selina auf den Gorgonier, der inzwischen das Schwert gehoben hatte. Der ging überrascht zu Boden und ließ dabei seine Waffe fallen, nach der Selina blitzschnell griff, während der andere Gargyl sich bereits auf sie stürzte. Geschickt wich Selina dem Angriff aus, schlug dem Gorgonier mit einem schnellen Hieb das Schwert aus der mächtigen Pranke und stieß ihn zu Boden. Dann drehte sie sich besorgt nach dem Geflügelten Hengst um. Dieser stand reglos da und schien einen Punkt hinter ihr anzustarren. Selina wollte ihm gerade vorsichtig die Hand auf die Flanke legen, um ihn von dem gefährlichen Abgrund wegzuführen, als sie spürte, wie sich ein kräftiger Arm um ihren Hals schlang und zudrückte. Hastig griff sie nach dem Ellenbogen des Gorgoniers und versuchte ihn abzuschütteln. Doch er war stärker als sie und hielt sie eisern umklammert. Sie wehrte sich verzweifelt, aber es hatte keinen Sinn, sie war nicht stark genug. Der Gorgonier zerrte sie unter Einsatz all seiner Kräfte an den Rand des Abgrunds. Er schrie irgend etwas, doch Selina konnte ihn nicht verstehen, das Rauschen des Wassers war zu laut. Der Geflügelte Hengst wieherte verzweifelt, und Selina sah aus den Augenwinkeln, daß der zweite Gorgonier sein Schwert vom Boden aufgehoben hatte und auf das Tier zulief.

Da stieß sich ihr Angreifer vom Boden ab und hob Selina mit sich in die Lüfte. Unter ihr wurde alles kleiner und immer kleiner. Ihr Hals schmerzte so heftig, daß sie nicht einmal schreien konnte. Der Gorgonier flog immer höher hinauf und lockerte dann plötzlich seinen eisernen Griff. Selina wurde blitzartig klar, was er vorhatte: Er wollte sie in den sicheren Tod fallen lassen!

Mit einem Schrei stürzte sie auf den Abgrund zu. Entsetzt schloß sie die Augen und versuchte, ihren Sturz so abzubremsen, wie es ihr die Wasserspeier des Ostturms beigebracht hatten. Doch sie fiel zu schnell – sie hatte noch nicht die Kraft, eine solche Geschwindigkeit zu mindern. Die Felsen unter ihr kamen immer näher, und Selina war kurz davor, ohnmächtig zu werden, als sie plötzlich etwas Weiches unter sich spürte: Sie war im Fallen aufgefangen worden und stürzte nicht weiter in die Tiefe, sondern stieg in die Höhe!

Als sie die Augen öffnete, sah sie, daß sie auf dem Rücken des Geflügelten Hengstes lag und die Arme um dessen Hals geschlungen hatte. Selina sah das Tier an, aber es war auf einmal gar nicht mehr verwundet. Die zahlreichen Verletzungen, die sie zuvor gesehen hatte, waren wie von Zauberhand verschwunden. Höher und höher flog das wunderschöne Tier mit ihr zum Himmel hinauf. Und sosehr sie sich anstrengte, sie konnte keinen der beiden Gorgonier entdecken, die den Rappen angegriffen hatten: Sie schienen sich in Luft aufgelöst zu haben. Nur eine dunkle Rauchwolke hing über dem Felsvorsprung und löste sich ganz langsam auf.

Selina war vollkommen verwirrt. Was war geschehen? Wo waren die beiden Angreifer geblieben? Der schwarze Hengst änderte nun die Richtung und flog auf die Zauberweiden zu. Selina erkannte, daß er in Windeseile zurück zum Internat flog. Er landete sanft auf einer kleinen Waldlichtung neben der Straße, die zum Hauptportal des alten Schlosses führte, und ließ Selina absteigen.

Unsicher stand Selina vor dem Geflügelten Hengst und wollte sich eigentlich umdrehen, um zum Internat zu laufen, doch das schöne Tier blickte sie weiter unverwandt an. Ihr war ein wenig mulmig zumute, und sie wußte nicht recht, was sie tun sollte. Durfte sie es streicheln?

Doch der Hengst nahm ihr die Entscheidung ab, trat ohne jede Spur von Mißtrauen auf sie zu und senkte den Kopf, als wolle er sich vor ihr verneigen.

Und plötzlich hörte Selina eine dunkle, warme Stimme in ihrem Kopf: »Du hast mich gerettet und dabei nicht an dich gedacht. Du hast den Mut eines Virkans und das gütige Herz eines Gargylen. Von nun an besitzt du mein Vertrauen. Ich werde dir helfen, wenn du mich brauchst. Mit deinem Amulett kannst du mich rufen, und ich werde immer an deiner Seite sein!«

Der Hengst hob den Kopf und wieherte, bevor er seine großen Flügel ausbreitete und über den Wald davonflog.

Selina blieb noch eine Weile stehen und sah ihm nach. Dann lächelte sie glücklich in der Gewißheit, einen neuen Freund gewonnen zu haben.

Die Reise auf den Berg des Vergessens

Den ganzen Tag über wartete Selina sehnsüchtig auf den Sonnenuntergang.

Sie brannte förmlich darauf, den anderen endlich von ihrer Freundschaft mit dem Geflügelten Hengst zu erzählen. Sie hatte eine der großen Hürden, die ihr bevorstanden, überwunden und das Vertrauen des Rappen gewonnen.

Während sie über die Ereignisse der Nacht nachdachte, wurde ihr klar, daß die Begegnung mit den Gorgoniern nicht real, sondern eine Prüfung gewesen war. Daher die seltsame Stille im Wald und die Tatsache, daß die Gorgonier im Sonnenlicht zu sehen gewesen waren! Das schöne Tier hatte auf diese Weise prüfen wollen, ob sie seines Vertrauens würdig war.

Als sie am Nachmittag in die Bibliothek ging, fiel ihr wieder Kilians Gefangennahme ein. Zwar fühlte sie sich sicherer und stärker seit der Begegnung mit dem Geflügelten Hengst, aber die Ungewißheit und das Schweigen der Wasserspeier machten sie immer noch traurig. Sie versuchte, diese Gedanken zu verscheuchen, und nahm ein Buch aus dem Regal, das sie zu lesen begann. Es war die Geschichte eines Jungen, der dazu ausersehen war, einen Drachen zu besiegen.

Selina fühlte sich ebenso wie dieser Junge, es war, als lebe sie auf einmal selbst in einem Roman, den irgendwer mit viel Phantasie für sie geschrieben hatte.

Die große Uhr in der Bibliothek schlug sechsmal, und Selina sah kurz auf. Bald war Zeit zum Abendessen, und danach würde endlich die Sonne untergehen.

Gerade als Selina ihr Buch zugeschlagen hatte und von ihrem Stuhl aufstehen wollte, öffnete sich die Tür zur Bibliothek.

Angela Faster erschien und schloß sorgfältig die Tür hinter sich. Selina lächelte kurz und stellte das Buch zurück ins Regal. Dann ging sie fröhlich auf die junge Lehrerin zu, die aus irgendeinem Grund nervös wirkte, als hätte sie etwas zu verbergen.

»Selina, kann ich kurz mit dir reden?« fragte sie mit einem unsicheren Unterton in der Stimme.

Selina merkte, wie sie wie bei der letzten seltsamen Begegnung in ihrem Zimmer die Hand in der Jackentasche um etwas zu schließen schien. Sie sah der jungen Lehrerin in die Augen und versuchte, in ihren Gedanken etwas zu lesen, bevor sie fragte: »Natürlich, was ist denn?«

Dr. Faster räusperte sich, wandte den Blick von dem Mädchen ab und zog ein kleines Lederbündel aus der Tasche.

Selina sah sie mißtrauisch an. Was war das? Sie spürte auf einmal Erinnerungen in Angela Fasters Gedanken aufsteigen. Erinnerungen an eine stürmische Nacht, an einen Schrei …

»Als du damals gefunden wurdest, lag das bei dir in dem Körbchen. Es gehört dir. Ich wollte es dir erst geben, wenn du dazu bereit bist«, sagte sie mit zitternder Stimme. »Ich weiß, daß es dir bei deiner Aufgabe helfen wird, was auch immer das sein mag, Selina.«

Dann reichte sie Selina zaghaft das kleine Bündel.

»Also waren Sie …«, begann Selina verwirrt und nahm das Päckchen entgegen, aber die junge Lehrerin lächelte nur, bevor sie sich umdrehte und rasch die Bibliothek verließ.

Selina hatte ganz deutlich in ihren Gedanken die Erinnerung an jene Nacht vor beinahe dreizehn Jahren gelesen. Daher das Interesse an ihrer Person! Angela Faster war also die junge Schülerin, die sie damals in dem kleinen Korb gefunden hatte.

Selina starrte noch eine Weile sprachlos die Tür an, die längst wieder ins Schloß gefallen war. Dann wandte sie sich um und betrachtete das lederne Bündel, das ihr Dr. Faster gegeben hatte. Nachdem sie es aufgeschnürt hatte, fand sie darin ein zusammengefaltetes Stück Pergament, das sich sehr weich anfühlte. Sicher war es alt, denn an den Seiten war es bereits ausgefranst und mit gelben Flekken übersät.

Als Selina das Pergament genauer betrachtete, erkannte sie ein verblaßtes Wappen. Auf blauem Grund mit goldenem Rand waren ein roter Morgenstern und ein silbernes Schwert zu sehen – die Waffen, die alle dreizehn Jahre in der Schlacht um den Stein von Numenor aufeinandertrafen. Unter den beiden gekreuzten Waffen entdeckte sie einen steinernen Wasserspeier, der offensichtlich auf den Sonnenuntergang wartete. Sein Gesicht war Selina vollkommen fremd.

Sie betrachtete das Wappen lange. Ihr wurde klar, daß es nur das Wappen ihrer Familie, der Familie Albion, sein konnte. Der Virkan führte die Gargylen an und mußte sich mit seinem Schwert gegen Gorgons blutroten Morgenstern zur Wehr setzen. Nachdem Selina das Wappen ausgiebig betrachtet hatte, drehte sie das brüchige Pergament um.

Was sie dort sah, bewegte sie mehr als das Wappen auf der anderen Seite.

Selina schossen die Tränen in die Augen.

Es war ein Brief. Ein Brief ihres Vaters.

Meine liebe Selina,

wenn Du diese Zeilen liest, bin ich längst von dieser Welt gegangen. Du wirst mich nie kennengelernt haben, und ich kann Dir den Schmerz nicht schildern, den mir dieser Gedanke bereitet.

Ich schreibe Dir, um Dir zu sagen, welche Last auf Deinen Schultern liegt. Ich hatte gehofft, dieser Brief würde nie in Deine Hände gelangen, daß ich ihn also nach gewonnener Schlacht vernichten könnte, aber wenn Du dies liest, ist es anders gekommen. Inzwischen wirst Du wissen, daß Du der nächste Virkan bist und meine Erbin. Gorgon hat gesiegt, und ich habe im Kampf um den Stein von Numenor mein Leben verloren.

Sicherlich siehst Du bereits dem Tag entgegen, an dem Du gegen den schwarzen Gargyl antreten und mit ihm um den heiligen Stein von Numenor kämpfen mußt.

Etwas möchte ich Dir sagen, bevor Du in die Schlacht Deines Lebens ziehst.

Kurz nachdem Du geboren wurdest, erschien mir ein Magier der Zeit. Er prophezeite mir, daß Du diejenige sein wirst, die den Gargylen Frieden bringt. Er sprach von einer Kraft, die in Dir wohnt – einer Kraft, die Dich dazu befähigt, endlich das Schicksal unserer Familie zu wenden und der Welt Frieden zu bringen. Du bist meine Tochter, doch in Dir ruht mehr als das Erbe der Albions.

Wisse darum, meine Tochter, daß die Kraft eines Kämpfers, eines Virkans, nie nur seinen Fähigkeiten im Umgang mit dem Schwert entspringt. Selina, vertraue auf eines: auf die Stimme Deines Herzens. Dann wirst Du siegen.

Du sollst wissen, daß ich Dich sehr liebe. Was immer geschehen mag, ich bin sehr stolz auf Dich.

Dein Vater
John Albion

Eine ganze Weile stand Selina mit gesenktem Kopf da und weinte. Doch während sie dies tat, flüsterte sie immer wieder: »Ich werde dich nicht enttäuschen, ich verspreche es.«

Nachdem Selina sich einigermaßen beruhigt hatte, ging sie hinauf in ihr Zimmer und machte sich schließlich auf den Weg zum Ostturm. Der Brief ihres Vater lag in einer verschlossenen Schublade ihres Schreibtischs.

Die Sonne war in der Zwischenzeit hinter dem Horizont verschwunden, und noch immer zitternd ging Selina den Geheimgang entlang. Sie versuchte, die Gedanken an den Brief ihres Vaters zu verdrängen und daran zu denken, was sie den Gargylen zu berichten hatte.

Die Erinnerung an den Geflügelten Hengst hob ihre Stimmung ein wenig, und so begrüßte sie ihre Freunde beinahe fröhlich, als sie in das Kaminzimmer trat. Sofort bemerkte sie die angespannte Stimmung, die dort herrschte. Zwar hatte Iduna mit ihren Fähigkeiten die Wunden der Schlacht heilen können, aber Selina spürte deutlich, daß die Wasserspeier nach der Begegnung mit Gorgon entmutigt waren.

Selbst Sheila und Baldur lehnten an der Wand und starrten teilnahmslos auf den grauen Fußboden. Kilian zwang sich sichtlich zu einem Lächeln und ging auf Selina zu.

»Was ist denn hier los, was habt ihr denn?« fragte sie forsch.

Kilians Lächeln verdüsterte sich ein wenig. Dann antwortete er leise: »Seit wir gegen die Gorgonier fast verloren haben, ist das Selbstvertrauen aller sehr geschwächt. Es fällt uns schwer, die Hoffnung auf einen Sieg gegen Gorgon nicht aufzugeben.«

Selina sah ihn bestürzt an. Sie wollte etwas erwidern, zögerte aber im letzten Moment, denn sie mußte einsehen, daß er recht hatte. Allein die Überzahl der Gegner war erschreckend.

Ihr Vater hatte geglaubt oder sogar gewußt, daß Selina siegen würde, doch dazu brauchte sie das Vertrauen ihrer Freunde. Wie konnte sie einen Kampf gewinnen, wenn ihre Gefährten nicht an sie glaubten? Wieder stieg die Wut in ihr hoch, daß die Gargylen sie eigentlich nicht hatten mitnehmen wollen, um Kilian zu befreien. Und daß ihr niemand verraten hatte, was Kilian überhaupt in Gorgons Festung zu suchen gehabt hatte. Ihr fiel auch wieder ein, daß ihre Freunde ihr längst nicht alles über Gorgon und sie selbst verraten hatten – weshalb hatte Gorgon sie nicht umgebracht? Sie wurde immer wütender.

»Wie soll ich kämpfen und euch anführen, wenn ihr mir nicht vertraut? Ihr habt doch keine Wahl – entweder nehmt ihr mit mir vorlieb, oder ihr kämpft ohne Virkan, und das möchte ich sehen! Ich habe es satt, wie ein Kind behandelt zu werden und mir alles, was ich wissen muß, erbetteln oder zusammensuchen zu müssen!« brach es aus ihr hervor. Sie merkte, wie selbst Kimbal sie erschrokken anschaute: Noch nie hatten ihre Freunde sie so wütend gesehen. Sie ballte die Fäuste. »Entweder haltet ihr zu mir und glaubt an mich, oder ihr überlaßt Gorgon gleich den Stein von Numenor! Wenn mein Vater euch so sehen könnte! Ihr solltet euch schämen!« Sie schrie immer lauter.

Die Blicke der Gargylen verdüsterten sich. Sie schauten Selina inzwischen ebenfalls voller Zorn an.

Sheila trat einen Schritt auf sie zu. »Was weißt du schon von deinem Vater? Du hast ihn nie kennengelernt. Ja, wir haben einen Kampf verloren. Und wir sind zu wenige. Wenn du glaubst, es gäbe auch nur die geringste Hoffnung, den Kampf gegen die Gorgonier zu gewinnen, dann hast du dich geirrt, Selina. Wir sind nicht mehr die großen Krieger von einst, sondern ein schwaches Häuflein, das seinem Untergang entgegengeht. Wir können Gorgon nicht aufhalten. Wir sind zu schwach.«

Sheilas wütende Stimme wurde immer zittriger. »Natürlich seid ihr schwach, wenn einer von euch so schlau ist, kurz vor der entscheidenden Schlacht in die Höhle des Löwen zu spazieren! Was sollte das überhaupt? Und wieso seid ihr nicht mehr die großen Krieger von einst? Für mich wäre vieles einfacher, wenn ihr mit mir reden würdet und ich nicht ständig neue Überraschungen erleben müßte!«

Selina traten die Tränen in die Augen. Sie war enttäuscht und erschöpft und wußte nicht, wie es weitergehen sollte. Iduna kam auf sie zu und legte den Arm um sie.

»Selina, du hast recht, wir haben dir von Anfang an vieles verschwiegen. Glaub mir, das ist nicht aus Mißtrauen geschehen, sondern weil wir dich schützen wollten. Unsere ganze Welt mit ihren Bedrohungen war neu für dich – wir konnten dich nicht mit tausend Einzelheiten und Schwierigkeiten überfallen. Und du hast auch recht damit, daß wir dir nicht immer so vertraut haben, wie wir es tun müßten...«, an dieser Stelle schaute Iduna Kimbal zornig von der Seite an, der reglos auf den Boden starrte, »... und das war sicher ein großer Fehler. Aber wir wollten dich nicht entmutigen. Selina, mit deinem Vater sind wesentlich mehr Gargylen in den Kampf gezogen, als du hier versammelt siehst. Sie sind gefallen, so vermuten wir. Jedenfalls fehlte nach der Schlacht jede Spur von ihnen. Und mir ist es weder damals noch jetzt gelungen, sie ausfindig zu machen, ich spüre ihre Gegenwart einfach nicht mehr. Daher muß ich davon ausgehen, daß sie tot sind.« Iduna schwieg traurig.

Kilian räusperte sich und sah Selina entschlossen an. »Ich habe mich mit dieser Tatsache nie abfinden wollen, sondern immer gehofft, daß Gorgon sie verschleppt hat, daß sie irgendwo auf uns warten. Mein Bruder kann nicht einfach gefallen sein... Und ich gebe zu, daß es ein Fehler war, mich allein auf die Suche zu machen.«

Selina blickte den großen Gargylen betroffen an. Daher also die Hoffnungslosigkeit ihrer Freunde! Gorgons Krieger waren mit Abstand in der Übermacht. Und bereits die Schlacht, in der die Wasserspeier des Ostturms noch vollständig gewesen waren, hatten sie nicht gewonnen. Woher sollten sie das Selbstvertrauen nehmen, jetzt an einen Sieg zu glauben?

Selina dachte wieder an den Abschiedsbrief ihres Vaters. Er zählte auf sie und setzte Vertrauen in sie. Er durfte nicht umsonst gestorben sein. Nein, Selina ballte erneut entschlossen die Fäuste. Tränen standen ihr in den Augen, doch sie wollte nicht aufgeben. Nicht jetzt – sie war so weit gekommen, sie durfte einfach nicht scheitern, nicht so kurz vor dem Ziel. Die längste Nacht des Jahres stand unmittelbar bevor: In drei Tagen wurde die Schlacht um den Stein von Numenor ausgetragen.

Sie hob den Kopf.

»Wir können es immer noch schaffen, nicht wahr?« fragte sie mit leiser Stimme, doch Sheila und die anderen senkten nur wieder die Köpfe.

»Selina, ich fürchte, daß wir Gorgon dieses Mal nicht mehr aufhalten können. Es ist hoffnungslos«, flüsterte Kilian.

Selina senkte den Blick. Verzweiflung breitete sich in ihr aus. »Aber ich habe es doch geschafft. Der Geflügelte Hengst vertraut mir. Er wird uns helfen«, flüsterte sie verzweifelt.

»Was?« fragte Kilian hastig.

Selina hob den Kopf und sah ihn verwirrt an.

Kilian wiederholte seine Frage. »Was hast du da eben gesagt? Du bist dem Geflügelten Hengst begegnet?«

»Ich habe das Vertrauen des Geflügelten Hengstes gewonnen«, erklärte Selina noch einmal.

Auf Kilians düsterer Miene breitete sich auf einmal ein Lächeln aus. Er drehte sich zu seinen Gefährten um. »Vielleicht ist es doch noch nicht zu spät. Wenn sie es geschafft hat, das Vertrauen des Hengstes zu gewinnen, dann ist es vielleicht noch nicht zu spät. Sie könnte auch die zweite Prüfung bestehen.«

Kilians Gefährten nickten zustimmend.

Selina war verwirrt. Schon wieder verstand sie nicht, worum es ging. »Welche Prüfung?« fragte sie.

»Selina, verstehst du nicht? Den Geflügelten Hengst als Gefährten zu gewinnen, das ist eine Prüfung, ob der Virkan des Kampfes und seiner Aufgabe würdig ist. Wenn du die bestanden hast, dann kannst du auch die zweite und letzte bestehen.«

Selina wollte etwas sagen, aber Kilian schnitt ihr das Wort ab. »Wir erklären es dir später. Komm, wir haben keine Zeit zu verlieren!«

Selina wurde von den zehn Gargylen mitgerissen, die nun keinen Moment länger zögerten. Ihre Freunde zogen sie in die Waffenkammer, wo alle nach ihren Schwertern und Pfeil und Bogen griffen, und liefen dann zur Brüstung des Ostturms. Selina hatte den Bogen ihres Vaters mitgenommen und stand nun mit den Wasserspeiern auf dem Ostturm. Sie merkte, wie Kilian, Kimbal und die anderen sie erwartungsvoll anschauten.

Schließlich reagierte Sheila auf Selinas fragenden Blick. »Worauf wartest du noch? Ruf ihn!«

Selina nickte und wurde plötzlich ganz aufgeregt. Sie drehte sich um und sah in den Nachthimmel hinaus. Sie hatte eigentlich keine Ahnung, wie sie den Hengst rufen sollte. Sie wußte nur, daß sie dazu irgendwie ihr Amulett benutzen sollte.

Sie biß sich auf die Unterlippe. Was wäre, wenn es nicht gelang? Verschwände dann der neue Mut der Gargylen sofort wieder? Vielleicht hatte sie ja alles nur geträumt, und der Geflügelte Hengst ließ sich gar nicht blicken.

Vorsichtig holte Selina den kostbaren Anhänger hervor und betrachtete ihn aufmerksam. Dabei achtete sie darauf, daß die Gargylen den kleinen blauen Saphir nicht sehen konnten, der immer noch in den Händen des goldenen Wasserspeiers lag. Nach ihrem Wutausbruch schämte sie sich ein wenig, daß auch sie ihren Freunden nicht alles erzählt und den seltsamen Traum mit dem blauen Stein verheimlicht hatte.

Dann beschloß sie, es einfach zu versuchen. Sie legte den Anhänger in die flache Hand und rief dann, so laut sie konnte: »Geflügelter Hengst, ich rufe dich!«

Erst geschah nichts. Verzweifelt sah Selina zum Himmel hinauf. Doch dort war nichts zu sehen. Sie befürchtete schon, daß ihr Versuch fehlgeschlagen war, als plötzlich ein goldenes Licht aufleuchtete.

Ihr Amulett strahlte auf einmal so intensiv wie bei der ersten Begegnung mit den Gargylen. Und da erklang auch schon das Wiehern eines Pferdes. Der geflügelte Rappe flog mit großer Geschwindigkeit über die Bäume hinweg genau auf Selina und ihre Freunde zu. Dann landete er sanft zu ihren Füßen, kam vertrauensvoll auf sie zu und ließ sich von ihr am Kopf streicheln.

Die junge Anführerin drehte sich zu ihren Gefährten um, die mit erstaunten, aber freudigen Blikken das sonst so scheue Tier betrachteten.

Iduna aber zögerte keinen Moment länger. »Dann laßt uns jetzt sofort aufbrechen! Wir haben keine Zeit mehr zu verlieren!«

Selina schwang sich geschickt auf den Rücken des schwarzen Pferdes. Als sich der Hengst in die Lüfte erhob, folgten ihm die Wasserspeier des Ostturms. Der Hengst schien das Ziel zu kennen und flog zielstrebig auf die Zauberweiden zu.

Nachdem die kleine Schar durch das Portal der Zauberweiden geflogen war, ging die Reise weiter, und Selina verlor bald die Orientierung. So tief war sie noch nie ins Land der Magier vorgedrungen. Unter sich sah sie dunkel schimmernde Seen, dichte Wälder, ab und zu einen tiefen Abgrund mit einem Fluß oder Wasserfall und schließlich eine Moorlandschaft. Der Geflügelte Hengst und die Wasserspeier kannten den Weg, denn sie flogen so schnell, daß Selina kaum Zeit blieb, die Landschaft zu betrachten. Sie meinte, schon eine Ewigkeit geflogen zu sein, als sie plötzlich in der Ferne einige Felsen aus einem Wald aufragen sah.

»Dort liegt der Eingang in die Höhle der Zeit!« hörte sie Sheila rufen.

Erstaunt betrachtete Selina die bizarren Felsformationen, in deren Nähe der Geflügelte Hengst sanft landete. Am Schweigen ihrer Freunde merkte sie, wie angespannt alle waren. Vorsichtig gingen Kilian und seine Schar auf die Felsen zu, und Selina und ihr Pferd schritten langsam hinterher. Nachdem sie durch ein dunkles Wäldchen gekommen waren, standen sie plötzlich vor einer hohen Felswand, in der sich eine schmale Öffnung befand.

Selina warf einen Blick in den Eingang der Grotte, konnte aber kaum etwas erkennen. Von der Decke hingen Stalaktiten herab, ansonsten aber war die Finsternis undurchdringlich.

Sie drehte sich verwirrt zu den Gargylen um, die jedoch ebenfalls mit einer Mischung aus Angst und Ehrfurcht in die Höhle lugten. Selina fragte sich, warum man sie hierhergebracht hatte. Welche Art von Prüfung mußte sie hier bestehen? Sie streichelte dem Geflügelten Hengst den Hals, der neben ihr stand und aufgeregt die Nüstern blähte. Irgend etwas an diesem Ort gefiel ihm nicht, das spürte sie, und er war nicht der einzige. Auch sie selbst fühlte sich nicht wohl. In dieser Grotte schien sich etwas zu verbergen. Es war, als hätte bereits der Eingang zu der Höhle eine seltsame Aura, die alles Leben fernhielt.

Selina hatte plötzlich Angst. Sie spürte, daß dort drinnen etwas lauerte. Etwas, das sehr gefährlich und anders war als die Zauberwesen, die ihr bis jetzt begegnet waren. Ob sie dort hineingehen mußte? Sie wurde bleich und drehte sich unsicher zu ihren Freunden um, die stumm in die Tiefe blickten.

»Was soll ich hier?« fragte sie verunsichert.

Nach einer Weile des Schweigens gab ihr Sheila endlich die Antwort. »Selina, du stehst vor dem Eingang in die Höhle der Zeit. Sobald du deinen Fuß hineinsetzt, wird die Zeit für dich nicht mehr vergehen – sie steht still. Dort drinnen wartet die letzte Prüfung auf dich. Die Prüfung, die entscheiden wird, ob du des Steinernen Schwertes würdig bist.«

In Sheilas Stimme lag ein feierlicher Unterton, der Selina noch mehr beunruhigte. »Das Steinerne Schwert?« fragte sie. Sie erinnerte sich an Gorgon und daran, was sie gesehen hatte, als er mit ihr gekämpft hatte. Seine Gedanken waren um ein Schwert gekreist, und Selina kannte den Grund dafür immer noch nicht. Und was hatte es mit der Tatsache auf sich, daß er sie nicht getötet hatte?

»Das Steinerne Schwert ist die Waffe deiner Familie. Der Graf von Talen übergab es dem ersten Virkan. Er selbst brachte die Waffe aus dem Land der Magier mit. Es ist das einzige Schwert, das Gorgon trotzt. Nur damit kannst du den Stein von Numenor erobern.«

Selina dachte wieder an den Traum, in dem sie ihren Vater hatte kämpfen sehen. Richtig, er hatte mit einem wunderschön verzierten Schwert gekämpft! Das mußte das Steinerne Schwert sein – allerdings hatte sie es eher silbrigglänzend in Erinnerung.

»Aber Gorgon will das Schwert um jeden Preis in seinen Besitz bringen. Seit Jahrhunderten versucht er, es an sich zu reißen. Denn eine Weissagung verheißt, daß sich das Steinerne Schwert bei einem Sieg in der Schlacht mit dem Stein von Numenor verbinden und dem Sieger noch größere Macht verleihen wird. Es scheint, als ob der Stein zwar allein schon eine große Macht in sich trägt, sich aber mit weiteren Elementen verbinden kann und auf diese Art seine Macht vergrößert.« Kilian sah Selina ein wenig schuldbewußt an. »Ich weiß«, sagte er dann, »daß das alles ein wenig schnell ging, doch die Zeit drängt, und du mußt dich nun dieser Prüfung stellen. Nachdem der Virkan das Vertrauen des Geflügelten Hengstes gewonnen hat, muß er sich in die Höhle der Zeit begeben, um das Steinerne Schwert zu empfangen – falls er dessen würdig ist.«

Kilian machte eine kurze Pause und holte tief Luft. Dann sprach er leiser als zuvor weiter: »Wir wissen allerdings nicht, was dich in der Höhle erwartet, wir wissen nur, daß der Virkan hineingeht und einen Moment später wieder herauskommt – ob mit oder ohne Schwert. Für uns, die wir davor auf dich warten, wird nur ein Augenblick vergangen sein. Darum wird diese Grotte die Höhle der Zeit genannt, weil sie außerhalb der Beschränkungen von Zeit und Raum existiert.«

Selina wurde noch unsicherer. Ob mit oder ohne Schwert, hörte sie in Gedanken immer wieder. »Hat mein … Vater …«, stotterte sie.

Kilian nickte lächelnd. »Ja, dein Vater hat das Schwert damals geführt. Auch er ist in die Höhle der Zeit gegangen, und er kam mit dem Schwert aus Stein zurück.«

Selina nickte und drehte sich wieder zu der Höhle um. Sie blickte in das dunkle Loch. Ein Schauer lief ihr bei dem Gedanken über den Rücken, ganz allein dort hineingehen zu müssen. Aber sie hatte keine Wahl, denn die Zeit drängte wirklich, und wenn in drei Tagen die Schlacht stattfand, mußte sie im Besitz des Steinernen Schwerts sein, um überhaupt eine Aussicht auf einen Sieg zu haben.

Selina drehte sich wieder zu den Gargylen um. Sie standen immer noch da und warteten darauf, was sie tun würde. Sie ballte entschlossen die Fäuste und flüsterte: »Ich werde es schaffen. Ich werde in die Höhle eindringen und mir mein Schwert holen.«

Die Wasserspeier lächelten sie aufmunternd an. »Dann sehen wir uns gleich wieder, oder?«

Ohne eine Antwort abzuwarten, drehte sie sich um und tat den entscheidenden Schritt in die Grotte hinein. Augenblicklich wurde sie von einer ungeheuren Druckwelle erfaßt. Die Luftschwingung war so stark, daß sie sich kaum auf den Beinen halten konnte. Sie kämpfte gegen den Druck, schaffte es jedoch nicht und fiel auf den kalten, felsigen Boden der Höhle. Dann spürte sie, wie der Druck langsam nachließ.

Als sie es wagte, die Augen zu öffnen, sah sie über sich die dunkle Decke der Höhle rötlich leuchten. Sie schüttelte den Kopf, um die Benommenheit zu überwinden. Langsam richtete sie sich auf, spürte jedoch, daß ihr immer noch schwindlig war. Noch ein wenig unsicher auf den Beinen, stand sie auf und klopfte sich den Staub von den Kleidern. Ihr Bogen und der Köcher mit den Pfeilen lagen neben ihr. Als sie sich zum Eingang der Höhle umdrehte, war dieser verschwunden. Anstelle der Öffnung sah sie nur eine glatte graue Felswand. Von ihren Freunden fehlte jede Spur – sie war wirklich ganz allein. Erstaunt starrte sie die Wand an, doch es gab keinen Zweifel. Sie bekam eine Gänsehaut, als sie sich ausmalte, daß sie vielleicht nicht mehr aus der Höhle herausfände.

Sie drehte sich um und schaute in die andere Richtung: Dort begann ein Gang, der immer tiefer in die Erde hinabzuführen schien. Selina schluckte. Ihr war nicht wohl bei dem Gedanken, ins Innere der Höhle vorzudringen. Sie spürte förmlich die Anwesenheit einer fremden Welt. Was passierte, wenn sie sich verirrte oder die unbekannten Wesen, die hier offenbar lebten, ihr nicht wohlgesinnt waren?

Auf ihre Freunde konnte sie nicht hoffen, denn die waren weit weg in einer anderen Realität.

Selina überlegte kurz, doch es gab kein Zurück. Sie mußte den Weg in die Tiefe der Höhle einschlagen, wenn sie irgendwann wieder hinausgelangen wollte. Sie atmete noch einmal tief ein und machte sich entschlossen auf den Weg. Aber schon nach wenigen Minuten spürte sie, wie sie die Kräfte verließen. Denn in der Höhle schien auf einmal eine erdrückende Hitze zu herrschen, und gleichzeitig ergriff eine große Müdigkeit von ihr Besitz. Sie hatte in letzter Zeit wenig geschlafen – ob sich das nun bemerkbar machte?

Nach einer Zeitspanne, die Selina wie eine Ewigkeit vorkam, war sie völlig außer Atem und schrecklich schläfrig. Sie setzte sich auf den kalten Steinboden und war erleichtert, endlich etwas Kühles unter sich zu spüren. Dann schaute sie sich nach allen Seiten um. Alles sah hier gleichförmig aus – überall kahle, dunkle Wände. Der Gang hörte einfach nicht auf, und sie war mit ihren Kräften völlig am Ende. Die Müdigkeit wurde immer stärker und vernebelte ihr die Sinne.

Dann geschah etwas, das Selina die ganze Zeit zu verhindern versucht hatte: Ihr fielen die Augen zu. Sie bemühte sich, gegen die Müdigkeit anzukämpfen, aber ihre Lider wurden immer schwerer.

Als sie aufschreckte, hatte sie jedes eigene Zeitgefühl verloren. Hatte sie länger geschlafen? Oder waren ihr nur einen Moment lang die Augen zugefallen? Sie durfte ihrer Müdigkeit nicht weiter nachgeben, sie mußte die Prüfung bestehen und das Steinerne Schwert in ihren Besitz bringen.

Gerade wollte sie sich aufrichten, um sich wieder auf den Weg zu machen, als ein heller Blitz durch den Gang geradewegs auf sie zufuhr. Sie konnte nicht mehr ausweichen und hatte das Gefühl, direkt getroffen zu werden. Sie schrie vor Schreck auf und hielt sich schützend die Arme vors Gesicht.

Der Blitz verschwand sofort, nachdem er Selina getroffen hatte, und sie wartete zitternd darauf, daß sie irgendeine Veränderung spürte – nichts. Sie fühlte gar nichts, nur das laute Pochen ihres Herzens war zu hören.

Als sie jedoch weitergehen wollte, merkte sie, daß es ihr nicht mehr gelang, sich auch nur einen Schritt von der Stelle zu bewegen. Sie war wie versteinert und hatte jede Herrschaft über ihren Körper verloren.

Sie wollte schreien, als sich ihre Füße plötzlich vom Boden lösten und sie durch die Luft schwebte. Mit aller Kraft versuchte sie sich zu wehren, doch ihre Glieder gehorchten ihr nicht mehr. Selina bekam Angst. Was ging hier vor?

Die Geschwindigkeit nahm zu. Selina wurde nun wie von einer unsichtbaren Hand durch den langen Gang geschleudert. Sie raste so schnell durch die Kurven, daß ihr erneut schwindlig wurde. Entsetzt schloß sie die Augen. Sie war dieser seltsamen Gewalt hilflos ausgeliefert und versuchte krampfhaft, Ruhe zu bewahren. Gerade als sie glaubte, es nicht mehr aushalten zu können, war die unheimliche Fahrt vorbei, und sie fiel zu Boden. Als hätte die unheimliche Hand sie plötzlich losgelassen, konnte sie sich wieder bewegen.

Eine Weile blieb sie benommen am Boden liegen und atmete tief durch. Sie fühlte sich wie erschlagen. Ihre Glieder taten weh, und in ihrem Kopf drehte sich alles. Ganz allmählich wurde ihr Herzschlag langsamer, und die erdrückende Hitze in ihrem Körper ließ ein wenig nach. Dann sah sie sich vorsichtig um. Viel erkannte sie nicht, denn um sie herum drehte sich immer noch alles. Sie nahm eine riesige Höhle von der Größe eines Fußballfelds wahr. Die Decke befand sich gute zehn Meter über ihr und bestand ebenfalls aus grauem Gestein.

Unter Einsatz all ihrer Kräfte stand Selina auf, um sich ein wenig besser umsehen zu können und die Höhle zu erkunden, in der sie gelandet war.

Als ihr erneut schwindlig wurde, erkannte sie auch den Grund dafür: Die Höhle schien sich ständig zu vergrößern und zu verkleinern, als läge ihre räumliche Begrenzung nicht fest – einmal war die Decke so weit weg, daß sie sie kaum erkennen konnte, dann wieder schien der Raum gerade einmal drei Meter hoch zu sein. Auch die Wände kamen auf sie zu und entfernten sich.

In der Ferne entdeckte Selina einen Spiegel. Er schien der einzige Gegenstand in diesem Raum zu sein. Vorsichtig trat sie einen Schritt auf den geheimnisvollen Spiegel zu. Plötzlich ertönte eine Stimme, die von allen Seiten gleichzeitig zu kommen schien und Selina vor Schreck erstarren ließ.

»Wer bist du, daß du es wagst, in das Heiligtum der Zeit einzudringen?«

Die Stimme klang schrecklich tief und verzerrt und hatte einen abschätzigen Unterton, der Selina zu zeigen schien, daß ihre Anwesenheit hier nicht willkommen war.

Das Heiligtum der Zeit?

Sie bekam eine Gänsehaut. Doch dann überwand sie ihre Angst und drehte sich langsam nach allen Seiten um, um das Wesen ausfindig zu machen, das zu ihr gesprochen hatte. Und plötzlich sah sie sie: Es waren die unheimlichen Gestalten, die Selina im Traum begegnet waren, als sie den Saphir gefunden hatte. Die bleichen weißen Wesen trugen die gleichen langen, schneeweißen Gewänder wie in ihrem Traum. Der einzige Unterschied bestand darin, daß sie nicht durchsichtig waren.

Selina hatte das Gefühl, als gefröre ihr das Blut in den Adern. Waren dies etwa die Magier der Zeit? Das Gesicht der Gestalt vor ihr war eindeutig vor Zorn verzerrt. Die Augen, auch hier gänzlich weiß, ohne Iris und Pupille, waren zu Schlitzen verengt und musterten Selina mißtrauisch.

Selina zitterte am ganzen Leib. Was sollte sie tun? Davonlaufen und versuchen, sich vor den Wesen zu retten, oder stehenbleiben und abwarten, was geschah? Die Entscheidung wurde ihr abgenommen.

»Ich habe gefragt, wie du heißt«, wiederholte die unheimliche Gestalt noch zorniger als zuvor.

Selina merkte, daß sie sich zu erkennen geben mußte. Mit zitternder Stimme, die kaum mehr als ein Flüstern war, antwortete sie: »Mein Name ist Selina Albion.« Sie biß sich auf die Unterlippe, ehe sie ein weiteres Mal Luft holte und noch leiser hinzufügte: »Ich bin der neue Virkan, der die Gargylen des Ostturms in die Schlacht um den Stein von Numenor führen soll.«

Es war das erste Mal, daß sie sich selbst Virkan genannt hatte. Bis jetzt hatte sie dieses Wort immer vermieden, denn an den Gedanken, die Anführerin ihrer Freunde zu sein, hatte sie sich immer noch nicht richtig gewöhnt. Sie fühlte sich als Teil der Gemeinschaft, nicht als deren Oberhaupt.

Die Reaktion des Wesens vor ihr war anders als erwartet. Seine Miene hellte sich ein wenig auf, und Selina beobachtete, wie es seine Artgenossen anschaute, die verwundert den Kopf schüttelten. Dann setzten sich plötzlich alle wie auf einen geheimen Befehl hin in Bewegung. Wie eine Schar weißer Mönche schritt die Gruppe hinter ihrem Anführer her. Selina zählte zwölf der seltsamen Gestalten.

Als der Sprecher der Gruppe merkte, daß sie ihnen nicht folgte, blieb er stehen, drehte sich zu ihr um und sagte mit einer wesentlich angenehmeren Stimme als zuvor: »Folge mir, Selina Albion, die Magier der Zeit werden dich zu deiner letzten Prüfung geleiten.«

»Die Magier der Zeit«, flüsterte sie in sich hinein.

Also hatte sie mit ihrer Vermutung recht gehabt – die Magier der Zeit waren ihr damals im Traum erschienen. Und das waren auch die Wesen, von denen ihr Vater ihr geschrieben hatte – sie hatten ihm prophezeit, daß seine Tochter das Schicksal wenden und Frieden bringen werde. Also waren die unheimlichen Wesen ihr vielleicht doch wohlgesinnt und würden ihr nichts antun?

Selina blieb noch einen Moment lang unsicher stehen, bevor sie langsam hinter dem Zug auf den Spiegel zuschritt. Während dieses schweigenden Marsches hielt Selina ihr Amulett fest umklammert. Inzwischen wußte sie, daß sie das jedesmal tat, wenn sie sich unsicher fühlte oder Angst hatte. Ob das Amulett wirklich die Macht hatte, sie vor der Gefahr oder vor einem drohenden Unheil zu bewahren?

Nachdem sie den Spiegel erreicht hatten, bildeten die Magier der Zeit einen Kreis darum. Selina erkannte, daß es gar kein richtiger Spiegel war, denn er warf ihr Bild nicht zurück. Statt dessen entdeckte sie darin das alte Internatsschloß mit dem mächtigen Ostturm, auf dem die versteinerten Gargylen saßen.

Der Anführer der Magier der Zeit winkte Selina mit einer langsamen Handbewegung in die Mitte des Kreises und stellte sich neben sie. Wie damals in ihrem Traum war sie von den seltsamen Wesen umringt. Mit seinem langen knochigen Zeigefinger berührte der Magier die Oberfläche des Spiegels. Dieser leuchtet weiß auf, und als das Licht erlosch, erkannte Selina etwas ganz anderes darin: einen Berg. Er erhob sich über einem großen dunklen Wald. Auf seinem Gipfel stand eine gedrungene Burg, die Selina an die Festung des Schreckens erinnerte. Ihr mächtiger hoher Turm war aus dem schwärzesten Stein erbaut, den sie je gesehen hatte. Selina konnte ihren Blick nicht von der Festung losreißen. Sie war zu geheimnisvoll und unheimlich, als daß sie sich auf etwas anderes hätte konzentrieren können. Wer oder was wohnte dort?

Eine Stimme riß sie aus ihren Gedanken. »In dieser Festung wirst du das Steinerne Schwert finden, doch zuerst mußt du den Berg erklimmen. Das wird dir nur gelingen, wenn du zu dir selbst findest, denn der Berg weist nur dem den Weg, der sein Herz kennt. Ich sehe, daß du unruhig bist und große Angst vor dem Bevorstehenden hast. Du weißt noch nicht, wer du bist, Selina Albion, und der Kämpfer muß sein Herz kennen, um siegen zu können. Gelingt dir die Reise zu dir selbst, so kannst du auch den Gipfel des Berges erklimmen. Dort wird sich dir ein Geheimnis offenbaren, das noch niemand kennt. Nun geh, Selina Albion, finde dich selbst und dein Schicksal. Erklimme den Berg des Vergessens.«

Selina hatte den Worten aufmerksam gelauscht, war aber beinahe noch verwirrter als zuvor. Was hieß das, eine Reise zu ihr selbst und daß sie in ihr Herz schauen mußte? Sie wußte doch inzwischen, wer sie war! Sie war der neue Virkan, diejenige, die die Gargylen in die Schacht um den Stein von Numenor führen sollte. Bei dem Gedanken stockte sie plötzlich. Wußte sie wirklich, wer sie war? Sie dachte an die vergangenen Wochen, die sie zusammen mit den Gargylen verbracht hatte. Seit sie ihnen begegnet war, hatte sich Selina geborgen gefühlt. Doch irgendwo tief in ihrem Unterbewußtsein hatte sie immer eine kleine Stimme gehört, die ihr zuflüsterte, daß etwas fehlte, daß sie noch nicht alles wußte – und damit war nicht die bevorstehende Schlacht um den Stein von Numenor gemeint, sondern etwas anderes, etwas ganz allein sie Betreffendes.

Selina blickte in den magischen Spiegel und traf eine Entscheidung. Sie atmete noch einmal tief durch, umklammerte den Bogen ihres Vaters und trat entschlossen durch das Glas, das sie nicht zurückstieß, sondern langsam hindurchgleiten ließ.

Auf einmal fand sie sich im Freien wieder, auf einem steinigen, moosüberwachsenen Boden. Über ihr war ein heller, wolkengrauer Himmel zu sehen. Es war nicht kalt, sondern angenehm warm. Und vor ihr lag der Berg, den sie eben noch in dem seltsamen Spiegel gesehen hatte: der Berg des Vergessens. Ohne Zögern machte sie sich auf den Weg.

Seit einer Stunde stieg Selina nun schon stetig bergauf. Das war anstrengender, als sie gedacht hatte, denn der Weg war nicht einfach. Es war ein schmaler, unebener Pfad voller Steine, die ihr den Aufstieg erschwerten.

Schon bald begann Selina zu schwitzen, denn die anfangs angenehm warme Temperatur wurde nun zu einer wahren Qual. Um sie herum gab es nur Fels und Geröll. Unter sich sah sie den dunklen Wald und über sich die merkwürdige Burg, die gar nicht weit entfernt zu sein schien.

Nach einer kleinen Ewigkeit, wie es ihr vorkam, machte sie eine Pause – sie konnte einfach nicht mehr. Wieviel Zeit war wohl vergangen? Als sie auf ihre Uhr schaute, stellte sie fest, daß diese offensichtlich schon seit längerem stehengeblieben war. Sie erinnerte sich nun wieder daran, was Sheila ihr gesagt hatte: Hier galten die Gesetze der Zeit nicht.

Selina setzte sich auf einen glatten Stein und sah zum Himmel hinauf. Es dämmerte schon und würde sicher bald dunkel werden. Sie sah sich um. Für die Nacht brauchte sie einen sicheren Unterschlupf, denn sie würde es vor Einbruch der Dunkelheit auf keinen Fall mehr bis zu ihrem Ziel schaffen. Und ohne das Licht der Sonne würde sie sich zwischen all diesen Steinen und Felsen womöglich noch die Knochen brechen.

Da erblickte sie über sich einen Felsvorsprung, der eine kleine Höhle bildete. Sie war nicht sehr groß, würde Selina aber einen guten und sicheren Unterschlupf für die Nacht bieten. Der Anblick der Höhle und die Aussicht auf einen Schlafplatz verliehen ihr neue Kräfte. Sie stand auf und machte sich wieder auf den Weg. Inzwischen verdunkelten immer mehr große graue Wolken den Himmel, und Selina hoffte, die Höhle noch vor dem Gewitter zu erreichen.

Als die ersten Regentropfen fielen, erreichte Selina ihr Nachtquartier. Die Höhle war tatsächlich nicht groß, bot aber genügend Platz zum Hinlegen, auch wenn sich das kalte Gestein hart in Selinas Rücken drückte. Sie hatte keine Wahl und ergab sich seufzend in ihr Schicksal, während draußen Blitze durch die Nacht zuckten und der Donner über den Himmel rollte. Den Bogen ihres Vaters hatte sie neben sich gelegt.

Gerade begann sie daran zu zweifeln, ob sie in dieser Haltung überhaupt einschlafen könne, als die Müdigkeit siegte. Sie fiel in einen unruhigen Schlaf und fand sich im Traum auf der Ebene der Schlacht um den Stein von Numenor wieder.

Selina kannte die Szene bereits: Sie sah zehn Gargylen, die im Kreis um eine reglos am Boden liegende Gestalt standen. Trotzdem setzte ihr Herz eine Sekunde lang aus, als sie die Gestalt erkannte. John Albion lag mit geschlossenen Augen auf der Erde. Sein Brustkorb hob und senkte sich nicht – er war tot. Die Gargylen standen um ihn herum und betrachteten ihn mit Tränen in den Augen. Kilian und Iduna hatten sich über ihn gebeugt.

Kilian sagte etwas, doch Selina verstand die Worte nicht; sie war zu weit entfernt. Dann sah sie, wie Iduna etwas vom Hals ihres Vaters abnahm – offensichtlich eine Kette. Erst als Iduna aufstand und die Kette hochhielt, erkannte sie sie: Es war ihr Amulett, die Kette mit dem Anhänger, die sie trug, solange sie denken konnte.

Jetzt bestand kein Zweifel mehr – ihr Vater hatte vor ihr die Kette getragen.

Dann sah sie, wie Iduna langsam auf den kleinsten Wasserspeier zuging, der am Rand der Gruppe stand: Sheila trug ein Bündel auf dem Arm. Selina erkannte weiße Tücher, in die etwas eingehüllt war. Traurig übergab Sheila Iduna das Bündel.

Und da erkannte Selina endlich, was es war: ein Säugling. Ein Säugling, der friedlich zu schlafen schien und in weiße Tücher gewickelt war.

Iduna blickte das Kind an, das regungslos weiterschlief. Mit einem letzten Blick auf ihre Freunde breitete Iduna die Schwingen aus und erhob sich mit einer anmutigen Bewegung in die Lüfte. Mit dem Kind im Arm flog sie rasch über den Wald auf das alte Schloß zu.

Plötzlich sah Selina den großen Platz vor dem Schloß vor sich und Iduna, die sanft landete und den Säugling in einen kleinen Weidenkorb legte. In dem Moment wachte das Kind auf und fing kläglich an zu weinen.

Selina sah, daß der Gargylenfrau eine Träne über das Gesicht lief, als sie dem Kind die goldene Kette umlegte. Aus der Tasche ihres Leinenkittels zog Iduna das zerschlissene Lederstück hervor, das jetzt in Selinas Schublade lag, und legte es zu dem Kind in den kleinen Korb.

»Komm zurück zu uns, Selina«, hörte sie die sanfte Stimme der Gargylenfrau, bevor sich diese umdrehte und im Wald verschwand.

Inzwischen hatte es angefangen zu blitzen und zu donnern, und das Kind schrie immer lauter.

Dann wurde plötzlich das alte Schloßtor aufgestoßen, und ein junges Mädchen, etwa in Selinas Alter, trat hinaus in die dunkle Nacht und schaute sich suchend um: Angela Faster.

Erschrocken wachte Selina auf. Sie fühlte sich nach dem Traum wie zerschlagen, aber sie konnte keinen Schlaf mehr finden. Zu viele Gedanken jagten ihr durch den Kopf und ließen sie nicht mehr los. Immer wieder hörte sie Idunas Worte: »Komm zurück zu uns!«

Und immer wieder mußte sie an den Traum denken, in dem sie den Magiern der Zeit zum ersten Mal begegnet war und den Stein gefunden hatte. Die ganze Nacht lag Selina auf den kalten Felsen und hielt ihr Amulett so fest umklammert, daß ihr die Hand weh tat.

Sie erinnerte sich an die Prophezeiung, von der ihr Vater ihr geschrieben hatte.

Würde sie es wirklich schaffen? Gab es überhaupt die geringste Aussicht auf Erfolg im Kampf gegen Gorgons Kraft und Erfahrung? Was mußte sie tun?

Selina dachte wieder an den seltsamen Satz, den der Magier der Zeit zu Selina gesagt hatte. Sie hatte das Herz eines Gargylen? Was bedeutete das bloß? Der Magier hatte ihr nicht gesagt, was das hieß oder weshalb gerade sie anders war als die Virkane vor ihr. Ihr Vater hatte nicht das Herz eines Gargylen gehabt. Ob das etwas mit ihrer Mutter zu tun hatte? Und ob die Magier der Zeit wußten, wer ihre Mutter war?

Der Morgen graute bereits, als Selina sich entschloß, nicht weiter darüber nachzudenken und sich lieber wieder auf den Weg zum Gipfel des Bergs des Vergessens zu machen. Sie begann ihren Aufstieg voller Eifer, merkte jedoch schon bald, daß die Burg nicht näher zu kommen schien. Im Gegenteil, es sah so aus, als entferne sie sich von ihr.

Selina stolperte immer häufiger über die großen Steine auf dem schmalen Pfad, als ihr klar wurde, daß sie sich trotz aller Mühen ihrem Ziel keinen Meter näherte.

Und sie begann zu zweifeln: daran, daß sie diese letzte Prüfung bestehen würde. Je unsicherer sie wurde, um so mehr zweifelte sie auch an der Zuversicht ihres Vaters, daß sie diejenige war, die das Schicksal wenden konnte. Tränen traten ihr in die Augen, als sie merkte, daß sie alles in Frage stellte, was sich in den letzten Wochen ereignet hatte.

Sie war nur ein Mädchen, das nie etwas Besonderes darstellte und sich auch nie ausgezeichnet hatte. Vielleicht stimmten die Prophezeiungen, und sie besaß tatsächlich tief in sich die Kraft, die Gorgon besiegen konnte. Aber diese Kraft mußte sie selbst erst einmal finden – das wurde ihr in diesem Moment schmerzlich bewußt. Solange sie nicht an ihre Kraft und den Sieg glaubte, konnte sie nichts verändern und das Schicksal nicht zum Guten wenden. Verzweifelt stieg sie weiter den Berg hinauf. Die Zeit – was für eine Zeit auch immer das war – verging, es wurde Abend und wieder Morgen, die Sonne stieg hoch in den Himmel hinauf und versank hinter dem Berggipfel, und Selina stieg weiter bergan, ohne sich der Burg zu nähern.

Selina verzweifelte immer mehr. Am Abend des dritten Tags suchte sie sich einen Platz zum Schlafen und starrte mutlos in die Dunkelheit hinaus, in der sich der kahle Berg voller Geröll und Steine und die unerreichbar ferne Festung verbargen.

Nicht nur der beschwerliche Anstieg hatte sie erschöpft, sondern mehr als alles andere die bohrenden Gedanken und Zweifel an ihren Fähigkeiten. Sie war es leid, über sich und ihr Schicksal nachzudenken. Allmählich zweifelte sie an ihrem Verstand. Wieso kam die Burg nicht näher? Ging sie im Kreis? Das konnte nicht sein. Wie sollte sie sich je aus dieser seltsamen Zeit- und Raumschleife befreien?

Während sie versuchte, vernünftig zu denken und zu überlegen, wie die Burg endlich zu erreichen wäre, kam ihr immer wieder Sheila in den Sinn – ihr hoffungsvoller Blick und die Überzeugung, mit der sie vor den anderen Gargylen über Selina gesprochen hatte. Dann sah sie Kilian vor sich – nach seiner Befreiung aus Gorgons Gefangenschaft: Auch er hatte sie voller Hoffnung und Dankbarkeit angeschaut. Und selbst Kimbal, der verschlossene, ewig mürrische und mißmutige Kimbal, hatte ein hoffnungsfrohes Leuchten in den Augen nicht verbergen können, als Selina von ihrer Begegnung mit dem Geflügelten Hengst erzählt hatte. Sie schämte sich fürchterlich bei dem Gedanken, alle ihre Freunde enttäuschen zu müssen.

Traurig starrte sie in das kleine Feuer, das sie für die Nacht entzündet hatte, als dieses sich auf einmal blau verfärbte. Es flackerte unruhig, obwohl um sie herum alles windstill war. Ihr Herzschlag wurde schneller. Das Feuer wurde blauer und durchsichtig zugleich und warf seltsame Schatten in die Nacht, bis Selina etwas darin zu erkennen meinte. Es war eine Gestalt. Sie nahm langsam Form an, bis sie schließlich deutlich zu sehen war: ein kleiner Gargyl. Sheila sah Selina traurig an.

Vor Schreck hielt Selina den Atem an. Was hatte das nun wieder zu bedeuten? Doch es war keine Einbildung. Selina zuckte erneut zusammen, als Sheila zu sprechen begann: »Selina, du darfst nicht aufgeben, wir zählen auf dich. Du darfst nicht an dir zweifeln!«

Selina sah ihre Freundin verzweifelt an. Wie sollte sie ihr zu verstehen geben, daß sie kurz davor stand aufzugeben? Aber das hatte ihre Sozia sicher längst verstanden.

Sie senkte den Kopf und sagte leise: »Ich schaffe es nicht, Sheila. Ich bin zu schwach. Das weißt du genau. Wieso gerade ich?«

Die blauen Flammen loderten einen Moment lang auf, und Sheilas Bild verzerrte sich, bevor es wieder die vertraute Gestalt annahm. Ein Ausdruck von Zorn stand in den Augen des Gargylenmädchens.

»Selina, du bist weit gekommen und warst so tapfer. Du hast Kilian gerettet und das Vertrauen des Geflügelten Hengstes gewonnen. Du schaffst es. Glaub mir, ich weiß das. Aber du mußt auf dein Herz hören. Tu einfach das, was dir dein Herz eingibt, dann erkennst du dich. Du wirst sehen, daß du in deinem Herzen gar kein Mensch bist... du hast das Herz eines ...«

Sheilas Stimme wurde immer schwächer. Das Feuer knisterte und flackerte, denn inzwischen war Wind aufgekommen. Sosehr sich Selina auch bemühte, sie konnte Sheilas Gestalt in den Flammen nicht mehr entdecken.

Selina hatte das letzte Wort, das Sheila gesagt hatte oder gerade hatte sagen wollen, nicht mehr verstanden. Während sie noch darüber nachdachte, erlosch auf einmal das Licht um sie herum – ihr Feuer war ausgegangen. Selina rief Sheilas Namen in die Nacht hinaus, doch niemand antwortete.

Selina war nur noch verwirrter als zuvor. Ihr war klar, daß Sheila ihr etwas Wichtiges hatte sagen wollen, etwas, das ihr vielleicht bei der Suche nach sich selbst geholfen hätte – bei der Suche, die ihr so schwer fiel. Wie sollte sie das anstellen – sich selbst finden? Noch dazu hier, auf dem Weg zu einer Burg, die nicht näher zu kommen schien.

Seufzend legte sie sich auf den harten Boden, um ein wenig zu schlafen. Aber ihre Gedanken kreisten unablässig um Sheilas letzte Worte. Das Herz eines … Auch ihr Vater hatte ihr in seinem Brief geraten, auf ihr Herz zu hören.

»Selina, vertrau auf die Stimme deines Herzens. Dann wirst du siegen«, flüsterte Selina vor sich hin. Fast die ganze Nacht lag sie wach und lauschte. Sie versuchte, darauf zu hören, was ihr Herz ihr sagte, aber es gelang ihr nicht. Selina hörte nur eine große Stille.

Am nächsten Tag ging sie unausgeschlafen weiter und fand keine Antwort auf ihre Fragen. Sie war mit ihren Kräften am Ende und hatte das Gefühl, bald keinen Schritt mehr tun zu können.

Als sie an einen kleinen Bergsee mit kristallklarem Wasser kam, setzte sie sich auf einen Stein und starrte mit leerem Blick in den Himmel. Immer wieder gingen ihr die Worte ihres Vaters durch den Kopf.

Sie versuchte, in sich zu horchen und sich zu erforschen. Wer war sie? Was könnte sie unterscheiden – selbst von ihrem Vater unterscheiden? Auf einmal sah sie, wie das Wasser des kleinen Sees in Bewegung geriet. Schnell stand sie auf, um besser hineinsehen zu können.

Und plötzlich erschien auf dem Grund des Sees erneut das Bild eines Gargylen. Er war klein, fast noch kleiner und schmächtiger als Sheila. Oder war es vielleicht doch ihre Freundin? Selina sah deutlich, daß die Gestalt ihr den Rücken zukehrte.

Dann drehte sich der Gargyl um und schaute Selina an.

Da versank mit einem Mal die Welt, die sie umgab.

Wie gebannt blickte Selina in das Gesicht des Gargylen und fand endlich das, was sie gesucht hatte: Sie fand ihr Herz.

Denn der Wasserspeier im See war nicht Sheila, sondern sie selbst – sie selbst schaute sich mit großen Augen an.

Schlagartig wurde Selina klar, was ihr gefehlt hatte und was sie nicht verstanden hatte. Die Erscheinung im See hatte ihr das Bild ihres Herzens gezeigt.

Sie war kein richtiger Mensch. Ein Mensch würde in ihrer Situation aufgeben und weglaufen, doch täte sie das auch? Nein. Die Gargylen führten diesen Kampf seit Jahrhunderten, ohne je in Frage zu stellen, ob sie das Richtige taten. Sie wußten es einfach und achteten diese Wahrheit wie ein Gesetz. Sie wichen Schwierigkeiten nicht aus, sondern hörten auf ihr Herz und taten, was das Herz ihnen eingab. Vielleicht war es das, was sie so stark machte und die Menschen so schwach. Und vielleicht war es das, was sie zusammenhielt und aneinanderband.

Selina schaute noch lange ihr Bildnis im See an. Das also war es, was die Magier der Zeit ihr im Traum hatten sagen wollen. Endlich glaubte sie die Weissagung zu verstehen.

Und auf einmal spürte sie, wie ihr Selbstbewußtsein zurückkehrte. Entschlossen ballte sie die Fäuste. Ja, sie würde es schaffen. Sie war dazu in der Lage, denn sie war auserwählt, sie war der Virkan, der die Gargylen in den Kampf ihres Lebens führen sollte. In den jahrhundertealten Kampf, den sie zum ersten Mal gewinnen würden. Dessen war sie sich jetzt sicher. Sie würde Gorgon besiegen.

Selina öffnete die Augen und stand entschlossen auf. Alle Müdigkeit und Erschöpfung waren verschwunden. Und dann tat Selina das, was ihr Herz ihr die ganze Zeit zu sagen versucht hatte: Sie rannte los. Sie rannte, so schnell sie konnte, auf die Burg zu. Sie lief bergauf, ohne auch nur einen einzigen Gedanken an das Stechen in ihrer Seite zu verschwenden. Sie lief geradewegs auf die Burg zu, die auf einmal immer näher kam.

Und plötzlich wurde ihr klar, warum der Berg diesen merkwürdigen Namen trug – Berg des Vergessens. Hier sollte man vergessen, warum man lebte, warum man hier war, warum man diesen Berg erklimmen wollte. Über Selbstzweifeln, Sorgen und Angst verlor man seine Kraft und die Energie, sich auf sein Ziel auszurichten. Doch Selina war dieser Falle entkommen. Sie hatte es geschafft!

So schnell sie konnte, lief sie auf die Burg zu, die wirklich immer näher kam. Als die Abenddämmerung hereinbrach, trennte sie nur noch ein weites Geröllfeld von der Burg. Morgen würde sie ihr Ziel auf jeden Fall erreichen! Sie suchte sich einen Platz zum Schlafen und machte es sich schließlich an einem großen Fels bequem, der senkrecht in den Himmel aufragte. Sie schwor sich, am nächsten Tag die Burg zu erreichen.

Kaum hatte sie die Augen geschlossen, fiel sie in einen tiefen Schlaf. Und auf einmal sah sie ihren Vater vor sich stehen – er war lebendig, lächelte sie an und sagte: »Kämpfe um den Stein von Numenor und werde zu der, die du in dir trägst!«

Im Schlaf lächelte Selina zurück, denn nun verstand sie endlich, was ihr Vater meinte. Aber plötzlich verschwand die helle Gestalt ihres Vaters, und Gorgon kam auf sie zu, um sie mit seinem roten Morgenstern zu erschlagen. Sie schrak zusammen und sah, daß sie ein Schwert in der Hand hielt.

Es war das Schwert ihrer Familie. Das Schwert, mit dem schon ihr Vater gekämpft hatte. Es war das Steinerne Schwert des Grafen von Talen. Ein silberner Schimmer fiel auf die kostbare Waffe und schien sie zu verwandeln – überall, wo das Licht die Waffe berührt hatte, war sie nicht mehr aus Stein, sondern aus silbrig glänzendem Eisen.

Und als Gorgons Hieb auf sie niedersauste, fing sie ihn mit ihrem Schwert ab. Es begann ein erbittertes Duell. Gorgons Hiebe wurden immer heftiger, doch Selina merkte deutlich, daß sie immer zielloser wurden. Ihr Gegner setzte rohe Gewalt ein und war sichtlich verwirrt, daß Selina so geschickt parierte. Sie fühlte, daß sie in der Lage war, Gorgon zu besiegen.

Das Schwertgefecht nahm seinen Lauf. Gorgon wich Selinas Hieben, die in immer kürzeren Abständen auf ihn niedergingen, nur noch schwerfällig aus und ließ sich immer weiter zurückdrängen, als Selina plötzlich ein blaues Licht in der Ferne sah: den Stein von Numenor.

Doch bevor Selina danach greifen konnte, wachte sie auf.

Kieron

Sie erhob sich am nächsten Morgen zwar ein wenig benommen, aber ausgeruhter als an den Tagen zuvor, griff nach ihrem Bogen und dem Köcher mit den Pfeilen und machte sich auf den Weg. Nachdem sie den ganzen Vormittag lang zwischen den Felsen hindurchgestiegen war, erblickte sie plötzlich rechts unter sich einen kleinen Bach und merkte, daß sie schrecklichen Durst hatte.

Schnell machte sie sich auf den Weg und kletterte die moosbedeckten grauen Felsen hinunter. Sie hatte das Wasser fast erreicht, als sie in der Ferne ein Geräusch hörte. Hastig sprang sie hinter einen großen Felsblock, um sich zu verstecken.

Und wirklich drangen jetzt Stimmen an ihr Ohr: dunkle Männerstimmen, die heiser klangen und ins Gespräch vertieft schienen. Selinas Herzschlag wurde schneller. Sie blickte in die Richtung, aus der das Geräusch kam, und erschrak. Zwei Gestalten liefen von der anderen Seite auf den Bach zu. Die beiden Männer hatten eine schneeweiße Haut, tiefschwarzes Haar und seltsame leuchtendgrüne Augen. Beide trugen enganliegende schwarze Kleidung und darüber einen schwarzen Umhang, der beim Gehen hinter ihnen herflatterte. Und so war auch das mächtige Schwert zu erkennen, das einer der beiden in einem ledernen Schwertgurt um die Hüfte trug.

Der andere hatte einen Bogen über der Schulter und einen Köcher, in dem Selina ein gutes Dutzend Pfeile zählte. Sie überlegte, ob sie sich zeigen durfte. Wieso sollten die beiden Männer ihr feindlich gesinnt sein? Vielleicht waren sie die Bewohner der Burg und konnten ihr helfen. Obwohl sie Waffen trugen, mußten sie nicht unbedingt böse sein.

Selina wollte gerade aufstehen und sich zu erkennen geben, als einer der beiden etwas sagte, was sie zurückzucken ließ.

»Glaubst du, daß Gorgon recht hat und die Kleine wirklich hier irgendwo ist?« fragte der mit dem Schwert und blickte dabei seinen Kameraden an.

Dieser warf ihm einen ausdruckslosen Blick zu und zuckte mürrisch mit den Schultern. »Ich weiß nicht.« Seine Stimme klang gereizt.

»Aber wie dem auch sei, Gorgon hat uns befohlen, auf dem Berg Ausschau nach ihr zu halten. Sollte sie auftauchen, schnappen wir sie uns und bringen sie zu ihm.«

Selina drückte sich ängstlich gegen den Felsen. Wer waren diese beiden Männer? Trotz ihrer hellen Haut und der seltsam leuchtenden Augen war ihre Gestalt eindeutig menschlich. Wieso standen sie in Gorgons Diensten?

Sie hatten den Befehl, sie zu fangen und Gorgon

auszuliefern. Also wußte Gorgon von ihrer Reise und der Prüfung! Aber was hatten er und seine Anhänger hier zu suchen? Wie waren sie hierhergekommen? Die Gargylen hatten ihr doch erklärt, daß sie allein in die Höhle der Zeit gehen mußte und sie ihr nicht folgen konnten. Offensichtlich hatte Gorgon aber eine Möglichkeit gefunden, in das »Heiligtum der Zeit« einzudringen, wie es die Magier genannt hatten. Oder standen die Magier der Zeit letztlich mit ihm im Bunde, und die zweite Prüfung war nur eine Falle?

Selina schauderte bei dem Gedanken. Sie sah, daß die beiden Männer über den Bach gesprungen waren und geradewegs auf sie zukamen. Suchend blickte sie sich um. Auch hier gab es nur Felsen, keinen Wald, in dem sie sich verstecken konnte. Sie mußte angreifen und die beiden überraschen, bevor sie sie entdeckten, denn sie waren zu zweit und stärker als sie.

Selina verschwendete keine Zeit mehr. Sie mußte schnell handeln, denn wenn die beiden noch näher kamen, würden sie sie bemerken. Sie zog einen Pfeil aus ihrem Köcher und spannte ihn auf den Bogen. Dann sprang sie blitzschnell aus ihrem Versteck, hob den Bogen und zielte auf die beiden Männer, die überrascht die Köpfe hoben. Sie wollten zu ihren Waffen greifen, doch es war zu spät.

»Hände weg von den Waffen!« befahl Selina mit lauter Stimme.

Die beiden blieben wie erstarrt stehen und schauten sie erschrocken an. Selina ließ sie nicht aus den Augen. Das hatte ihr Kimbal immer wieder eingeschärft. »Laß deinen Feind niemals aus den Augen!« hörte sie seine Stimme.

Die beiden Männer sahen Selina wütend an. Doch sie befahl: »Du da, leg das Schwert ab und vor dir auf den Boden, aber ganz langsam. Eine falsche Bewegung, und ich schieße.«

Zu ihrer Erleichterung sah sie, daß der Angesprochene ihr gehorchte. »Jetzt bist du dran – nimm Pfeil und Bogen und wirf sie in meine Richtung, los, mach schon!«

Wenn sie die Männer entwaffnete, waren sie ihr weniger gefährlich. Sie wußte natürlich nicht, wie viele von Gorgons Häschern auf der Suche nach ihr waren, aber wenigstens diese beiden konnte sie unschädlich machen.

»Und jetzt dreht euch um und legt die Arme auf den Felsblock dort hinter euch!«

Die seltsamen Menschen mit der blassen Haut und den strahlendgrünen Augen starrten Selina mit einer Mischung aus Furcht und Ärger an, gehorchten jedoch und drehten sich langsam um.

Lautlos nahm Selina den Pfeil von der Sehne, damit ihre Feinde nicht merkten, daß sie ihren Bogen hatte sinken lassen. Dann schlich sie sich an die beiden heran und holte mit ihrem Bogen aus. Der Rahmen des Bogens traf einen der Männer am Kopf, der sofort bewußtlos zu Boden ging. Als der andere sich erschrocken umdrehte, schlug Selina mit der geballten Faust zu, und auch er verlor das Bewußtsein. Die beiden rührten sich nicht mehr.

Was sollte sie jetzt mit ihnen machen? Töten wollte sie sie nicht, sie mußte aber auch vermeiden, daß die beiden aufwachten und die Verfolgung aufnahmen. Auf einmal sah sie, daß am Gürtel des Bogenträgers ein dickes Seil befestigt war – vielleicht hatte er Selina damit fesseln wollen? Schnell machte sie es von seinem Gürtel los und band die beiden Bewußtlosen aneinander. Das würde sie wenigstens eine Zeitlang aufhalten.

Sie schaute sich suchend um und kratzte dann von einem Stein in der Nähe zwei Klumpen Moos ab, die sie ihren Feinden in den Mund stopfte. Sie sollten nicht schreien können, um andere Verfolger auf sich aufmerksam zu machen. Dann warf sie das Schwert und den Bogen der beiden in den Bach, trank hastig von dem klaren Wasser, griff nach dem Bogen ihres Vaters und machte sich schnell wieder auf den Weg. Sie hatte keine Zeit zu verlieren, man war ihr bereits auf der Spur. Und ein Bogen mit ein paar Pfeilen war recht wenig, um sich gegen mögliche Angreifer zu verteidigen, die in der Überzahl waren.

Sie sah zur Burg hinauf. Gespenstisch thronte sie über allem, was unter ihr lag. Von ihr ging etwas Feindseliges, etwas durch und durch Böses aus.

Selina ballte die Fäuste. Sie mußte sich beeilen und machte sich wieder auf den Weg in die Felswüste, die sie noch von der Burg trennte. Ihre Entschlossenheit und das Bild des kleinen Gargylen mit ihrem Gesicht, das immer wieder vor ihren Augen aufflackerte, gaben ihr die Kraft, die sie brauchte, denn es war kein leichter Aufstieg. Die Felsbrocken waren groß und versperrten ihr häufig den Weg, so daß sie darüber hinwegklettern mußte. Es dauerte länger, als sie gedacht hatte, aber schließlich stand sie am Fuß der Burg und blickte zu ihr auf.

Selina hatte auf einmal Angst, denn sie spürte in ihrem Herzen, daß ein Wesen, das sie nur zu gut kannte, in der Nähe war. Gorgon, ihr Todfeind, befand sich im Innern der Burg!

Inzwischen war es beinahe stockdunkel, und Selina sah ein, daß es keinen Sinn hatte, noch am Abend in die Festung vorzudringen. Statt dessen schaute sie sich nach einem geeigneten Lagerplatz um. Sie wollte sich nicht zu nahe an die Burg heranwagen, um unentdeckt zu bleiben.

Etwas abseits des dunklen Gemäuers entdeckte sie einen kleinen Bach, dem sie folgte. Schließlich erreichte sie einen hohen Felsen, vor dem der Boden mit Moos bedeckt war.

Selina machte es sich bequem und entzündete ein kleines Lagerfeuer. Inzwischen wußte sie, daß es auf dem Berg tagsüber heiß und in den Nächten schrecklich kalt wurde. Nachdenklich schaute sie in die Flammen. Sie fragte sich erneut, was das für Menschen waren, denen sie am Bach begegnet war. Warum stiegen sie auf dem Berg des Vergessens umher? Warum sahen sie so merkwürdig aus? Aber vor allem: Warum folgten sie Gorgons Befehlen?

Aber noch mehr als die beiden seltsamen Männer beunruhigte Selina etwas anderes: Was tat Gorgon hier auf dem Berg des Vergessens? Wie war er hierhergekommen? Sie sollte doch hier einfach nur ihre letzte Prüfung bestehen. Sie mußte das Schwert an sich nehmen. Das Steinerne Schwert …

Plötzlich ging Selina ein Licht auf. Ihr fiel wieder ihre letzte Begegnung mit dem schwarzen Gargylen ein. Damals hatte er sie nicht getötet, weil er sie noch brauchte: Ganz deutlich hatte sie gesehen, wie seine Gedanken um das Steinerne Schwert kreisten. Gorgon suchte nach der wertvollen Waffe, deshalb war er hier! Er wollte das Schwert um jeden Preis haben und würde versuchen, es ihr zu entreißen!

Ein Insekt riß Selina aus ihren Gedanken. Es war schon seit einiger Zeit um das Feuer geschwirrt und ihr nun ins Auge geflogen. Sie sprang blinzelnd auf und lief zum Bach, um sich das Auge auszuspülen. Als sie sich das Gesicht an ihrem Hemd abtrocknete, fiel ihr Blick auf den Bach. Selina starrte ein Bild an – ihr Spiegelbild. Der Bach hatte plötzlich zu leuchten begonnen, und Selina konnte sich ganz deutlich erkennen.

So sah sie also aus, die junge Anführerin der Gargylen des Ostturms! Ein Mädchen im Alter von dreizehn Jahren mit langem braunem Haar und Augen, die grau waren wie die Felsen ringsum.

Auf einmal hielt Selina inne. Sie konnte nicht glauben, was sie dort sah: Ihre Augen waren nicht mehr grau!

Sie blinzelte und rieb sich über das Gesicht. Aber sie täuschte sich nicht: Ihr Spiegelbild war unverändert, nur ihre Augen leuchteten auf einmal blau aus dem Wasser auf – tiefblau wie die eines Gargylen.

Wie war das möglich? Ob das eine optische Täuschung war? Und woher kam das seltsame Licht? Selina erkannte nirgendwo seinen Ursprung. Ihre Augen konnten doch nicht einfach die Farbe ändern. Plötzlich stockte Selina. Ihr fiel das Bild des Gargylen ein, das sie in dem kleinen Bergsee gesehen hatte. Sie hatte während der langen Wanderschaft über den Berg des Vergessens erkannt, daß sie das Herz eines Gargylen hatte. Endlich hatte sie begriffen, wer sie war, und ihre Bestimmung, ihr Ziel und sich selbst gefunden. Sie hatte sich verändert. Deshalb hatten sich ihre Augen tiefblau gefärbt.

Sie lächelte unwillkürlich und betrachtete begeistert ihre Augen, die wie ein tiefer Ozean wirkten. Doch plötzlich verschwand ihr Lächeln. Neben ihrem Spiegelbild im Bach sah sie eine zweite Gestalt – es war kein Mensch, sondern ein Gargyl. Gorgons Anhänger hatten sie entdeckt!

Selina reagierte sofort, sie stand nicht auf, sondern drehte sich noch in der Hocke um und versetzte dem Gargylen einen kräftigen Schlag gegen das Schienbein. Dieser brüllte vor Schmerz auf und verlor das Gleichgewicht.

Selina nutzte die Gelegenheit, eilte mit schnellen Schritten zurück zu ihrem Lagerplatz und ergriff Bogen und Köcher. Dann schwang sie sich den Köcher über die Schulter und rannte davon, um sich ein sicheres Versteck zu suchen. Schließlich entdeckte sie eine enge Felsspalte, in die sie sich zwängte. Von dort aus konnte sie ihre Umgebung gut beobachten und Angreifer frühzeitig erkennen. Sie sah auch ihren Lagerplatz, wo immer noch das kleine Feuer brannte.

Und da tauchte auch schon der Gargyl auf, der sie am Bach überrascht hatte. Ein wenig verwirrt stellte er sich neben Selinas Lagerfeuer und schaute sich suchend um. Selina wollte keine Minute länger warten, trat entschlossen aus der Felsspalte, spannte einen Pfeil auf die Sehne und zielte auf den Gargylen.

»Hier bin ich!«

Der Gargyl blickte erschrocken in Selinas Richtung und erstarrte. Ihr Blick blieb an seinen tiefblauen Augen hängen, und sie zuckte zusammen. Der Fremde konnte kein Gorgonier sein, denn die hatten schwarze Augen wie ihr Anführer Gorgon. Und als Selina das Gesicht des Unbekannten genauer betrachtete, fiel ihr die Ähnlichkeit des Gargylen mit ihren drei Freunden auf: mit Kilian, Kimbal und … Baldur.

Nein, da stand ja Baldur! Er sah nur auf einmal wesentlich älter aus. Er war viel größer und kräftiger. Über sein Gesicht zog sich eine lange Narbe, die Selina noch nie zuvor bei Baldur gesehen hatte. Doch es gab keinen Zweifel: Bis auf einige kleine Unterschiede war das Baldurs! Was hatte das zu bedeuten? Sie dachte wieder daran, daß hier die Gesetze von Zeit und Raum nicht galten. Vielleicht war es eine Vision, vielleicht wollte ihr dieser gealterte Baldur etwas sagen. Sie merkte, daß auch er sie voller Erstaunen anstarrte.

Sie flüsterte verwirrt: »Baldur, bist du das?«

Aber der Gargyl reagierte anders als erwartet. Leise fragte er: »John?«

»Ich bin Johns Tochter. Selina Albion«, erwiderte sie stockend.

Die Augen des Gargylen wurde vor Staunen immer größer. »Selina? Johns kleine Tochter Selina! Du bist Selina?«

Selina nickte, und der Gargyl blickte sie ungläubig an. Dann flog ein Lächeln über sein Gesicht, und er schlug die Hand vor den Mund. Selina wurde blaß und ließ den Bogen sinken. Doch der Gargyl reagierte nicht darauf. Er sah Selina nur traurig lächelnd an und sagte kein Wort.

Schließlich unterbrach Selina das Schweigen. »Du kennst mich?« fragte sie vorsichtig. Sie war sich nicht sicher, ob sie feindlich oder freundlich reagieren sollte, denn woher sollte sie wissen, ob der Gargyl, der vor ihr stand, nicht doch ein Gorgonier war, der nur darauf wartete, daß ihre Aufmerksamkeit nachließ?

Aber als sie sein trauriges Lächeln sah, wurde ihr bewußt, daß er kein Gorgonier sein konnte – Gorgons Anhänger lächelten nie.

Wer war der Gargyl dann? Woher kannte er sie? Irgendwo hatte sie sein Gesicht auch schon einmal gesehen. Und dann fiel es ihr plötzlich wieder ein: Er war derjenige gewesen, der mit Kilian und Kimbal in der Schlacht um den Stein von Numenor gekämpft hatte – in ihrem Traum. Er hatte an der Seite ihres Vaters gekämpft. Selina war verwirrt. Was sollte sie sagen oder tun? Das Gesicht dieses Gargylen kam ihr so vertraut vor, er konnte kein Feind sein.

»Wer bist du?« fragte sie schließlich. »Woher kennst du meinen Namen und den meines Vaters?« Sie versuchte, Entschlossenheit in ihre Stimme zu legen, um ihre Unsicherheit zu verbergen, aber sie zitterte inzwischen am ganzen Leib.

»Ich bin Kieron, Kimbals und Kilians Bruder.«

Kieron! Selina zuckte zusammen. Wie oft hatte sie Kilian und Kimbal über ihren verstorbenen Bruder reden hören. Nun stand der angeblich tote Gargyl plötzlich vor ihr! Das konnte nicht sein, das war unmöglich! War es eine Falle?

Aber eine viel drängendere Frage beschäftigte sie. Kieron war nicht nur Kimbals und Kilians Bruder. Sie wagte nicht, den Gedanken zu Ende zu denken. »Heißt das, du …«, begann sie, doch ein dicker Kloß im Hals verhinderte, daß sie die Frage aussprach.

Kieron schaute sie weiter unverwandt an, aber seine Miene hellte sich auf, und seine Stimme zitterte, als er sagte: »Ja, Selina, ich bin Sheilas und Baldurs Vater.«

Die Höhle, in die Kieron Selina führte, war kaum beleuchtet. In ihrer Mitte brannte ein kleines Feuer, das langsam erlosch. Über dem Feuer hing ein Messingtopf, in dem es köchelte.

Noch ein wenig mißtrauisch und verwirrt hatte Selina die Höhle betreten. Sie strahlte Wärme und Geborgenheit aus, was Selina nach den Tagen der Einsamkeit und nach den Nachtlagern im Freien guttat. Neugierig schaute sie sich um.

Kieron trat neben sie und lächelte sie freundlich an. Er setzte sich vor das kleine Feuer und starrte eine Weile schweigend in die Flammen.

Selina rührte sich nicht. Sie war unsicher, wie sie sich verhalten sollte, und wollte dem Gargylen Respekt zollen, indem sie stehenblieb.

Schließlich blickte Kieron auffordernd zu ihr hoch. »Setz dich, Selina«, sagte er.

Erst jetzt spürte Selina die angenehme Wärme, die von dem Feuer ausging, und setzte sich zu dem großen Gargylen. Schweigend starrten sie in die Flammen. Selina fühlte auf einmal etwas Seltsames in ihrem Kopf. Sie kannte dieses merkwürdige Gefühl inzwischen recht genau: Jemand suchte in ihren Gedanken und bemühte sich, darin zu lesen. Sie konzentrierte sich, um die fremde Präsenz zu blockieren. Dann hob sie den Blick wieder.

Der Gargyl hatte anerkennend die Augenbrauen hochgezogen und blickte sie an. »Alle Achtung, du beherrschst die Abwehr von Eindringlingen in deinen Geist schon sehr gut. Hat dir das Iduna beigebracht?« fragte er.

Selina nickte nachdenklich.

»Ich kann es immer noch nicht glauben. Du, Johns Tochter, bist auf einmal hier? Du warst noch ein Säugling, als ich dich zum letzten Mal sah. Und jetzt stehst du mit dem Bogen deines Vaters vor mir.«

Selina sah, wie sehr ihn das bewegte. Wahrscheinlich war er schon seit langer Zeit hier und wußte nicht, wie es den Gargylen des Ostturms ergangen war. Irgendwie war der Kontakt abgerissen, denn Kimbal und Kilian hielten ihn für tot. Und natürlich konnte er auch nicht wissen, wie es dem Virkan ergangen war und ob seine Kinder, ob Sheila und Baldur noch am Leben waren.

Aber gleichzeitig fühlte sie sich nicht wohl in ihrer Haut. Was war, wenn dies alles nur einer von Gorgons Tricks war? Sie wußte nicht, ob sie sich auf ihr Gefühl verlassen sollte, das ihr eingab, bei Kieron in Sicherheit zu sein, oder den Zweifeln der Vernunft nachgeben sollte.

Nach einer Weile des Schweigens schaute Kieron sie an und lächelte, wenn auch nur schwach. »Wenn du willst, werde ich dir erklären, warum ich hier bin und noch lebe.«

Selinas Miene hellte sich auf, sie nickte. Dann erzählte Kieron ihr seine abenteuerliche Geschichte.

»Als dein Vater in der letzten Schlacht um den Stein von Numenor von Gorgons Morgenstern tödlich getroffen wurde, waren wir im ersten Augenblick so entsetzt, daß wir unsere Feinde vergaßen. Wir waren wie gelähmt und achteten nicht mehr auf sie. Unsere Blicke waren nur auf deinen am Boden liegenden Vater gerichtet. Aber die Gorgonier kämpften natürlich weiter. Obwohl der Stein bereits verschwunden war, wollten sie uns noch weiter schwächen, überrumpelten eine Gruppe von uns – zu der auch ich gehörte – und drängten diese von den anderen ab, die sich tapfer weiter verteidigten. Plötzlich erschien Gorgon und legte einen Zauberbann über uns. Er muß verborgene Kräfte oder Verbündete haben, die sehr mächtig sind und von denen wir nichts wissen. Uns wurde schwarz vor Augen, und wir verloren augenblicklich das Bewußtsein. Als wir wieder zu uns kamen, fanden wir uns in Gorgons Festung im Verlies. Der schwarze Gargyl höchstpersönlich schritt vor uns auf und ab und lachte hämisch. Mit einer ausladenden Handbewegung erzeugte er einen Nebel vor unseren Augen, durch den hindurch wir einen Moment lang das Schlachtfeld zu sehen glaubten. Dort schienen unsere toten Körper zu liegen. Es war der schrecklichste Anblick meines Lebens. Die Gefährten standen um uns herum, und das Wehklagen meiner Kinder und meiner Brüder werde ich nie vergessen – gleichgültig, ob es Wirklichkeit war oder nicht. Ich konnte nichts tun – wir waren Gorgons Gefangene und in seiner Gewalt.«

Kieron legte eine kleine Pause ein. Seine Stimme zitterte, und Selina spürte deutlich, welche Vorwürfe er sich machte. Dann hob der Gargyl erneut den Blick und setzte seine Erzählung fort.

»Einige Zeit blieben wir in Gorgons Verlies und machten uns schon auf das Schlimmste gefaßt. Eines Tages wurden die schweren Eisentüren unseres Gefängnisses aufgeschlossen, und zwei Wächter brachten uns zu Gorgon, der uns zu einem

Portal in einem seiner Keller führte. Er hatte wohl irgendwie herausgefunden, wie man zum Berg des Vergessens gelangt, denn als wir und einige seiner Anhänger auf sein Geheiß das Portal durchschritten, befanden wir uns plötzlich in der Burg des Vergessens, dem genauen Gegenstück zur Festung des Schreckens. Wir waren noch nie hier gewesen, denn der Virkan betritt stets allein die Höhle der Zeit und steigt allein auf den Berg des Vergessens – wir Gargylen können ihm nie folgen. Doch wir verstanden schon bald, warum er uns hierhergebracht und nicht getötet hatte. Es heißt ja, daß das Steinerne Schwert, wenn es nicht von einem Virkan geführt wird, in einer Höhle dieses Bergs verborgen liegt, bis der neue Virkan es findet und sich seiner in einer Prüfung als würdig erweist. Gorgon wollte das Steinerne Schwert nach John Albions Tod aufspüren und an sich bringen, bevor ein neuer Virkan heranwüchse. Deshalb ließ er Gänge in den Berg graben, um systematisch danach zu suchen. Geholfen haben ihm dabei die Wächter des Bergs, seltsam aussehende Menschen, die er auf seine Seite brachte – wahrscheinlich mit Gewalt. Von nun an mußten wir in seinen unterirdischen Gängen und Höhlen arbeiten und nach dem Schwert suchen. Das war eine entsetzliche Qual. Denn wir versteinern nur, wenn das Licht der Sonne auf uns fällt. Und das geschieht in Gorgons unterirdischen Höhlen ja nie. Es ist kein Ort für uns Gargylen, die wir diesen Schlaf – unsere Versteinerung – brauchen, um neue Kräfte zu sammeln. Doch Gorgon zeigte kein Erbarmen. Dies ist auch der Grund dafur, warum wir in den letzten Jahren – wie viele das auch sein mögen – wach geblieben sind und nicht zu Stein wurden. Wo keine Sonne scheint, können wir nicht versteinern.«

Selina hatte Kierons Erzählung aufmerksam gelauscht und ihn nicht unterbrochen. Endlich wurden ihr einige Dinge klar. Gorgon war auf der Suche nach dem Steinernen Schwert, aber offensichtlich wollten es die Gesetze dieser Welt anders: Das Schwert gehörte dem Virkan, und nur er konnte es nach bestandener Prüfung führen. Gorgons einzige Hoffnung bestand darin, es suchen zu lassen und den Berg zu durchwühlen – keine erfolgversprechende Methode.

Und die Gargylen, die mit Kieron zusammen gefangengenommen worden waren, suchten sicher immer noch nach der Höhle, irgendwo in den Tiefen dieses unheimlichen Berges, ohne je Ruhe zu finden. Selina wurde traurig und nachdenklich, als sie daran dachte. Dann versuchte sie, diese Gedanken zu vertreiben. Vielmehr beschäftigte sie jetzt die Frage, warum Kieron nicht mehr bei den anderen war. War er geflohen? Doch bevor Selina ansetzen konnte, antwortete ihr Kieron schon.

»Ja, ich bin schließlich geflohen. Vor einer Woche ist es mir gelungen, unbemerkt zu verschwinden. Gorgons Wächter, die seltsamen grünäugigen Menschen, sind nicht besonders aufmerksam. Und so haben sie meine Abwesenheit noch nicht einmal bemerkt.« Er richtete seinen Blick wieder auf das Feuer. Seine Miene verdüsterte sich.

»Warum hast du nicht versucht, auch die anderen zu befreien?« brach es aus Selina hervor. Erschrocken schlug sie die Hand vor den Mund, als sie sah, daß Kieron sie entrüstet ansah.

»Aus dem einfachen Grund, weil ich unbemerkt bleiben wollte und wir alle zusammen nie hätten fliehen können. Zwei meiner Gefährten haben die Wächter abgelenkt, so daß ich an ihnen vorbeihuschen konnte. Ich sollte Hilfe holen oder einen Ausweg für uns alle finden, doch es ist mir nicht gelungen, mich dem Portalspiegel zu nähern.«

Selina verstand nicht, was er meinte. Welcher Portalspiegel? Fragend hob sie den Kopf.

»Was ein Portalspiegel ist?« Kieron verdrehte leicht gereizt die Augen und erinnerte Selina in diesem Augenblick sehr an Sheila. »Meine Güte, bringen die dir denn gar nichts bei? Du bist durch einen Portalspiegel hierhergekommen. In ihm kannst du weit entfernte Orte sehen, und wenn du dann durch ihn hindurchtrittst, bist du genau an der Stelle, die er dir vorher gezeigt hat. Bei den Zauberweiden ist es ähnlich.«

Dann versank Kieron wieder in seine Gedanken und schien Selinas Anwesenheit vollkommen zu vergessen. Sie konnte es sich nicht verkneifen, in seinen Gedanken zu lesen. Das, was sie dort sah, machte sie traurig. Kieron dachte an die Gargylen, die mit ihm in Gefangenschaft geraten waren. Deutlich sah Selina sie. Sie ähnelten den Gargylen des Ostturms. Ihre Gesichter waren genauso freundlich und ihre Augen tiefblau. Selina sah weit über zwanzig von ihnen. An einige von ihnen erinnerte sie sich – sie kannte sie aus ihrem Traum. Dann tauchte vor ihrem geistigen Auge plötzlich ein weiblicher Gargyl auf. Sheila! War das nicht Sheila? Nein, die Gargylenfrau sah ihrer Sozia nur sehr ähnlich. Das gleiche Gesicht, die gleiche Statur. Schnell wurde ihr klar, daß es nicht ihre Freundin sein konnte. Sie war größer und trug das lange Haar anders als Sheila. Es war Sheilas Mutter!

Selina sah, wie die Gargylin einen schweren Stein schleppte und plötzlich im Rücken getroffen wurde – jemand schlug sie mit einer Peitsche. Die Frau schrie auf und krümmte sich vor Schmerzen. Auch Selina zuckte zusammen und konnte es nicht mehr mit ansehen.

Kieron betrachtete sie mit trauriger Miene. »Der Tod wäre besser gewesen als diese Quälerei ohne eine Aussicht auf Rettung. Denn wer hätte uns suchen sollen? Man hält uns für tot. Dafür hat Gorgon in weiser Voraussicht gesorgt.«

»Kilian nicht!« rief Selina. »Kilian wollte es nicht glauben und machte sich auf die Suche nach euch.«

»Ja, mein Bruder ist ein unverbesserlicher Optimist. Ich wußte, daß er sich nie damit abfände«, murmelte Kieron und konnte ein Lächeln nicht unterdrücken. »Aber er hat sicherlich allein gesucht«, setzte er hinzu.

Selina nickte betreten und erinnerte sich daran,

wie die anderen Gargylen des Ostturms, allen voran Kimbal, Kilian nach seiner Befreiung Vorwürfe gemacht hatten. Es war eine verzweifelte Hoffnung gewesen, mit der sich Kilian auf den Weg gemacht hatte, und keiner der anderen wäre dem gütigen Gargylen gefolgt.

Traurig dachte Selina wieder an die Gargylenfrau, die sie eben im Geist gesehen hatte. Mit zitternder Stimme fragte sie: »Wie heißt sie?«

So leise, daß Selina ihn kaum verstand, antwortete Kieron: »Talina.«

Eine ganze Weile saßen die beiden vor dem Feuer in der dunklen Höhle und dachten nach. Selina versuchte, einen Entschluß zu fassen. Sie mußte handeln und den Gargylen helfen. Sie konnte sie nicht einfach hier zurücklassen. Sie mußte eine Möglichkeit finden, um die Wasserspeier zu befreien und zurück zum Ostturm zu führen.

Entschlossen sprang sie auf und sah Kieron in die Augen. »Morgen nacht befreien wir sie, Kieron. Irgendwie wird es uns gelingen, durch den Portalspiegel zurückzugelangen!«

Die Burg des Vergessens lag in tiefe Dunkelheit gehüllt, als sich ihr zwei Gestalten näherten – die eine mit Flügeln, die andere wesentlich kleiner.

Selina und Kieron schlichen vorsichtig um die Burg herum, um einen Weg ins Innere zu finden. Es war stockdunkel, doch Selinas Augen hatten sich inzwischen an die Dunkelheit gewöhnt, so daß sie alles erkennen konnte.

Sie folgte Kieron, der sich an der Wand der Burg entlangschlich. Sie wußte inzwischen von ihm, daß Gorgon nachts eine kleinere Wachmannschaft abgestellt hatte, weil seine Gefangenen in einen unruhigen und wenig erholsamen Schlaf fielen, der die Versteinerung nicht ersetzen konnte. Diese Nachtwache bot die einzige Gelegenheit, die Gargylen zu befreien. Während sie an die Mauer gedrückt auf die Wachablösung warteten, schoß Selina immer wieder eine andere Frage durch den Kopf: Wo war das Steinerne Schwert? Und welche Prüfung hatte sie zu bestehen?

Selina fand auf diese Frage einfach keine Antwort. Wie lange war sie überhaupt schon hier? Und was mochte in der Zwischenzeit in ihrer Welt geschehen sein? Falls es eine »Zwischenzeit« überhaupt gab.

Selina wußte nicht, ob und wieviel Zeit vergangen war, spürte aber, daß sie so schnell wie möglich wieder zurück nach Hause mußte. Inzwischen konnte sie Gorgons Anwesenheit deutlicher denn je spüren. Er war in der Burg, da war sie sich sicher.

Kieron winkte Selina näher zu sich heran und zeigte auf einen kleinen Punkt auf der Erde. »Da – die Nebelspinne«, flüsterte er.

Jetzt erkannte Selina das Tier genauer: Es war eine merkwürdig leuchtende Spinne mit unendlich vielen Beinen, die an der Mauer entlanglief und dabei einen silbrig schimmernden Faden spann. Plötzlich verschwand das Tier in einer Mauerritze. Vorsichtig berührte Kieron den immer noch glänzenden Faden an der Wand, und auf einmal öffnete sich diese zu Selinas Erstaunen und gab einen schmalen Eingang frei. Dahinter war es vollkommen dunkel – eine abgründige Finsternis, vor der es Selina graute.

Ohne Zögern sprang Kieron in das dunkle Nichts hinab. Selina überlegte kurz, wie sie ihm folgen sollte, und entschied sich, im Notfall Telekinese anzuwenden, bevor sie in das finstere Loch sprang. Schon nach wenigen Metern landete sie jedoch auf einem steinernen Boden. Sobald sie die modrige Luft der Burg zum ersten Mal einatmete, hörte sie eine Stimme in ihrem Kopf, die sie nur zu gut kannte. Gorgons kaltes Flüstern versetzte ihr einen Schlag.

»Willkommen in der Burg des Vergessens, Selina Albion.«

Das Steinerne Schwert

Dicht hinter Kieron lief Selina den dunklen Gang entlang. Ihr war unheimlich zumute, denn um sie herum herrschte vollkommene Dunkelheit, und es war ihr ein Rätsel, wie ihr Führer sich in der Burg zurechtfand. Aber das, was sie am meisten beunruhigte, war dic sonderbare Stimme, die sie gehört hatte.

Wußte Gorgon, daß sie hier war? Spürte er ihre Anwesenheit genauso wie sie seine Gegenwart? Wahrscheinlich beherrschte er die Kunst der Telekinese mindestens so gut wie sie. Sie mußte sehr vorsichtig sein, durfte aber nicht den Mut verlieren, denn sie wollte die versklavten Gargylen befreien.

In der Burg war es kalt und feucht, und ab und zu spürte Selina einen kalten Luftzug, der sie erschauern ließ. Die tiefe Stille hatte etwas Unheimliches, und sie bemühte sich, möglichst wenig Geräusche zu machen und leise aufzutreten.

Der Weg durch den dunklen Gang schien ihr unendlich lang zu sein, und ihr kamen Zweifel, ob sie jemals herausfände. Doch da sah sie in der Ferne endlich ein Licht. Hatten sie es geschafft?

Das Ende des Gangs war zu erkennen, und Selinas Schritte beschleunigten sich ungewollt. Auch Kieron ging jetzt schneller. Kurz vor dem Ende des Gangs blieb er stehen und gab ihr ein Zeichen, sich ruhig zu verhalten. Selina sah sich beunruhigt um. Was hatte das zu bedeuten? Dann bemerkte sie die drei Wächter, die ihr nur zu bekannt vorkamen. In dem kleinen Raum, in den der dunkle Gang mündete, standen drei der unheimlichen Menschen mit den strahlendgrünen Augen in einem Halbkreis zusammen und unterhielten sich mit gedämpfter Stimme. Selina hielt erschrocken den Atem an, doch die drei hatten die Eindringlinge nicht bemerkt. Selina sah wieder ihre merkwürdig fahle Haut und schauderte.

Kieron zog Selina an die dunkle Wand, um nicht gesehen zu werden, denn die Wächter waren mit Speeren und Dolchen bewaffnet. Trotz der gedämpften Stimmen merkte Selina, daß sie erregt waren und heftig diskutierten. Selinas Herzschlag wurde schneller, und Furcht stieg in ihr auf. Sie konzentrierte sich, um die Gedanken der seltsamen Menschen lesen zu können. Sie erfuhr, daß es offensichtlich eine von Gorgons Anordnungen war, die die drei Wesen so beschäftigte. Sie wirkten gereizt und wütend, aber mehr war aus ihren Gedanken nicht herauszulesen.

Kieron drehte sich zu Selina um. »Siehst du die Treppe dort hinten? Sie führt hinunter in die Höhlen und Gänge, die Gorgon auf der Suche nach dem Steinernen Schwert anlegen ließ. Dort unten leben meine Gefährten. Die drei Wächter sind kein Hindernis für mich. Ich kümmere mich um sie, aber bleib du hier in Sicherheit, das ist besser so.«

Selina wollte protestieren, hielt sich jedoch zurück, als sie Kierons entschlossenen Blick sah. Vorsichtig schlich sich dieser an die Wächter heran und machte sie mit ein paar lautlosen Bewegungen kampfunfähig. Dann winkte er Selina, ihm zu folgen.

Selina sah erstaunt auf die drei Wächter des Berges hinunter, die bewußtlos am Boden lagen. Sie wirkten nicht sonderlich stark und kräftig. Warum setzte Gorgon solche schwachen Wachen ein? War das eine Falle?

In diesem Moment hörte sie ein schallendes Gelächter, das sie nur zu genau kannte: Gorgon. Doch diesmal war das Lachen nicht in ihrem Kopf, sondern Wirklichkeit. Er hatte sie gefunden. Nein, er hatte gewußt, daß sie käme. Selina hätte sich ohrfeigen können. Sie war in Gorgons Falle getappt, ihm geradewegs in die Arme gelaufen!

Fast gleichzeitig wandten Kieron und Selina den Kopf in die Richtung, aus der das Lachen gekommen war. Dann packte Kieron Selinas Hand und zog sie in einen schmalen Gang, der rechts von dem kleinen Raum abzweigte, in dem die Wächter gestanden hatten. Sie rannten, so schnell sie konnten. Der Gang wurde enger und enger, und Selina spürte, daß Kieron zögerte. Aber hinter sich hörten sie bereits schwere Schritte und erneut das entsetzliche Lachen. Kieron lief wieder schneller und zog Selina hinter sich her, als er plötzlich wie angewurzelt stehenblieb: Selina sah, daß der schmale Gang in eine runde Öffnung mündete, an dem eine morsche Holzleiter befestigt war. Als Selina sich darüberbeugte, sah sie in einen bodenlosen Abgrund.

»Wohin führt diese Leiter? Was tun wir jetzt?« rief sie verzweifelt.

»Ich weiß es nicht, Selina. Aber wir haben keine andere Wahl«, keuchte Kieron. »Beeil dich, ich höre sie schon hinter uns!« schrie er.

In Windeseile kletterte Selina die Leiter hinunter, die beängstigend unter ihrem Gewicht ächzte. Sie schaute zu Kieron hinauf, der am Rand des Abgrunds stehengeblieben war.

»Was ist – wieso kommst du nicht?« rief sie außer Atem.

»Ich habe Angst, daß die Leiter uns beide nicht trägt. Wenn du unten bist, gib mir ein Zeichen. Beeil dich, ich höre sie kommen!«

Erschrocken kletterte Selina weiter. Sie saßen wirklich in der Falle, und jetzt war Kieron auch noch weit weg. Sie wurde bei jeder Leitersprosse unsicherer. Das Holz knackte, als sei es am Zerbrechen. Und dann geschah es auch: Die Leiter zersplitterte, das Holz gab nach, und Selina stürzte mit einem Schrei in die bodenlose Tiefe. Verzweifelt streckte sie die Arme aus, um sich an irgend etwas festzuhalten. Gleichzeitig versuchte sie, den Fall zu verzögern. Und wirklich – plötzlich war da etwas, ihre Hände spürten etwas in der Dunkelheit. Sie griff danach, und ihr Fall wurde fast augenblicklich aufgehalten. Selinas Herz schlug wild, und ihr Atem ging rasend schnell. Als sie nach unten blickte, bemerkte sie, daß sie sich wirklich in letzter Minute aufgefangen hatte: Sie hing drei Meter über dem Boden. Am ganzen Leib zitternd, spürte sie, wie alle Farbe aus ihrem Gesicht wich. Sie atmete tief durch und glitt langsam zu Boden.

Es dauerte eine Weile, bis sie wieder in der Lage war, sich aufzurichten. Aus dem Schacht über ihr drang kein Lebenszeichen Kierons. Noch halb benommen musterte sie ihre Umgebung: eine riesige Höhle. An den Wänden steckten in großen Abständen Fackeln, die ab und zu aufflackerten, obwohl Selina keinen Luftzug verspürte. Nur eine Wand war vollkommen kahl. Im Dämmerlicht der Fackeln erkannte Selina, daß diese Wand anders aussah, und sie näherte sich vorsichtig. Es war ein riesiges Tor! Ein Eisentor, das bedrohlich schimmerte.

Selina ging weiter darauf zu und blieb kurz davor wie angewurzelt stehen. Was sie da sah, verschlug ihr den Atem: In dem Eisen waren Vertiefungen oder Einkerbungen in Form von Händen zu sehen. Jede Hand hatte eine andere Größe, und darunter waren Namen eingraviert.

Selina las den Namen unter der ersten Hand, die sehr groß war. »Arthur Albion« stand dort in verschnörkelten Buchstaben. Selina sah sich einen Namen nach dem anderen an: Es waren die verschiedensten Vornamen, doch der Nachname war immer Albion. Langsam schritt sie das Eisentor ab und blieb schließlich vor einem der letzten Namen stehen: John Albion – ihr Vater!

Jetzt war nur noch eine Hand übrig, und Selina zuckte zusammen, als sie den Namen darunter las: Selina Albion.

Selina war erstaunt und glücklich zugleich. Sie war wirklich die Tochter von John Albion und seine Nachfolgerin. Man erwartete sie hier, hatte schon immer gewußt, daß sie eines Tages kommen würde. Selina sah sich die Hand mit ihrem Namen näher an. Sie besaß genau die Größe ihrer rechten Hand. Sollte sie sie dort hineinlegen? Was würde geschehen? Würde sich das Tor öffnen?

Entschlossen legte sie die rechte Hand auf das kalte Eisen. Im selben Moment leuchtete die Vertiefung so hell auf, daß sie den Blick abwenden mußte. Sie kniff die Augen zusammen und spürte, wie ihre Hand immer heißer wurde. Sie zog sie rasch zurück, und das geheimnisvolle Leuchten verschwand augenblicklich.

Nichts passierte. Gerade als Selina überlegte, ob sie die Hand noch einmal an das Tor legen sollte, öffnete sich dieses ganz langsam. Ein wunderschönes warmes Licht strahlte aus dem dahinterliegenden Raum. Wie gebannt starrte sie hinein.

»Die Magier der Zeit«, flüsterte Selina und schaute die Gruppe der weißen Gestalten erstaunt an. Was taten die seltsamen Wesen hier? Sie war ihnen doch in der Höhle der Zeit begegnet. Hatte man sie auf die weite Reise geschickt, damit sie sie hier erneut traf? Was sollte das? Aber Selina kam nicht dazu, alle die Fragen zu stellen, die sie beschäftigten. Denn der Anführer der Magier der Zeit, der in der Mitte des Halbkreises stand, hielt etwas in den Händen, wonach Gorgon seit Jahrhunderten suchte: das Steinerne Schwert.

Das wunderschön gearbeitete Schwert, das in einer über und über mit Gravuren bedeckten goldenen Scheide steckte, funkelte vor Selinas Augen. Der Griff bestand aus ebenfalls reich verziertem Silber, in das auf einer Seite eine Vertiefung eingearbeitet war.

Als der Magier der Zeit das Schwert aus der Scheide zog, sah sie, daß die Klinge aus Stein war. Er lächelte sie gütig an und sagte: »Selina Albion, du hast die letzte Prüfung bestanden und dich des Steinernen Schwertes deiner Vorfahren als würdig erwiesen. Nun nimm es und zieh damit in die Schlacht.«

Selina zitterte vor Aufregung: das Steinerne Schwert, die Waffe ihres Vaters und Großvaters, nach der Gorgon vergebens gesucht hatte! Vorsichtig nahm sie das Schwert entgegen. Im selben Augenblick fuhr ein silberner Schimmer über das graue Gestein der Klinge und verwandelte es in silbrig schimmerndes Eisen. Selina war überglücklich. Sie hatte es geschafft – jetzt konnte sie Gorgon gegenübertreten!

Als sie den Blick hob, begegnete sie dem des Anführers, der sie beinahe väterlich anlächelte und sagte: »Und nun geh, Selina Albion. Rette deine Gefährten!«

Selina nickte mit Tränen in den Augen. Dann drehte sie sich um und sah, daß sich hinter ihr ein magisches Portal gebildet hatte. Sie mußte nicht fragen, wohin es führte.

Sie trat auf den Spiegel zu, doch gerade als sie den ersten Schritt hindurch wagen wollte, hörte sie hinter sich noch einmal die gütige Stimme: »Selina, einen Rat möchte ich dir auf den Weg mitgeben: Laß den Splitter mit der Kraft deines Herzens leuchten!«

Selina drehte sich überrascht um. Sie verstand nicht, was der Magier der Zeit damit meinte, doch sie wußte, daß es sinnlos war, ihn zu fragen. Er würde ihr nicht antworten. Und so lächelte Selina dem Anführer der weißen Gestalten ein letztes Mal zu und trat dann entschlossen durch den Portalspiegel.

Auf der anderen Seite angekommen, umgab sie vollkommene Finsternis. Als sich ihre Augen ein wenig an die Dunkelheit gewöhnt hatten, sah sie, daß sie wieder in dem schmalen Gang stand, der zum Abgrund mit der morschen Holzleiter geführt hatte. Wo war Kieron? Sicher hatte ihn Gorgon längst gefunden und lauerte jetzt ihr auf. Kannte er das Eisenportal? Hatte er versucht, es zu öffnen? Vorsichtig tastete sie sich den engen Gang entlang, als plötzlich eine Hand nach ihr griff. Sie wollte aufschreien, doch jemand hielt ihr mit aller Kraft den Mund zu.

»Selina, ich bin's, Kieron, nicht schreien!« hörte sie die Stimme des Gargylen flüstern und atmete erleichtert auf. Der große Wasserspeier zog sie in eine Nische, in der genug Platz für zwei war.

»Was ist passiert, Kieron? Haben sie dich nicht entdeckt?«

»Nein, ich habe in letzter Sekunde die Nische gefunden und mich versteckt, als Gorgon zum Loch stürzte und dir hinterherkletterte. Aber kurze Zeit später kam er voller Wut und unverrichteter Dinge wieder zurück. Offensichtlich hat man meine Abwesenheit noch immer nicht bemerkt und deshalb nicht weiter nach mir gesucht.«

»Was sollen wir jetzt tun? Nach mir wird er sicher weiterhin suchen. Er weiß doch, daß ich hier bin, um das Schwert in Empfang zu nehmen.«

»Selina, es hat keinen Sinn. Das Schwert in diesen Gängen zu suchen ist sinnlos. Du kannst es nicht schaffen. Rette dich, versuch aus der Burg zu entkommen, bevor Gorgon dich faßt. Bitte, es ist unsere einzige Hoffnung. Gib das Schwert auf!«

Selina blickte in Kierons große blaue Augen. Sie sah seine Güte darin, seine Fürsorglichkeit und doch auch diesen Blick, der wenig mehr in ihr sah als das kleine Mädchen, das sie für alle zu sein schien.

Wortlos hob Selina das Schwert in Kierons Blickfeld, dessen Augen sich plötzlich weiteten. Er wich einen kleinen Schritt zurück und starrte immer wieder von Selina zu dem Schwert, das sie in ihren Händen hielt. Er schien es kaum fassen zu können.

»Du hast das Schwert! Ich bin stolz auf dich, Selina! Aber jetzt mußt du versuchen, aus der Burg zu entkommen, bevor Gorgon dich entdeckt – je schneller, um so besser. Und dann zieh in die Schlacht und trag den Sieg davon. Danach sehen wir uns sicher wieder. Alles andere wäre zu gefährlich.«

Kieron schaute sie eindringlich an, aber Selina schüttelte entschlossen den Kopf. »Nein, Kieron! Ohne euch verlasse ich die Burg des Vergessens nicht. Laß uns einen Weg hinab in die Verliese suchen und die anderen befreien. Ich trage jetzt das Steinerne Schwert. Gorgon kann mir nichts mehr anhaben!«

Kieron sah sie bewegt an. »Du hast den Mut deines Vaters und die Güte…« Er räusperte sich kurz und fuhr dann fort: »Gut, dann laß uns aufbrechen. Auf der anderen Seite des Raums, in dem wir die drei Wächter getroffen haben, ist eine Tür. Dahinter beginnt ein Gang, der hinabführt. Ich gehe jetzt voran, bleib du einige Schritte hinter mir!«

Leise und behende lief der große Wasserspeier den Gang entlang. Selina folgte ihm in kurzem Abstand und ließ ihn nicht aus den Augen. Plötzlich hörte sie fürchterlichen Lärm und Geschrei und sah fünf der Wächter, die sich auf Kieron stürzten und ihn überwältigten. Erschrocken wich Selina in die Dunkelheit des Gangs zurück. Die Wächter fesselten den Gargylen und schleppten ihn weg, schauten sich aber nicht nach ihr um – sie schienen nicht zu wissen, daß sie Kieron begleitete. Vorsichtig schlich sie auf Zehenspitzen hinter den Wachen her. Sie schleppten Kieron durch einen hell erleuchteten Gang in eine große Halle. Selina blieb im Schatten des Gangs verborgen und hätte vor Entsetzen beinahe aufgeschrien, als sie sah, was Kieron dort erwartete: Gorgon, der seinen Morgenstern schwang. Hinter ihm standen die totgeglaubten Gargylen des Ostturms in Ketten. Und an der Seite entdeckte Selina auch den Portalspiegel, durch den sie zurück in ihre Welt gelangen konnte.

Lachend schritt Gorgon auf und ab und warf Kieron triumphierende Blicke zu, der von den Wachen vor den schwarzen Gargylen gezerrt wurde.

»Hast wohl geglaubt, dich einfach aus dem Staub machen zu können! Wie wolltest du denn allein durch den Portalspiegel treten? Dazu brauchst du schon einen Virkan – oder mich!« Er schlug sich lachend auf die Schenkel. »Aber das ist dir wohl nicht gelungen, wie? So nahe dran, und doch so weit weg! Dort ist der Spiegel, aber der nützt dir nichts. Und jetzt heraus mit der Sprache, Kieron! Wo ist sie, deine kleine Freundin? Wenn du nichts sagst, muß deine Familie leiden.«

Kierons Gesicht wurde bei diesen Worten leichenblaß, aber er wich Gorgons Blick nicht aus, sondern schaute ihn weiter fest an. Keiner der Gargylen sagte ein Wort. Gorgons Miene verfinsterte sich. Er ballte die Fäuste und zog einen kleineren weiblichen Gargylen zu sich heran.

»Ihr seid alle sehr tapfer, meine Freunde, aber manchmal lohnt sich Tapferkeit nicht!« dröhnte Gorgons schreckliche Stimme durch den Raum. Gleichzeitig hob er seinen blutroten Morgenstern, und die Gargylen schrien entsetzt auf.

Schon sauste der Morgenstern auf das Gargylenmädchen nieder. Doch kurz bevor er den zitternden Körper traf, wurde er von einem Schwert aufgehalten. Die Klinge des Steinernen Schwerts blitzte silbern im Licht der Fackeln. Selina war aus ihrem Versteck gestürzt und hatte den tödlichen Hieb mit ihrem Schwert abgefangen. Gorgon brüllte vor Wut, als er Selina mit dem Steinernen Schwert in der Hand sah. Er taumelte einige Schritte zurück und starrte wie gebannt auf seine Erzfeindin, die ihm entschlossener denn je in die schwarzen Augen blickte. Sie hatte die Macht des Steinernen Schwerts gespürt – mit dieser Waffe war sie Gorgons Morgenstern gewachsen!

Entschlossen holte sie ein weiteres Mal aus und ließ ihr Schwert auf Gorgon niedersausen, der vor Überraschung einen Moment zögerte und dann erst parierte. Atemlos verfolgten die Wachen und die Gargylen das Gefecht, das immer heftiger wurde. Gorgon war deutlich anzusehen, daß ihn die Macht des Schwerts verunsicherte. Als Selina eine Attacke seines riesigen Morgensterns abfing und blitzschnell erneut ihr Schwert hob, konnte Gorgon den Hieb nur mit Mühe aufhalten, bevor er zu Boden ging.

Selina setzte ihm das Schwert an den Hals. Zum ersten Mal lächelte sie siegessicher. »Und nun, Gorgon, laß uns gehen!«

Die Augen des schwarzen Gargylen verengten sich zu Schlitzen, und er starrte seine Gegnerin haßerfüllt an. Nach einer Weile sagte er heiser: »Ich weiß, wann ich besiegt bin!«

Dann wandte er sich an seine Wachen: »Laßt das Pack frei! Öffnet den Portalspiegel!«

Die Wächter befreiten die Gefangenen widerwillig von ihren Ketten. Im selben Augenblick erschien auf dem Portalspiegel das Bild der Höhle der Zeit.

Selina drückte weiterhin ihre Schwertspitze an Gorgon Hals, während sie zusah, wie die Gargylen einer nach dem anderen durch den Spiegel traten. Dann sprang sie blitzschnell auf den Spiegel zu. Aber bevor sie durch das Portal trat, drehte sie sich noch einmal zu Gorgon um. »In drei Tagen sehen wir uns wieder, Gorgon!«

»In drei Tagen, Selina Albion!« hörte sie die heisere Stimme ihres Erzfeinds, bevor sie in die Welt trat, in der die Zeit verging.

Selina landete unsanft auf dem kalten Steinboden der Höhle der Zeit. Alles in ihrem Kopf drehte sich, und sie meinte, aus der Ferne Stimmen zu vernehmen, konnte aber nicht verstehen, was sie sagten.

Als sie die Augen öffnete, sah sie die geretteten Gargylen, die um sie herumstanden. Kieron hatte den Arm um Talina gelegt und lächelte sie glücklich an.

»Ich kann es immer noch nicht glauben …«

»Sie ist hier, das grenzt an ein Wunder …«

»Wir sind frei und endlich wieder in unserer Welt … frei … frei … frei …«

Die Gargylen waren aufgeregt und glücklich darüber, daß sich ihr Schicksal so plötzlich und unerwartet zum Guten gewendet hatte. Selina stand auf. Sie konnte sich vorstellen, daß keiner der Totgeglaubten nach der endlosen Zeitspanne, die sie in Gorgons Höhlen und unterirdischen Gängen geschuftet hatten, noch an eine Rettung geglaubt hatte. Sie selbst war damals bei der letzten Schlacht um den Stein von Numenor noch ein Säugling gewesen – natürlich hatten die gefangenen Wasserspeier nicht mit ihrer Hilfe rechnen können.

Selina lächelte, und das Tuscheln verstummte. Sie drehte sich zu Kieron um, der ihr fröhlich zurief: »Willkommen in der richtigen Welt!«

»Das sollte ich wohl eher zu euch sagen!« antwortete sie lachend und wandte sich den anderen Gargylen zu, die sie immer noch glücklich, dankbar und erstaunt ansahen. Selina konnte ihre Freude, endlich wieder zu ihren Familien zurückzukehren, deutlich spüren. Auch Selina wollte so schnell wie möglich zurück ins Internat. Erst jetzt merkte sie, wie sehr ihr die Gargylen des Ostturms gefehlt hatten und wie sehr sie ihr ans Herz gewachsen waren.

Selina schaute sich um: Der Gang vor ihnen mußte aus der Höhle der Zeit hinausführen. »Folgt mir, dort ist der Ausgang. Die anderen warten davor auf uns … auf mich!« rief sie.

Als sich die kleine Gruppe dem Eingang der Höhle näherte, sahen Selina und die Gargylen deutlich die kleine Lichtung, auf der die Gargylen des Ostturms unruhig auf und ab gingen.

»Nanu, wo ist denn die Wand? Der Eingang war doch verschlossen«, sagte Selina verwirrt.

»Wir sind bereits in der Burg des Vergessens durch den Portalspiegel getreten, deshalb hat sich der Eingang der Höhle der Zeit für uns geöffnet. Uns steht nichts mehr im Weg, Selina«, erwiderte Talina mit gütiger Stimme.

»Dann gehe ich vor und überrasche die anderen. Wartet hier auf mich!« rief Selina und verließ glücklich lächelnd die Höhle.

Draußen gingen Sheila und Baldur mit besorgten Mienen auf und ab. Als sie Selina erblickten, blieben sie wie angewurzelt stehen. Auch die anderen Gargylen hoben überrascht den Kopf und sahen Selina wie eine Geistererscheinung an. Doch dann verwandelte sich das Staunen in Freude, und alle liefen auf Selina zu und umarmten sie.

»Wo warst du so lange? Wir warten hier seit fünf Stunden auf dich. Was ist geschehen?« rief Sheila.

Selinas Lächeln wurde noch glücklicher, und sie spürte, wie die Spannung unter ihren Freunden wuchs.

»Oh, nichts Besonderes, ich habe nur meine

Waffensammlung ein wenig erweitert!« sagte sie leichthin und zog das Steinerne Schwert, das sie in einem ledernen Gurt um die Hüfte trug, aus der Scheide und zeigte es ihren Freunden.

Alle hielten den Atem an und starrten sie ungläubig und voller Begeisterung an. Selina konnte ihre Gedanken lesen: Sie wußte, was es für ihre Freunde bedeutete, daß sie die letzte Prüfung bestanden hatte.

Auf einmal sah sie in Kilians Augen Tränen glitzern. Selina konnte ihn nur zu gut verstehen. Auch sie hatte vor Freude geweint, als sie das Schwert von den Magiern der Zeit erhalten hatte. Welch ein Glücksgefühl, das geschafft zu haben – sie hatte die Gargylen nicht enttäuscht. Aber vor allem hatte sie ihre Vorfahren und ihren Vater nicht enttäuscht. Zum ersten Mal in ihrem Leben hatte Selina das Gefühl, etwas wirklich vollkommen richtig gemacht und nicht versagt zu haben. Zum ersten Mal, seit sie die Gargylen kannte, fühlte sich Selina wirklich als Anführerin.

»Aber das ist noch nicht alles«, sagte sie und sah, daß die Gargylen sie erwartungsvoll anschauten. Sie wurde ein wenig unsicher, weil sie nicht abschätzen konnte, wie ihre Freunde auf die totgeglaubten Verwandten und Gefährten reagieren würden. Dann nahm sie ihren ganzen Mut zusammen und rief laut: »Ihr könnt jetzt herauskommen!«

Selina nahm deutlich wahr, wie unsicher ihre Stimme geworden war, doch als sie die verwunderten Gesichter ihrer Freunde sah, schwand ihre eigene Aufregung. Bescheiden teilte sie mit: »Ich habe euch nämlich ein paar Bekannte mitgebracht.«

Selina zeigte auf den Eingang der Höhle, aus der langsam die vergessenen Gargylen traten. Fassungslos starrten Kilian, Kimbal und ihre Gefährten die Totgeglaubten an.

»Das kann doch nicht wahr sein!« flüsterte Iduna.

Über Sheilas Gesicht liefen Tränen, und sie murmelte fassungslos: »Sind sie es wirklich? Ist das keine Täuschung?«

Dann war der Bann gebrochen, und Talina und Kieron schlossen ihre Kinder in die Arme, während auch Iduna, Glanos und die anderen auf ihre Freunde zuliefen und es den anderen gleichtaten. Kimbal und Kilian standen bewegt neben Kieron und Talina, die sich gar nicht mehr von Sheila und Baldur lösen konnten. Selina war glücklich wie nie zuvor. Sie wurde Zeuge, wie sich eine Familie wiederfand – etwas, was sie sich selbst immer sehnlichst gewünscht hatte.

Aber während sie Sheila anschaute, wie sie ihre Mutter immer wieder umarmte, mischte sich plötzlich ein wenig Bitterkeit in ihre Freude. Sie hatte sich auch immer gewünscht, eine Familie zu haben. Für Sheila und Baldur war der Traum Wirklichkeit geworden, den Selina ihr ganzes Leben lang geträumt hatte. Ihr Vater hingegen war und blieb tot. Und über ihre Mutter wußte sie immer noch nichts.

Langsam ging sie ihrem Geflügelten Hengst entgegen, der auf einer kleinen Wiese in der Nähe des Eingangs zur Höhle der Zeit auf sie gewartet hatte. Die Gargylen hatten sich bereits in die Lüfte geschwungen und flogen auf das alte Schloß zu. Selina folgte ihnen auf ihrem Rappen und sah über die magische Ebene hinweg, die im Licht des Mondes einen phantastischen Anblick bot.

Aber auf einmal spürte sie, wie sich tief in ihrem Innern etwas veränderte. Sie fühlte, wie die mystische Verbindung zu Sheila abriß. Alles, was sie vorher verbunden hatte, schien auf einmal verschwunden zu sein. Sheilas Energien und Gedanken waren jetzt auf ganz andere Dinge gerichtet.

Plötzlich fühlte sich Selina Albion wieder allein.

Selina fand in dieser Nacht keinen Schlaf. Sie mußte immerzu an das freudige Wiedersehen der Gargylen denken und haderte mit ihrem eigenen Schicksal.

Sheila und Baldur hatten es verdient, ihre Eltern wiederzufinden. Sie gönnte ihnen das von Herzen und schämte sich ihrer Bitterkeit. Gemeinsam saßen nun die Gargylen oben im Ostturm und versuchten, mit den »Vergessenen« die verlorene Zeit aufzuholen. Selina hatte sich einfach überflüssig gefühlt.

Unruhig wälzte sie sich im Bett hin und her und konnte nicht einschlafen, obwohl sie unglaublich müde war. Ihr wirbelten zu viele Gedanken durch den Kopf, die sie nicht verjagen konnte, sosehr sie es auch versuchte.

Und erneut beschlich sie auch die Sorge um den bevorstehenden Kampf. Während sie auf dem Berg des Vergessens gewesen war, hatte sie die Gedanken an die Schlacht um den Stein von Numenor vollkommen verdrängt. Sie hatte gewußt, daß derweil in ihrer Welt kaum Zeit verginge. Aber jetzt lief die Zeit erbarmungslos weiter, und das Datum der Schlacht rückte unerbittlich näher. Sie mußte unaufhörlich daran denken, und die Angst vor einer Niederlage quälte sie.

Was würde eigentlich geschehen, falls sie versagte? Wenn Gorgon den Stein in seinen Besitz brachte? Selina mochte nicht daran denken. Darüber hatten ihr die Gargylen nie etwas erzählt – wahrscheinlich um sie nicht unnötig zu ängstigen und zu beunruhigen. Und selbst wenn es ihr erging wie ihrem Vater: Sie hatte keinen Erben, sie war der letzte Virkan. Es war ein grausamer Gedanke, und er wollte sie nicht loslassen.

Ein Geräusch riß sie schließlich aus ihren traurigen Grübeleien. Aus dem Geheimgang hinter ihrem Bücherregal hörte sie Schritte. Sie erschrak, als eine dunkle Gestalt das Zimmer betrat, doch dann erkannte sie Iduna und beruhigte sich wieder.

Die große blonde Gargylenfrau setzte sich zu ihr aufs Bett und schaute sie an. In der Hand hielt sie ein Stück altes Pergament. Selina blickte Iduna erstaunt an, und diese reichte ihr lächelnd das

Fragment. Offensichtlich war es von einem anderen Stück abgerissen worden. Es mußte sehr alt sein, denn es fühlte sich brüchig an und war vergilbt.

Selina betrachtete es von allen Seiten, ehe sie den Kopf hob. »Was ist das?« fragte sie verwundert.

»Das ist der zweite Teil der Prophezeiung. Der Teil, den du kennst, ist nur der erste. Das sind die letzten Worte des ersten Virkans. Lies sie! Ich denke, du solltest sie kennen. Das bringt dich auf andere Gedanken.«

Ohne eine Antwort abzuwarten, stand sie lächelnd auf und verschwand wieder im Geheimgang.

Selina verstand nun überhaupt nichts mehr. Warum kam Iduna mitten in der Nacht zu ihr und gab ihr den letzten Teil der Prophezeiung? Hatte die kluge Gargylenfrau ihre Traurigkeit gespürt?

Selina dachte nicht weiter darüber nach, weil sie neugierig geworden war. Rasch schaltete sie die kleine Nachttischlampe an und setzte sich aufs Bett, um das Pergament zu lesen. Dort stand in einer etwas altmodischen, aber lesbaren Schrift:

Und gelänge es Gorgon, nach dem heiligen Stein zu greifen, so ist die Welt noch nicht verloren. Der Virkan lasse sodann den Splitter des heiligen Steines leuchten, denn er ist auserwählt. Doch nur wenn sein Herz weise, gütig und würdig ist, wird der Splitter heller leuchten als der Stein von Numenor.

Selina las den Text mehrmals, ohne ihn ganz zu verstehen. Hatten ihr die Magier der Zeit nicht auch den geheimnisvollen Rat gegeben, den Splitter leuchten zu lassen? Was hatte das zu bedeuten? Wo war der Splitter? Selina wußte es nicht.

Nachdenklich schlief sie endlich ein, während draußen bereits der Morgen graute. Irgendwo in ihrem Herzen spürte sie, daß der Splitter des Steins von Numenor gar nicht so weit entfernt war …

Das Licht der Freundschaft

Selina wachte nach den Abenteuern der letzten Tage und der unruhigen Nacht erst am frühen Nachmittag auf und merkte sofort, daß ihr Magen gar nicht damit einverstanden war, Frühstück und Mittagessen versäumt zu haben.

Sie fühlte sich zwar ausgeruht, aber die Sorgen der vergangenen Nacht waren sofort wieder da. Vor allem um Sheila drehten sich ihre Gedanken. Erst jetzt merkte sie, wie eng ihre Verbindung zu dem Gargylenmädchen war. Sheila war wirklich ihre beste Freundin geworden. Sie erinnerte sich daran, daß sie bereits beim ersten Zusammentreffen keine Angst vor der bizarren Kreatur gehabt und sofort Vertrauen zu ihr gefaßt hatte – als ob es zwischen ihnen schon immer ein unsichtbares Band gegeben hätte. Dann hatte Sheila ihr erklärt, daß sie Selinas Sozia sei und daß sie daher untrennbar miteinander verbunden waren. Und so unterschiedlich die beiden Freundinnen auch waren, ähnelte sich doch ihr Schicksal. Auch Sheila hatte ihre Eltern verloren. Vielleicht hatte sie das an Selina gebunden. Damals, bevor Kieron und Talina zurückgekehrt waren …

Denn jetzt spürte Selina nichts mehr. Kein unsichtbares Band, sondern nur eine große Leere, die sie verunsicherte. Selina war allein mit ihren Ängsten und Sorgen um den bevorstehenden Kampf. Vorher war sie sicher gewesen, Gorgon zu besiegen, aber ohne Sheila war ihr Selbstvertrauen wie weggeblasen.

Als Selina sich im Bad das Gesicht wusch, erstarrte sie auf einmal. Aus dem Spiegel blickten ihr graue Augen entgegen, die Augenfarbe, die sie gehabt hatte, bevor sie auf dem Berg des Vergessens ihr Herz erkannt hatte. Die wunderschöne blaue Farbe war verschwunden.

Und sie verstand auch, weshalb sich ihre Augen erneut verändert hatten: Sie hatte den Glauben an sich selbst verloren. Sie glaubte nicht mehr daran, daß sie wirklich der auserwählte Virkan war. Ohne Sheila fühlte sie sich hilflos.

Angela Faster klopfte vorsichtig an die schwere Eichentür und öffnete sie, als sie die Stimme der Direktorin hörte, die »herein« rief.

»Setzen Sie sich doch, Frau Dr. Faster. Danke, daß Sie gekommen sind. Nun, finden Sie, daß sich Selina verändert hat?« fragte die Direktorin unvermittelt mit freundlicher Stimme.

»Nun ja…«, zögerte die junge Lehrerin und strich sich eine kastanienbraune Locke aus dem Gesicht.

»Sie ist oft abwesend. So kenne ich sie nicht. Im letzten Sommer schien sie lebhafter… irgendwie wacher. Aber natürlich…«, seufzte sie. »Wir wissen ja nicht, was ihr passiert ist. Wir können nur Vermutungen anstellen…«

»Ja, meine Liebe, das stimmt«, antwortete die Direktorin. »Ich habe von meinem Vater und meinem Großvater einiges gehört, die beide ebenfalls in diesem Internat das Amt des Direktors innehatten. Eine lange Tradition… Aber gut, wir müssen einfach abwarten und hoffen, daß die Kleine ihren Weg geht. Danke, Frau Dr. Faster!«

Die Direktorin stand auf und schaute der jungen Lehrerin nach, die zögernd das Zimmer verließ. Dann drehte sie sich um und trat ans Fenster. Ihr Blick fiel auf die steinernen Wasserspeier auf dem Ostturm. »Bald ist es wieder soweit«, flüsterte sie. »Wann wird dieser endlose Reigen aus Kampf und Tod endlich aufhören? Wir sind müde, sehr müde.«

Dann trat sie an ihren Schreibtisch und schloß mit einem goldenen Schlüssel die oberste Schublade auf, in der drei mit dunklem Samt überzogene kleine Bücher lagen. Das Papier war schon vergilbt und die schwarze Tinte an einigen Stellen kaum mehr zu lesen. Auf der ersten Seite stand in altmodischen, verschnörkelten Buchstaben:

Die Tagebücher des Grafen Hieronymus von Talen, seinen Nachfahren gewidmet. Möge es Euch, die Ihr Hüter meines Erbes seid, besser ergehen als mir, der ich das Böse nur aufhalten, aber nicht besiegen konnte.

Den restlichen Tag blieb Selina allein in der Bibliothek und in ihrem Zimmer, bevor sie pünktlich zum Abendessen ging.

Selinas Herz begann jedes Mal zu rasen, wenn die große Schloßuhr in der Haupthalle die volle Stunde schlug, und jeder Blick auf den Kalender ließ sie zusammenzucken. Sie hatte Angst.

Als die Sonne endlich unterging, machte sie sich auf den Weg zum Ostturm. Sie trat zu den Gargylen ins Zimmer, und Kieron und Kilian kamen freudig auf sie zu.

»Selina, endlich bist du da! Wir können es noch immer nicht fassen, wieder vereint zu sein!« rief Kilian.

»Das werden wir dir nie vergessen«, setzte Kieron leise hinzu.

Selina lächelte unsicher und sah sich nach Sheila um, die sie nirgends entdecken konnte. Die anderen Wasserspeier standen in kleinen Gruppen zusammen und unterhielten sich angeregt. Selina konnte ihre Gedanken lesen und wurde noch unruhiger. Sie sah fröhliche Bilder aus der Vergangenheit – aber keiner dachte an die Zukunft. Selina wußte, wie die Zukunft aussehen würde, wenn sie jetzt nicht alle Energien auf das große Ziel – die Schlacht – richteten: Sie würden verlieren.

Rasch ging sie in den Nachbarraum, wo sie Sheila endlich fand, die aber bei ihrer Mutter saß und Selina keines Blickes würdigte. Zögernd stand sie eine Weile im Zimmer, mußte aber einsehen, daß sie Sheila nicht ansprechen konnte. Es war, als hätte Selina plötzlich keinen Platz mehr in ihrem Leben. Enttäuscht trat sie hinaus an die Brüstung des alten Turms und schaute über den nächtlichen Wald. Sie schrak auf, als sie plötzlich eine Stimme hinter sich vernahm.

»Selina, was ist bloß los mit dir?«

Selina drehte sich um. Tantari stand hinter ihr und schaute sie traurig an. Selina wandte den Blick von ihm ab und starrte in den Nachthimmel hinaus. Die vielen Sterne, die dort leuchteten, konnten sie an diesem Abend nicht aufmuntern. Tantari stellte sich neben das junge Mädchen an die Brüstung. Selina versuchte, die Tränen zurückzuhalten, doch es gelang ihr nicht.

»Es ist Sheila, nicht wahr?« fragte er plötzlich.

Selina wußte, daß Tantari ihre Gedanken gelesen hatte, und nickte. Sie wünschte sich, der junge Gargyl würde endlich gehen und sie in Ruhe über sich nachdenken lassen, doch er blieb. Er stand neben Selina und blickte sie weiterhin fragend an.

»Was ist eigentlich genau passiert?« wollte er wissen.

Selina war unschlüssig, ob sie tatsächlich mit ihm darüber reden sollte. Würde er sie verstehen? Sie gab sich einen Ruck und erzählte ihm, was sie bedrückte. Er hörte aufmerksam zu, während sie ihm schilderte, daß das Band zwischen ihr und Sheila zerrissen war, wie allein sie sich fühlte und daß sie an sich und ihren Fähigkeiten zweifelte.

»Und meine Augen sind wieder grau geworden. Nach all den Mühen auf dem Berg des Vergessens, der weiten Reise und der Angst dachte ich, zu mir gefunden zu haben, mein Herz erkannt zu haben. Und dann haben sich meine Augen tiefblau gefärbt, sie hatten die gleiche Farbe wie die von euch Gargylen. Da habe ich endlich verstanden, was damit gemeint war, daß ich mein Herz erkennen soll. Aber jetzt ...«, Selinas Stimme brach ab.

Tantari hatte dem jungen Mädchen wortlos zugehört. »Selina, ich fürchte, ich kann dir nicht helfen«, sagte er dann bedächtig, »aber hinter dir steht jemand, der das kann.«

Selina drehte sich ruckartig um. »Sheila?« flüsterte sie, als sie das Gargylenmädchen entdeckte.

Sheila schaute sie traurig und glücklich zugleich an. Selina wußte nicht, was das zu bedeuten hatte. Sie war unschlüssig. Hatte Sheila trotz der Freude über die Rückkehr ihrer Eltern gespürt, was in ihr vorging? Bestand die Verbindung zwischen ihnen doch noch? Die Gedanken ihrer Freundin wollte sie jedoch nicht lesen. Diesmal wollte sie ohne Tricks auskommen.

Da brach Sheila das Schweigen. »Selina, wir sind Freunde bis in alle Ewigkeit! Uns kann nichts trennen, selbst wenn ich eine Weile abwesend und gleichgültig gewirkt habe.«

Selina traten Tränen in die Augen, aber dann lächelte sie. Alles kehrte zurück: ihr Selbstvertrauen, ihr Glaube an sich selbst und ihre Hoffnung.

Und auf einmal rief Sheila erstaunt: »Deine Augen! Sie sind wieder blau!«

Und dann streckte sie Selina die Hand entgegen, die diese voller Freude ergriff. Plötzlich leuchteten die Hände des jungen Mädchens und der kleinen Gargylin dort, wo sie sich berührten, golden auf. Selina wußte nicht, woher das goldene Licht kam, aber sie ahnte, was es war: das Licht der Freundschaft. Und sie wußte auch, daß sie dieses Licht nie mehr verlieren würde.

In der engen Kammer herrschte Finsternis, was der riesigen Gestalt jedoch nichts auszumachen schien, die sich schattengleich durch den Raum bewegte und schließlich in der Mitte stehenblieb. Im Gegenteil: Gorgon liebte die Dunkelheit, sie war seine Welt. Er war ein Teil dieses Universums voller Schatten, Geheimnisse und düsterer Gedanken. Und das spiegelte sich in seinen schwarzen Augen wider.

Doch während er schweigend dort stand, schienen seine Augen nicht mehr dieselben zu sein. Noch immer zeigten sich darin unbändiger Haß, Bosheit und die Gier nach Macht. Doch seit seiner Rückkehr vom Berg des Vergessens hatten diese Augen sich verändert. Etwas war neu: Es zeichnete sich Unsicherheit darin ab. Gorgon schritt ruhelos durch den kleinen Raum. Er hatte etwas gesehen in den Gangen und Verliesen der Burg des Vergessens, etwas, das ihm gar nicht gefiel und in ihm ein Gefühl weckte, das er schon fast vergessen hatte: Angst.

Die Augen, die Augen dieses Mädchens ließen ihn nicht mehr los. Selina Albions Augen hatten ihm angst gemacht. Einfach lächerlich – ein kleines Mädchen als Virkan, nachdem nicht einmal ihr Vater, der große Krieger John Albion, gegen ihn angekommen war. Er lachte höhnisch in die Dunkelheit hinein, stockte aber, als er daran dachte, was auf dem Berg des Vergessens geschehen war.

Dieses Mädchen hatte es geschafft, das Steinerne Schwert, das Schwert, nach dem er selbst so lange gesucht hatte, zu finden und an sich zu nehmen. Wieso hatte er es nicht selbst gefunden? Mit wem stand die Kleine im Bunde? Und dann hatte dieses Kind seine Kameraden befreit und damit die Anzahl seiner Gegner verdoppelt. Gorgon hatte Selinas Schwert an der Kehle gespürt, und er hatte ihre Augen gesehen: strahlendblau wie zwei helle Sterne in der Dunkelheit …

Gorgon knirschte wütend mit den Zähnen. Ein Schauer lief ihm über den Rücken. Er kannte diese blauen Augen, die Augen der Albions, und haßte sie. So viel Kraft lag in diesen Augen, so viel Hoffnung. Sollte sie es tatsächlich schaffen? Konnte Selina Albion den Stein zurückgewinnen und das Schicksal der Gargylen erfüllen?

Eine Weile starrte Gorgon nachdenklich in die

Finsternis. Doch dann trat er an einen kleinen hölzernen Tisch vor der Wand. Darauf stand eine reichverzierte Ebenholzschatulle. Langsam hob der schwarze Gargyl die Hand und öffnete das Kästchen. Ein schwacher roter Schimmer leuchtete daraus hervor, und mit seinen riesigen Krallen nahm Gorgon eine Kette heraus, an der ein roter Edelstein hing.

Der Splitter des Feuers. Gorgon lachte heiser auf. Davon wußte die Kleine nichts. Einer der Splitter des Steins von Numenor, der Splitter, der ihm die Macht geben würde, auch über diesen Virkan zu triumphieren. Selina Albion konnte den Kampf gegen ihn nicht gewinnen, mochten ihre Augen noch so sehr strahlen und die Hoffnung darin noch so groß sein. Ohne den Splitter des Wassers würde der letzte Virkan niemals siegen. Ein eisiges Lächeln huschte über das Gesicht des schwarzen Monsters, als die Tür hinter ihm aufgestoßen wurde und einer der Gorgonier den Raum betrat.

»Mein Herr«, sagte die tiefe Stimme des Gargylen, »es ist soweit.«

Gorgon nickte, ohne sich umzudrehen, und der Gargyl verließ die Kammer so geräuschlos, wie er gekommen war.

Der schwarze Gargyl betrachtete die Kette mit dem Splitter ein letztes Mal, legte sie sich um den Hals und verließ entschlossen die Kammer.

Selina und Sheila schritten gemeinsam durch den Wald. Sie waren bereit für die große Schlacht.

Selina trug einen roten Umhang, auf dem sorgfältig das Wappen der Virkane in blauen und goldenen Farben aufgestickt war. Diesen Umhang hatten die Gargylen für sie angefertigt, und jetzt ging der Virkan mit seiner Sozia auf die Festung des Schreckens zu, so wie es die Tradition wollte: Zwei Tage vor der Schlacht um den Stein von Numenor mußten die Gegner den genauen Zeitpunkt vereinbaren.

Das Steinerne Schwert trug Selina an einem Gürtel, denn die beiden feindlichen Waffen mußten sich zur Bestätigung des Zeitpunkts kreuzen. Mit entschlossenem Schritt ging sie vorwärts, denn sie hatte keine Angst mehr. Kieron hatte ihr erklärt, daß dieses letzte Treffen der beiden Gegner wichtig war, um den anderen abzuschätzen und seine Waffen zu kennen.

»Aber wir wissen doch, daß Gorgon mit seinem Morgenstern kämpft. Oder könnte er plötzlich mit einer anderen Waffe aufkreuzen?« hatte Selina Kieron gefragt.

»Mir wäre jede andere Waffe lieber. Unterschätz den Morgenstern nicht, nur weil du im Besitz des Steinernen Schwerts bist. Auch er ist eine magische Waffe, mit der Gorgon sich auf seine Weise als mächtiger Gegner erweisen wird«, hatte ihr Kieron zögernd geantwortet.

Inzwischen hatten die Freundinnen ihr Ziel erreicht. Majestätisch ragte die Festung des Schrekkens über dem dunklen Wald auf, und in ihrem Schatten schien es kein Leben zu geben. Zwei Gargylen erwarteten die beiden Freundinnen. Einer von ihnen war pechschwarz und trug einen Morgenstern in der Hand.

Selina zog das Steinerne Schwert aus der Scheide, als sie Gorgon erblickte, und ging auf ihn zu. Die beiden ungleichen Gegner standen sich nun gegenüber und musterten sich feindselig. Den Gargylen, der neben Gorgon stand, kannte Selina: Es war Todilan, Gorgons rechte Hand – einer der wenigen Gorgonier, die, wie Sheila es formuliert hatte, so etwas wie ein Gehirn besaßen. Aber auch er hatte wie alle anderen Gorgonier schwarze Augen, die vollkommen leer zu sein schienen.

Sheila starrte den Gorgonier voller Zorn an, während Selina sich Gorgon zuwandte. Irgend etwas in seinem Blick war anders als sonst. Selina hatte diesen Blick schon einmal gesehen. Er spiegelte Unsicherheit wider. Selina wußte, woran das lag. Gorgon hatte in ihren Augen die plötzliche Veränderung entdeckt und gemerkt, daß sie stark geworden war und daß die Reise auf den Berg des Vergessens sie zu der gemacht hatte, die er so fürchtete: zu Selina Albion, dem letzten Virkan.

Selina las Angst in Gorgons Augen, gab sich aber keinen falschen Hoffnungen hin. Ihr war klar, daß Gorgon trotzdem ein gefährlicher und ernstzunehmender Gegner war.

»In zwei Tagen um Mitternacht«, sagte sie mit fester Stimme. Gorgon antwortete nicht, sondern nickte nur. Dann hoben beide die Waffen, um ihren Pakt zu besiegeln.

»Du beginnst«, sagte Gorgon dann und lächelte hämisch, als sich ihre Waffen kreuzten. Selina nickte.

Dann machten sich Sheila und Selina wieder auf den Weg zurück zum Schloß. Während sie durch das dichte Unterholz stapften, wirkte Sheila bedrückt. Selina sah ihre Freundin fragend an.

»Was ist denn? War irgend etwas nicht in Ordnung?«

Sheila hob den Kopf, und Selina sah, daß sie verunsichert war. »Das gefällt mir nicht. Gorgon läßt dich anfangen, das ist kein gutes Zeichen. Er scheint sich seiner Sache sicher zu sein!«

Selina verstand, was Sheila meinte. Trotz der Unsicherheit, die kurz in seinen Augen aufgeblitzt war, hatte er überheblich und arrogant gewirkt. Warum nur? Kilian hatte Selina erklärt, daß es nicht erlaubt war, während der Schlacht mit magischen Mitteln zu kämpfen. Keine der beiden Seiten hatte diese Regel je gebrochen.

»Aber das Steinerne Schwert und Gorgons Morgenstern sind doch magische Waffen! Wieso dürfen wir die überhaupt benutzen?« hatte sie damals den großen Wasserspeier erstaunt gefragt.

»Ja, das stimmt, Selina, das Steinerne Schwert und der blutrote Morgenstern haben magische Kräfte. Aber im Kampf wird es nie passieren, daß sich die Waffen sozusagen verselbständigen. Gorgon und du, ihr müßt mit diesen Waffen kämpfen, und sie sind Ausdruck eurer Kräfte. Das Steinerne Schwert wird nicht für dich kämpfen, sondern nur das nach außen tragen, was in dir verborgen liegt. Magisch ist es insofern, als du es dir erst erobern mußtest und es nur dem Virkan als Waffe zur Verfügung steht. Wollte ich damit kämpfen, würde es sich wieder in Stein verwandeln und mir nichts nützen«, hatte ihr Kilian geduldig erklärt.

Warum also war Gorgon so siegessicher? Was hatte er vor? Vielleicht lag der Grund für diese Sicherheit darin, daß Selina noch ein Kind war und wesentlich schwächer wirkte als ihr Vater, den Gorgon besiegt hatte wie alle ihre Vorfahren. Dachte er, diese letzte Herausforderung gefahrlos überwinden zu können? Plötzlich blieb sie unvermittelt stehen. Sheila drehte sich fragend zu ihr um.

»Sheila, was hat es mit den Splittern des Steins von Numenor auf sich?« fragte sie bestimmt. Sie mußte mehr darüber in Erfahrung bringen, wenn sie auf unliebsame Überraschungen vorbereitet sein wollte.

Sheila blieb verwirrt stehen und starrte Selina verwundert an. Erst nach einer Weile antwortete sie. »Ich bin mir nicht ganz sicher, Selina. Aber es gab einmal eine Legende über eine Prophezeiung des ersten Virkans. Woher weißt du davon?«

Selina schüttelte ungeduldig den Kopf. »Das ist jetzt egal. Was für eine Legende?«

Sheila holte tief Luft und erzählte langsam: »Angeblich existieren Splitter des Steins von Numenor. Manche behaupten sogar, daß es insgesamt vier sind, aber eigentlich berichtet die Legende nur von zweien. Sie besagt, daß in der Nacht, in der ein Virkan um den Stein kämpft, dessen Herz des Steins würdig ist, zwei Splitter gegeneinander antreten. Ich verstehe nicht, was damit gemeint sein könnte, und glaube, daß es Unsinn ist – ein Märchen, das sich im Lauf der Jahrhunderte um den Stein gebildet hat.«

Selina schüttelte den Kopf. »Was heißt das – zwei Splitter treten gegeneinander an? Versuch, dich genau an alles zu erinnern, was du gehört hast!«

Sheila biß sich auf die Unterlippe. »Ein Splitter des Feuers soll an Gorgon gehen und ein Splitter des Wassers an den Virkan. Mit ihnen werden der schwarze Gargyl und der Virkan gegeneinander kämpfen.«

Selina war stehengeblieben und schaute nachdenklich auf den moosbewachsenen Waldboden.

»Glaub mir, Selina. Das ist nicht ernst zu nehmen, ich weiß nicht, wie du überhaupt darauf kommst. Kein Virkan war je im Besitz eines Splitters. Und von Gorgons Feuersplitter fehlt auch jede Spur. Oder hast du zufällig einen Splitter des Wassers?« fragte sie und ging weiter.

Selina folgte ihr schweigend.

Während das vertraute Schloß mit dem Ostturm immer näher kam, gingen Selina die Worte der Magier der Zeit wieder durch den Kopf. »Laß den Splitter leuchten«, hatten sie zu ihr gesagt.

Sie war verwirrt. Irgend etwas Wahres mußte doch an all diesen Sagen, Legenden und Prophezeiungen sein. Selbst wenn die Legende nicht stimmte, so hatten sie die Magier der Zeit doch sicher nicht in die Irre führen wollen. Immerhin hatte ihr Iduna erklärt, daß sie neutral waren – sie mischten sich in den Kampf nicht ein, sondern beobachteten nur. Aber dann schüttelte sie den Kopf. Wer konnte schon wissen, was die seltsamen Wesen ihr hatten sagen wollen. Sie besaß schließlich keinen Splitter des Wassers.

Doch während sie darüber nachdachte, fuhren ihre Finger unbewußt über den blauen Stein, der in den goldenen Händen des Gargylen an ihrer Kette lag.

Die Schlacht um den Stein von Numenor

Selina stand am Fenster und beobachtete, wie die Sonne langsam tiefer sank. Bald würde sie die Wipfel der dunklen Tannen erreicht haben und dann langsam hinter dem Wald verschwinden. Es war nur noch eine Stunde bis Sonnenuntergang, und bald würde die längste Nacht des Jahres anbrechen – die Nacht, in der die Schlacht um den Stein von Numenor ausgetragen wurde.

Selina hatte furchtbare Angst. Und seit sie von der Legende um die beiden Splitter des Steins gehört hatte, war diese Angst nur noch gewachsen.

Was war mit dem Splitter des Wassers? Wo war er? Und wenn er sich nun doch in ihrem Besitz befand? Sie hatte schon überlegt, ob sie die Magier der Zeit um Hilfe bitten sollte, doch ihr war klar, daß die seltsamen Wesen selbst entschieden, wann sie helfen wollten und wann nicht. Immerhin hatten sie ihr das Steinerne Schwert in der Burg des Vergessens überreicht und ihr sogar den geheimnisvollen Rat mit auf den Weg gegeben.

Hatte sie vielleicht irgend etwas versäumt oder nicht richtig verstanden? Doch wie sollte sie zu dem Splitter gekommen sein? Was mußte sie tun, um ihn zu erhalten? Selina fand keine Antwort.

Sie suchte den ganzen Tag vergeblich nach einer Erklärung und wurde dabei immer unruhiger. Gorgon war siegessicher gewesen – offensichtlich wußte er mehr als sie und konnte deshalb seine und ihre Kräfte besser einschätzen. Das war gefährlich. Sie fühlte sich ratlos. Wenn Gorgon den Splitter des Feuers wirklich besaß, was geschah dann? Hatte er ihn gefunden, oder war er ihm überreicht worden? Sie dachte wieder an Kilians Worte. »Hinter Gorgon stehen die Mächte des Bösen, von denen wir nicht viel wissen. Wir leben nicht im Land der Magier, sondern hier auf dem Ostturm. Unsere Rolle ist kompliziert geworden, seit der Stein verschwunden ist. Eigentlich sollten wir nur seine Hüter sein, bis bessere Zeiten kommen. Aber dann hat es das Schicksal anders gewollt, und nun kämpfen wir seit Jahrhunderten diesen aussichtslosen Kampf...«

Die Mächte des Bösen – wer oder was immer sie waren – könnten Gorgon den Splitter des Feuers zugespielt haben. Selina dachte wieder an die Prophezeiung. War sie wirklich der Virkan, der Gorgon besiegen sollte? Gegen die finsteren Mächte, die hinter ihm standen? Dann brauchte sie aber unbedingt ihren Splitter, den Splitter des Wassers, um den schwarzen Gargylen zu besiegen!

Sie seufzte. Bis zum Sonnenuntergang war es nur noch eine halbe Stunde. Und diese Grübelei half ihr nicht weiter. Sie mußte an sich und ihre Fähigkeiten glauben, so wie Sheila es tat. Ihre Sozia war immer davon überzeugt gewesen, daß sie siegen würde. Entschlossen trat Selina an ihr Bett und betrachtete die Kampfkleidung, die die Gargylen für sie angefertigt hatten.

Sie bestand aus einer enganliegenden blauen Stoffhose und einem weißen Hemd. Darüber lag ein brauner Lederharnisch mit dem Virkanwappen auf dem Rücken.

Die Legende um die beiden Splitter jedoch wollte Selina einfach nicht aus dem Kopf. Vielleicht war das eine dritte Prüfung gewesen, die sie nicht bestanden hatte? Unter ihren Vorfahren hatte es doch große Krieger gegeben, aber alle hatte versagt – wieso sollte es ausgerechnet ihr anders ergehen?

Zweifel beschlichen sie. Böse Zweifel, daß sie den Gargylen den Untergang bringen würde. Denn ihr Schicksal und das der ganzen Welt lagen in ihrer Hand! Sie ballte entschlossen die Fäuste.

Es war soweit, die Sonne verschwand hinter dem Horizont.

Selina zog die ungewohnte Kleidung an, die ihr wie angegossen paßte. Dann holte sie das Schwert aus Stein unter ihrem Bett hervor und betrachtete es noch einmal. Sein Anblick ermutigte Selina. Sie mußte wieder daran denken, wie sie es erhalten hatte. Ein großer Teil ihrer Zweifel verschwand bei diesen Gedanken, und sie fühlte sich entsprechend sicherer. Dann steckte sie das Schwert in die reichverzierte silberne Scheide und befestigte es an dem Schwertgurt, den sie um die Hüften trug.

Entschlossen trat sie an das Bücherregal, hinter dem der Geheimgang in den Ostturm führte. Bevor sie den Gang betrat, drehte sie sich noch einmal um und betrachtete ihr Zimmer.

Hier war sie groß geworden. Dieses Turmzimmer war Selinas Zuhause. Sie fragte sich, ob sie es je wiedersehen würde. Doch dann drehte sie sich um und machte sich auf den Weg zum Ostturm. Dort standen die drei Brüder und Anführer der Gargylen des Ostturms, Kilian, Kimbal und Kieron, in der Mitte des großen Kaminsaals und blickten ihre junge Anführerin erwartungsvoll an. Selina ging auf sie zu und fragte: »Wie steht es mit den Vorbereitungen?«

Kilian antwortete mit fester Stimme: »Es ist noch eine volle Stunde bis Mitternacht, und wir sind bald fertig und können uns auf den Weg machen. Wie du siehst, sind alle sehr angespannt.« Er wies auf seine Gefährten, die ihre Waffen überprüften oder ihre Kampfkleidung anlegten. »Doch es sieht nicht schlecht aus. Die Gorgonier sind uns zahlenmäßig nun nicht mehr überlegen, ich denke, wir können sie in Schach halten.«

Selina nickte. Sie hatte begriffen, was das bedeutete. Es sah nicht schlecht aus, wenn Selina sich um

Gorgon kümmerte. Der Kampf mit dem Anführer der schwarzen Gargylen war ihre Aufgabe. »Ich habe nur eine Bitte: Haltet euch von Gorgon fern. Ich habe mit ihm diesen Kampf zu führen, und das werde ich auch tun«, sagte Selina entschlossen.

Doch Kilian antwortete: »Selina, wir müssen taktisch klug vorgehen. Du mußt deine Kräfte weise einteilen – die Nacht ist lang. Ich denke, es wäre gut, wenn Kieron, Kimbal und ich uns anfangs um Gorgon kümmern. Du wirst ihn noch früh genug treffen. Bis dahin kämpf mit den anderen Gorgoniern – aber nicht mit voller Kraft –, und schon deine Kräfte. Du wirst sie brauchen.«

Selina nickte, denn sie erkannte, daß Kilian recht hatte. Sie drehte sich zu den anderen Gargylen um und sah neben der Anspannung auch Mut und Hoffnung in ihren Augen. Das stärkte Selina ebenfalls.

Sie wandte sich noch einmal an Kilian. »Sobald alle kampfbereit sind, will ich kurz zu ihnen sprechen!«

Kilian nickte und lächelte ihr aufmunternd zu.

Als Selina sich umdrehte, sah sie Sheila, die auf sie zugelaufen kam. Auch ihre Sozia hatte sich verändert. Sie trug nicht mehr ihren alten Kittel und die zerschlissene Lederhose, sondern einen braunen Lederharnisch, eine neue Lederhose und ein Schwert am Gürtel. Das Gargylenmädchen lächelte fröhlich und umarmte Selina.

»Jetzt ist es endlich soweit – paß auf, wir werden es Gorgon zeigen!« rief sie voller Begeisterung.

Selina mußte lächeln. Sheilas Enthusiasmus war mit einem Satz gelungen, was sie seit Stunde versuchte: die bohrenden Fragen und Unsicherheiten zu verjagen.

Eine halbe Stunde später stand Selina vor den versammelten Gargylen, um vor der Schlacht zu ihnen zu sprechen. Sheila stand neben ihr.

Mit fester Stimme begann Selina: »Ich möchte euch danken! Denn ihr habt mir zum ersten Mal in meinem Leben das Gefühl gegeben, Teil einer Familie zu sein. Vorher fühlte ich mich oftmals einsam und wußte nicht, wohin ich gehörte. Doch dann begegnete mir in euch mein Schicksal: euch in die Schlacht um das Wohl dieser Welt zu führen. Das ist meine Bestimmung. Und ihr habt mich darauf vorbereitet. Ihr habt mich während der letzten Wochen durch meine Vergangenheit und durch meine Zukunft begleitet. Ihr wart für mich da!«

Selina machte eine kleine Pause, denn sie wußte nicht recht, wie sie ihre Gefühle zum Ausdruck bringen sollte.

»Ich habe vor kurzem einen Brief von meinem Vater erhalten. Er schrieb, daß er stolz auf mich sei, und bat mich, ihn nicht zu enttäuschen. Das will und werde ich auch nicht. Ich werde nicht versagen. Ich werde ihn nicht enttäuschen. *Wir* werden ihn nicht enttäuschen. Denn zusammen sind wir stark. Stärker als jeder Gorgon der Welt. Nun laßt uns die Waffen heben – auf die Schlacht, den Kampf und *den Sieg*!«

Damit hob Selina das Steinerne Schwert in die Höhe. Die Gargylen hoben ebenfalls ihre Waffen und brachen in Jubel aus. Selina war glücklich – sie war die Anführerin der Gargylen des Ostturms!

Gemeinsam mit Selina machten sich nun die Gargylen des Ostturms auf den Weg in die Schlacht. Selina ging voran. Das Steinerne Schwert trug sie an der Hüfte und den prächtigen Bogen ihres Vaters über der Schulter. Auf einer kleinen Lichtung in der Nähe des Schlosses wartete bereits der Geflügelte Hengst auf sie. Er stampfte mit dem Vorderhuf auf und wieherte freudig, als er Selina und ihre Gefährten durch den Wald kommen sah. Er trug einen Sattel mit dem Virkanwappen und goldene Zügel. Geschickt saß Selina auf, und das stolze Tier breitete die Schwingen aus und erhob sich in die Luft. Die Gargylen taten es dem Hengst gleich und flogen hinter ihrer Anführerin in den Nachthimmel hinaus. Kaum hatten sie die Zauberweiden passiert, erblickte Selina sie: die magische Ebene, den Ort der großen Schlacht um den Stein von Numenor.

Selbst auf diese Entfernung sahen sich Selina und Gorgon tief in die Augen. Selinas Herz raste. Ihr weißes Hemd war schon jetzt naßgeschwitzt. Gorgon wartete darauf, daß sie den Kampf eröffnete. Gleich würde sie ihre Freunde in die Schlacht führen. In die Schlacht, in der so viele ihrer Vorfahren gestorben waren.

Führte sie ihre Freunde in den Tod? Diese Frage ging ihr immer wieder durch den Kopf. Nein! Aus irgendeinem Grund wußte Selina, daß es nicht so war. Sie würden siegen! Denn sonst war alles verloren und ihr Vater umsonst gestorben.

Sie riß das Schwert aus Stein aus der Scheide und hob es in die Luft. Der Geflügelte Hengst bäumte sich auf und wieherte laut, bevor er auf dem felsigen Boden der magischen Ebene landete. Dort standen Gorgons dunkle Krieger mit ihren Speeren und gedrungenen Schwertern und schnaubten böse. Ihre schwarzen Augen funkelten im Mondlicht. Gorgon stieß ein heiseres Gebrüll aus. Die Schlacht war eröffnet.

Gleichzeitig erhoben sich Selina auf ihrem Rappen, die Gargylen des Ostturms, Gorgon und seine Anhänger in die Lüfte. Die beiden feindlichen Fronten trafen aufeinander. Gorgon flog, so schnell er konnte, auf Selina zu, wurde aber von Kimbal, Kilian und Kieron abgefangen und aufgehalten.

Selina war erleichtert, denn sie war noch nicht bereit, gegen Gorgon um Leben und Tod zu kämpfen. Sie hatte Angst. Angst wie noch nie zuvor in ihrem Leben. Doch während sie hörte, wie die Schwerter klirrten und die Gorgonier dumpfe Kampfschreie ausstießen, dachte sie an Kimbals Lehre: »Die Angst ist dein Freund, nicht dein Feind, nutze sie!«

Als sie sich von Gorgon abwandte, der mit seinem Morgenstern auf Kilian, Kimbal und Kieron losging, kam ein großer Gorgonier blitzschnell auf sie zu und wollte sie angreifen, doch sie fing sein Schwert mit Leichtigkeit ab und schlug es ihm mit einem weiteren Hieb aus der Hand. Dann bohrte sie ihm das Schwert in den Arm, so daß er benommen zu Boden taumelte. Um sie herum sah sie, wie ihre Freunde mutig gegen die dunklen Gargylen kämpften, die zwar stärker, aber nicht so wendig und geschickt zu sein schienen.

Einen Augenblick später streifte ein Pfeil ihren Arm und zerriß ihr Hemd. Selina schrie vor Schmerz auf. Sie sah sich nach dem Schützen um. Dieser hatte bereits einen neuen Pfeil auf der Sehne, doch er kam nicht dazu, ihn abzuschießen, denn Sheila näherte sich von hinten und versetzte ihm einen heftigen Tritt, so daß er das Gleichgewicht verlor und den Bogen fallen ließ. Blitzschnell flog das Gargylenmädchen darauf zu und zertrat ihn, worauf der dunkle Gargyl wütend aufbrüllte und davonflog.

Selina lächelte Sheila an, die ihr kurz zuwinkte, bevor sie von einem weiteren Gorgonier angegriffen wurde. Auch Selina sah sich um und stürzte sich auf zwei Gorgonier, die ein schmächtiges Gargylenmädchen angegriffen hatten. Selina eilte ihr zu Hilfe und schlug den beiden Gorgoniern mit einem kräftigen Hieb die Waffen aus der Hand. Aus dem Augenwinkel sah sie, daß Kilian, Kimbal und Kieron immer noch mit Gorgon beschäftigt waren, der sie abzuschütteln versuchte. Die magische Ebene lag in einer Dunkelheit, die kaum vom Mondlicht erhellt wurde. Es war schwer, die Gegner genau zu erkennen.

Selina sah, wie die Gorgonier ihren Freunden tiefe Wunden zufügten, aber auch von ihnen kräftige Hiebe einstecken mußten. Sie selbst blutete am Arm und am linken Oberschenkel, wo sie der Pfeil eines Gorgoniers getroffen hatte.

Plötzlich kam Iduna auf sie zugeflogen und legte ihr kurz die Hand auf das verletzte Bein. Selina spürte die Wärme, die von Idunas Fingern ausging, und sah, daß die Wunde augenblicklich verheilt war.

Plötzlich hörte sie hinter sich ein unmenschliches Gebrüll. Gorgon war es gelungen, die drei großen Gargylen des Ostturms abzuschütteln, und flog mit unglaublicher Geschwindigkeit auf sie zu. Denn er hatte nur ein Ziel: den letzten Virkan umzubringen und nach dem Stein von Numenor zu greifen, der schon bald am Horizont auftauchen mußte.

Er schwang den blutroten Morgenstern über dem Kopf und wollte ihn gerade auf Selina niedersausen lassen, als er von einem ihrer Pfeile, die sie blitzschnell auf den Bogen ihres Vaters gelegt hatte, in die Seite getroffen wurde. Als er strauchelte, wurde er sofort wieder von Kilian, Kieron und Kimbal angegriffen, die ihm gefolgt waren. Selina lächelte dankbar, sah jedoch, daß sie die Brüder bald ablösen mußte, denn sie waren bereits sehr geschwächt.

Dann bemerkte sie, wie Todilan, Gorgons engster Verbündeter, sich auf Talina gestürzt hatte und sie an eine Felswand drängte. Sie riß die Zügel des Geflügelten Hengstes herum und flog auf den dunklen Krieger zu, um Talina zu helfen. Mit einem Hieb des Steinernen Schwerts zerschlug Selina seinen Speer und brachte ihn dann mit einem kräftigen Tritt aus dem Gleichgewicht. Unsanft ging er zu Boden und blieb benommen liegen.

Als sie sich kurz umsah, merkte sie, daß die feindlichen Gargylen im Nachteil waren, denn sie hatten offensichtlich Angst vor Selina. Seit sie erfahren hatten, daß es ihr gelungen war, das Steinerne Schwert in ihren Besitz zu bringen, waren die Gorgonier unsicher geworden, ob Selina wirklich so schwach war, wie sie aussah.

Aber die Kämpfe zwischen den beiden Seiten tobten erbarmungslos weiter. Und Gorgon gelang es immer häufiger, seine Verfolger abzuschütteln. Selina wußte, daß der Stein von Numenor jeden Moment auftauchen mußte.

Und dann war es soweit.

Der Mond drang durch die dichte Wolkendecke, und ein strahlendblaues Licht blendete plötzlich alle Krieger, die im Kampf innehielten, langsam zu Boden glitten und wie gebannt auf die Quelle des blauen Lichts starrten. Der Stein von Numenor glänzte so herrlich, daß auch Selina die Augen nicht abwenden konnte.

Er war einzigartig: ein faustgroßes blaues Juwel, das alles, was Selina je gesehen hatte, an Schönheit übertraf.

Doch sie durfte sich nicht ablenken lassen – sie

mußte handeln: Das große Wettrennen gegen Gorgon begann.

Die beiden Gegner setzten sich beinahe gleichzeitig in Bewegung. Gorgon war unglaublich schnell. Doch der Geflügelte Hengst konnte mithalten. Die beiden Wettläufer schienen ebenbürtig, aber Selina holte auf. Sie lag vorn und näherte sich dem Stein von Numenor. Schon stieg ein Siegesgefühl in Selina auf. Sie würde es schaffen! Nur noch ein kleines Stück – dann war sie am Ziel …

Aber plötzlich traf sie etwas Heißes am Arm. Es war Gorgons Morgenstern, der auf einmal zu glühen schien. Selina drehte sich verzweifelt zu ihrem Gegner um, der höhnisch lachte. Auf einmal sah sie das rote Juwel an dem schwarzen Lederband um seinen Hals, das blutrot aufleuchtete – der Splitter des Feuers! Gorgon war im Besitz des Splitters des Feuers!

Der unerwartete Hieb hatte Selina aus dem Sattel gerissen. Sie fiel und fiel in die Tiefe und konnte den unerwarteten Fall einfach nicht aufhalten. Als sie bereits glaubte, alles sei verloren, wurde sie von ihrem Rappen aufgefangen. Selina hielt sich an seiner seidigen langen Mähne fest und sah hinauf zum Himmel.

Was sie dort erblickte, ließ die Zeit stillstehen. Gorgon streckte triumphierend die Hand aus. Selina schrie, so laut sie konnte: »Neeeeeeeeein!«

Nun ereignete sich das, was ihre Vorfahren immer zu verhindern versucht hatten – und wenn sie dabei auch gestorben waren.

Gorgon griff nach dem Stein von Numenor! Selina traten Tränen in die Augen. Gorgon hatte den Stein von Numenor in der Hand!

Das wunderschöne blaue Licht des Steins war schlagartig erloschen. Selina sah, wie der Stein rot aufleuchtete und sich mit dem Splitter am Lederband um Gorgons Hals vereinigte.

Er hatte es geschafft. Er hatte vollbracht, was er seit Jahrhunderten anstrebte. Das rote Licht des Feuers umgab ihn, und der Morgenstern brannte wie eine Sonne in der Nacht.

Immer wieder flüsterte Selina: »Nein, nein, das darf nicht sein. Er darf ihn nicht haben. Nein!«

Aber Gorgons fürchterliches Lachen erfüllte den Kampfplatz.

Selina ballte die Fäuste. Wieder war sie zu naiv gewesen, und wieder hatte sie sich zu sicher gefühlt. Sie hatte ihren Vater enttäuscht. Sie sah, wie die Gorgonier die wehrlosen Gargylen des Ostturms wegführten, die Gorgon entsetzt anstarrten. Sie hatten alle Hoffnung aufgegeben.

Die Schlacht war verloren.

Selina blieb stehen. Keiner wagte es, sie zu ihren Freunden zu bringen. Nur Gorgon schien das Recht zu haben, sie zu überwältigen. Der wandte sich ihr jetzt auch zu, und ein dämonisches Lächeln kroch über sein Gesicht. Er flog blitzschnell auf den Boden zu, wo nur noch ein junges Mädchen und nicht mehr der große Virkan stand.

Mit seiner grauenvollen tiefen Stimme brüllte er: »Jetzt habt ihr alles verloren! Es gibt keinen Virkan mehr. Keine Hoffnung, keinen Mut und keine treuen Gefährten! Aus und vorbei! Nur dich brauche ich noch, dich und deinen Teil… deinen Teil der Macht…«

Selina hörte kaum noch zu. Unter Tränen erkannte sie die Wahrheit in Gorgons Worten.

Ja, sie hatten alles verloren. *Selina* hatte alles verloren. Gorgon schlich um sie herum wie ein Raubtier, und das rote Leuchten des Steins loderte wie eine gefährliche Flamme.

»Nun werden sie auch das letzte verlieren, das ihnen geblieben ist: ihren einzigen Erben, und du dein Leben. Und dann ist der Stein vollständig. Diese Schlacht war anders – aber davon hast du nichts gemerkt!«

Gorgons Grinsen wurde noch breiter, und er blieb stehen. Selina war nicht in der Lage, sich zu rühren. Er hob seinen mächtigen Morgenstern, der in Flammen stand, und ließ ihn auf Selina niedersausen.

Aber das Mädchen wich ihm in letzter Sekunde aus. Sie handelte instinktiv und wehrte den Hieb mit einem kläglichen Gegenschlag ab. Irgend etwas in ihr trieb Selina immer noch zur Gegenwehr.

Gorgon holte immer wieder mit dem brennenden Morgenstern aus. Er trieb sie über die gesamte steinerne Kampffläche, doch Selina wich ihm trotz ihrer Schwäche aus. Obwohl sie mutlos war und längst nicht mehr an ein Wunder glaubte, hielt sie sich tapfer. Aber ihre Kraft ging langsam zu Ende. Die Armmuskeln verkrampften sich, und sie spürte, daß ihre Beine gleich nachgeben würden.

Selina wurde nach und nach in die Richtung der gefangenen Gargylen gedrängt, die dem grausamen Schauspiel entsetzt beiwohnten. Sie waren an Armen und Beinen gefesselt und konnten ihrer Anführerin nicht zu Hilfe kommen.

Schließlich war Selina vollkommen erschöpft. Gorgons Hiebe hingegen prasselten weiterhin unerbittlich auf sie nieder. Er schlug dem verwundeten Mädchen das Steinerne Schwert aus der Hand, das einige Meter von ihr entfernt zu Boden fiel. Die Klinge, die gerade noch silbern geschimmert hatte, war blitzartig grau und zu Stein geworden. Hatte Selina wirklich verloren?

Gorgons Lachen erklang und durchbohrte Selina wie tausend spitze Dolchklingen.

»Mach dich auf dein Ende gefaßt, Selina Albion.«

Damit hob Gorgon seinen Morgenstern zum tödlichen Hieb, der das Schicksal der Welt besiegeln sollte.

Selina versuchte, das Steinerne Schwert mit ihren telekinetischen Kräften zu sich zu holen, doch sie war zu schwach. Sie schaute gequält in die Runde der Gargylen. Ihr Blick blieb an Sheila hängen, die sich als einzige heftig gegen ihre Fesseln wehrte, sich ihr dabei zuwandte und, so laut sie konnte, schrie: »Selina, du darfst jetzt nicht aufgeben, noch ist nicht alles verloren. Steh auf und kämpfe!«

Selina blickte ihre Freundin noch gequälter an. Es machte sie traurig, daß Sheila immer noch hoffte.

Sheila schien ihre Gedanken gelesen zu haben. Denn sie schrie weiter: »Ich glaube an dich. Hörst du, Selina? Ich glaube an dich!«

Diese Worte drangen tief in Selinas Seele.

Dann hörte sie Gorgons Stimme und sah, daß ein Anflug von Unsicherheit sein Gesicht streifte: »Jetzt reicht's! Stopft ihr endlich das Maul!«

Sheila sagte nichts mehr. Aber ihre Worte hallten in Selinas Kopf wider. Immer wieder hörte sie: »Ich glaube an dich!«

Und dann fielen andere Stimmen ein: »Ich glaube an dich, Selina, ich glaube an dich!«

Die Gargylen des Ostturms hatten noch nicht aufgegeben.

Als Selina fühlte, daß die Gargylen an sie glaubten, stieg neue Kraft in ihr auf. Sie hörte ihre eigene Stimme, die Stimme ihres Herzens: »Du kannst es schaffen, Selina, glaub an dich selbst!«

Und auf einmal streifte ein blaues Licht Selinas Augen. Der geheimnisvolle Stein in ihrem Amulett leuchtete auf.

Blitzartig wurde Selina klar, wo der Splitter des Wassers versteckt gewesen war: Es war der Saphir in ihrem Amulett, den sie im Traum von den Magiern der Zeit erhalten hatte. Das war es, was Gorgon fehlte. Er brauchte den Splitter, den sie um den Hals trug, um die Macht endgültig an sich zu reißen!

In Gorgons Augen spiegelte sich inzwischen Furcht. Er mußte handeln, und zwar schnell! Die

Kleine hatte begriffen, wo ihre Macht lag und was er suchte.

Er ließ seinen Morgenstern auf Selina niedersausen, doch diese hatte nach dem Steinernen Schwert gegriffen, das auf sie zuschwebte, und fing den Hieb in letzter Sekunde ab.

Das Licht des Splitters in den goldenen Händen des kleinen Gargylen an Selinas Kette wurde stärker. Sie richtete sich auf. Das blaue Licht des Wassers umgab Selina, so wie das rote Feuer Gorgons Morgenstern entflammt hatte. Und aus der silbrig schimmernden Klinge des Steinernen Schwerts war eine Klinge aus Wasser geworden, die blau durch die Dunkelheit strahlte.

Gorgons Augen weiteten sich vor Schreck, als er Selinas Waffe sah. Dann zogen sie sich zu kleinen Schlitzen zusammen, und er holte zu einem weiteren Hieb aus. Doch Selina fing ihn ab, und es entbrannte ein erbittertes Duell. Diesmal war Selina es, die Gorgon quer über die Ebene jagte. Seine Angriffe wurden immer schwächer, und er geriet in die Defensive. Gleichzeitig wurde Gorgons Licht des Feuers immer schwächer, und Selinas Licht des Wassers leuchtete immer strahlender durch das Dunkel der Nacht. Selina kämpfte unermüdlich. Sie konnte es schaffen, und sie würde es schaffen!

Da holte sie zum entscheidenden Hieb aus – mit einer Kraft, die sie noch nie zuvor verspürt hatte. Gorgon sammelte ebenfalls die letzte Kraft des roten Feuers, und ihre Waffen trafen mit einem schrecklichen Klirren aufeinander.

Die Explosion, die folgte, schleuderte Selina zu Boden. Schützend hielt sie sich die Arme vor das Gesicht. Als sie die Augen wieder zu öffnen wagte, sah sie zuerst nur dichten Nebel und Rauch. Sie mußte husten, hielt aber weiter Ausschau nach ihrem Feind. Er war nirgendwo zu sehen. Sie blickte sich nach allen Seiten um, doch von Gorgon fehlte jede Spur. Er war verschwunden!

Auf dem Kampfplatz trat Totenstille ein. Dann endlich verzog sich der Rauch. Dort, wo Gorgon gestanden und sich gegen Selina zur Wehr gesetzt hatte, schwebte nur noch ein roter Stein, der schwach leuchtete.

Ein wenig mißtrauisch ging Selina darauf zu. Es war der Stein von Numenor. Selina trat einen weiteren Schritt auf ihn zu, und auf einmal passierte etwas Merkwürdiges. Der Splitter des Wassers löste sich langsam aus Selinas Amulett. Der kleine goldene Gargyl hatte die Hände geöffnet und ihn losgelassen. Der Saphir schwebte auf den Stein zu. Als sich der Stein und der Splitter berührten, zuckte ein hellblauer Blitz durch die Nacht, der Selina blendete. Dann sah sie, daß sich ihr Splitter verformt hatte und nun in einer Vertiefung auf der oberen Seite des Steins von Numenor ruhte. Daneben lag in einer Vertiefung Gorgons Splitter, der sich bläulich verfärbt hatte.

Der Stein nahm nun wieder seine ursprüngliche blaue Farbe an. Er leuchtete so stark und schön wie zuvor.

Gerade wollte sich Selina zu ihren Freunden

umdrehen, als sie spürte, daß sich das Steinerne Schwert in ihrer Hand bewegte. Sie konnte es nicht mehr festhalten und sah, wie es auf den Stein von Numenor zuschwebte. Selinas Herz setzte einen Moment lang aus: Der Stein von Numenor glitt in die geheimnisvolle Vertiefung im Griff ihres Schwerts. Dazu war sie also gedacht! Das war der Ort, an dem der siegreiche Virkan den Stein aufbewahren sollte – im Griff des Steinernen Schwerts.

Als die wunderschöne Waffe wieder auf Selina zuschwebte, traten ihr die Tränen in die Augen, und sie griff danach. Sie hatte es geschafft! Sie hielt den Stein von Numenor und das Steinerne Schwert in ihren Händen!

Dann drehte sie sich zu den Gargylen des Ostturms um und sah, daß auch die Gorgonier verschwunden waren. Nur die Freunde standen noch dort – schwerverletzt zwar, aber überglücklich und ebenfalls mit Tränen in den Augen. Von den dunklen Fesseln ihrer Gegner fehlte jede Spur. Und selbst der mürrische Kimbal weinte.

Selina sah ihre Freunde voller Dankbarkeit an. Ohne sie wäre sie gescheitert. Nur weil sie an Selina geglaubt hatten, war ein Traum Wirklichkeit geworden – die Gargylen des Ostturms waren wieder die Hüter des Steins von Numenor.

Entschlossen hielt Selina Albion das Steinerne Schwert mit dem Stein von Numenor in die Höhe und rief: »Siehst du, Vater, ich habe meine Aufgabe erfüllt. Der Stein von Numenor ist gerettet!«

Der Beginn

Einige Wochen später stand ein junges Mädchen auf dem Platz vor dem Schloß und blickte erwartungsvoll die Straße entlang, die in den Wald führte.

»Wir wissen es nicht, Selina.« Sheilas Stimme geisterte durch ihre Gedanken. »Sosehr ich mir wünschte, dir weiterhelfen zu können, bleibt ihre Person doch auch für uns ein Rätsel. Wir haben sie nie gesehen, und dein Vater hat sie niemals erwähnt. Niemals.« Selinas Finger krallten sich wieder um das Amulett, als sie dastand und über dieses kleine Wort nachdachte, das ihr eine Stimme tief im Innern ihres Herzens zuflüsterte: »Mutter.«

Zwei Tage zuvor hatte Selina sich hier von Angela Faster verabschiedet.

»Sehen wir uns im nächsten Sommer wieder, Frau Dr. Faster?«

»Ich hoffe, Selina. Und vor allem hoffe ich, daß du dann so fröhlich bist wie in den letzten Tagen«, hatte ihr die junge Lehrerin lächelnd geantwortet, bevor sie in den Bus gestiegen war, der die Sommerschüler abholen sollte. Kein Wort war mehr über den Brief gefallen, den sie ihr gegeben hatte, und so hatte Selina keine Ahnung, ob Angela Faster den Inhalt kannte oder nicht. Nur an ihren Blicken hatte Selina erkannt, daß die Lehrerin über den großen Sieg im Bilde war. Irgendwoher wußte sie, daß Selina Albion, dem Mädchen von dreizehn Jahren, gelungen war, was die tapfersten Krieger ihrer Familie in achthundert Jahren nicht vollbracht hatten: Sie hatte die Bestimmung ihrer Familie erfüllt.

Ein Lächeln huschte über Selinas Gesicht, als sie an das Steinerne Schwert dachte, das sicher in der Waffenkammer der Gargylen im Ostturm versteckt lag. Sie dachte an den blauen Stein in seinem Griff, an den Stein von Numenor.

Als die Busse endlich aus dem Wald auftauchten, strahlte Selina über das ganze Gesicht.

Sie hielten auf dem großen Schloßplatz, und die Türen öffneten sich langsam. Sogleich drängte eine Menge von Schülern heraus, die mit teils mürrischem, teils erwartungsvollem Blick zu dem alten Schloß hinaufsahen.

Selinas Blick streifte über die Ankömmlinge – sie hielt Ausschau nach ihren Freundinnen. Da erblickte sie Emily und eilte auf sie zu. Voller Freude umarmten sich beide.

»Selina!« rief Emily freudig.

»Willkommen zurück!« entgegnete Selina und lächelte Emily an.

Doch die erstarrte und trat dann einen Schritt zurück. »Was ist denn mit deinen Augen los?«

Verwirrt suchte Selina nach einer Antwort, als sie von hinten gepackt und umarmt wurde.

»Selina!« hörte sie eine fröhliche Stimme.

Selina lächelte, als sie ihre zweite Freundin sah, die vorlaute Beth. »Na, wie waren denn deine...«, begann Beth, verstummte aber dann genauso überrascht wie Emily. »Deine... Augen?« stotterte sie fassungslos und musterte Selina verwundert.

»Was hast du denn damit angestellt? Sind das Farbkontaktlinsen? Du mußt dich ja mächtig gelangweilt haben, wenn du auf solche Ideen kommst...«

Selina suchte nach der richtigen Antwort. Doch was war die richtige Antwort? Sie hatte ihre Bestimmung gefunden? Sie hatte sich gesehen, wie sie wirklich war? Sie hatte endlich auf die Stimme ihres Herzens gehört? Keine dieser Antworten würde ihre Freundinnen überzeugen, da war sie sich sicher.

Und deshalb lächelte Selina nur und zuckte mit den Schultern. »Ich weiß nicht. Vielleicht die Pubertät?«

Beth und Emily warfen Selina immer wieder ungläubige Blicke zu. Als diese jedoch keine weiteren Erklärungen abgab, ergriffen sie ihre großen Koffer und marschierten auf das weitgeöffnete Schloßtor zu.

Beth war bereits mitten in einem ausführlichen Bericht über ihre Erlebnisse: »Ihr könnt euch nicht vorstellen, wie heiß es in Ägypten war. Und die Wüste – so etwas habt ihr noch nie gesehen! Als wir vor den Pyramiden standen, dachte ich, ich sei in einer anderen Welt gelandet – ehrlich!«

Beth war nicht zu bremsen. Kurz vor dem großen Portal blieb sie unvermittelt stehen und drehte sich zu Selina um. »Ach, Selina – wie war das eigentlich? Hast du den Weg zum Ostturm gefunden?« fragte sie neugierig.

»Ja, genau. Hast du ihn gefunden?« fragte auch Emily.

Selina grinste fröhlich. »Ja, das hab ich. Genug Zeit hatte ich ja.«

Die beiden Freundinnen konnten sich kaum mehr beherrschen. »Und?«

»Erzähl schon, mach's nicht so spannend!«

»Was, und?« fragte Selina mit unschuldiger Miene.

»Was und? Na, was hast du dort gefunden? Alte Schätze, Bücher, Geister oder gar Leichen?« fragte Beth mit gespielter Empörung.

Selina blieb stehen und suchte wieder nach einer passenden Antwort.

Was hatte sie dort oben eigentlich entdeckt? Lebendige Gargylen? Die Wahrheit über ihre Herkunft? Den Kampf ihres Lebens? Die besten Freunde, die sie jemals gehabt hatte?

»Staub!« sagte sie nach einer Weile trocken. »Ganz viel Staub.«

Beth und Emily starrten Selina ungläubig an.

»Staub?« fragte Emily.

Selina nickte heftig. »Ja, nichts als Staub. Total langweilig. Ach so, und Spinnen, das hab ich ganz vergessen. Riesige schwarze Spinnen!« Sie formte eine große Kugel mit den Händen.

Beth verzog enttäuscht das Gesicht. »Na toll. Das größte Geheimnis des Schlosses ist also ein bißchen Staub, der sorgfältig zugemauert wurde. Ist ja super«, maulte sie und zog enttäuscht ihren Koffer weiter hinter sich her.

Emily folgte ihr, nur Selina blieb stehen.

Die beiden Freundinnen drehten sich zu ihr um. »Kommst du, Selina?«

Die zögerte kurz und lächelte dann. »Gleich. Geht schon mal vor.«

Emily und Beth blickten Selina fragend an, sagten aber nichts und stiegen die steinerne Treppe hinauf.

Selina stand allein mitten in der Menge der Schüler, die in das Internat strömten, und wandte sich dem mächtigen Ostturm zu. Ihr Blick fiel auf die Statuen mit den großen Schwingen, die ihren Kopf starr gen Osten gewandt hatten und darauf warteten, daß die Sonne unterging. Selinas Finger schlossen sich um ihr Amulett.

Es war ihr gelungen! Sie hatte den Kampf ihres Lebens gewonnen. Niemand von den Menschen um sie herum nahm das wahr. Niemand wußte, was Selina für diese Welt getan hatte.

Sie hatte den Gargylen Frieden gebracht und die magische Ebene von den Gorgoniern befreit – sie hatte alles vollbracht, was man sich von ihr erhofft hatte.

Selina erwartete, nun eigentlich einen inneren Frieden zu verspüren, eine tiefe Zufriedenheit darüber, nicht mehr kämpfen zu müssen. Sie hätte glücklich sein müssen, Freunde gefunden und mit ihnen ein großes Abenteuer bestanden zu haben.

Aber Selina war nicht glücklich.

Irgendwo in den Tiefen ihres Herzens hörte sie eine kleine Stimme, die etwas so flehentlich wisperte, daß es unmöglich zu überhören war. Sie kannte diese Stimme schon, und ihre Hände umklammerten das Amulett noch fester, als sie ihr das kleine Wörtchen nachflüsterte, das so viel in ihr bewegte: »Mutter.« Dann blickte sie zum Himmel hinauf, und während ihr ein kräftiger Wind durch das lange braune Haar fuhr, es aufbauschte und wehen ließ, und sich der Blick ihrer nachtblauen Augen in den aufgetürmten Wolken verlor, wurde ihr etwas klar.

Das große Abenteuer Selina Albions, des jungen Virkans der Gargylen vom Ostturm, war noch lange nicht zu Ende – es hatte gerade erst begonnen.

PIPER FANTASY

Da Chen

Meister Atami und der kleine Mönch

Ein phantastischer Roman. Aus dem Englischen von Susanne Hornfeck. 328 Seiten. Broschur

»Der künftige Kaiser trägt fünf schwarze Muttermale auf jeder Fußsohle und steigt alle fünfhundert Jahre in sein Land herab.« So steht es in den heiligen Schriften Chinas. Nur der elfjährige Luka erfüllt diese Voraussetzung. Damit er den mongolischen Besatzern nicht in die Hände fällt, wacht der Bettelmönch Atami über ihn und unterweist ihn in den kaiserlichen Disziplinen, so auch in der geheimnisvollen Fertigkeit des Kung-Fu. Doch dann gerät der greise Ziehvater in die Fänge des Feindes. Auf sich allein gestellt, trotzt der Heilige Knabe tödlichen Gefahren und riskiert Kopf und Kragen für den göttlichen Auftrag …
Mit rasantem Tempo erzählt Da Chen die Geschichte des Waisenjungen Luka, der sich mit List und magischer Kampfkunst seinen Platz in der Welt erobert.

»Phantastische Duelle, finstere Schurken, zarte Liebe und rascher Witz machen den Charme dieses Buchs aus. Und ein anrührender junger Held, der die Leser in Atem hält.«
Kirkus Review

06/1016/01/L

PIPER

Monika Felten

Die Nebelsängerin

Das Erbe der Runen
Roman. 459 Seiten mit CD zum Buch. Gebunden

Finstere Mächte, Unheil und Verrat haben die Magie der Nebel gebrochen, welche die Elben einst woben. Die junge Nebelsängerin Ajana ist eine Grenzgängerin zwischen der realen Welt und dem Volk der Elben. Als Erbin eines uralten Amuletts gerät sie in den Bann verzauberter Runen und wird hineingerissen in einen mächtigen Strudel geheimnisvoller Abenteuer.
Erfolgsautorin Monika Felten hat die junge Sängerin Anna Kristina dafür gewonnen, ihren Roman durch stimmungsvolle Songs zu bereichern. Mit der CD zum Buch erhält Monika Feltens phantastischer Kosmos neben dem geschriebenen Wort noch eine zweite Dimension – die der Musik. Ein bisher einmaliges Projekt in der deutschen Fantasy: der Zusammenklang von unerhörter Spannung und einzigartigem Hörgenuß.

01/1392/01/R